蒼蘭訣

下

九鷺非香

這

貨對他說相信他。

貨說了。他竟然像瞬間變成了另一個蠢貨，前所未有地心軟。

蒼蘭訣 下

目錄

第十七章

你感受一下這火辣的眼神。

烈日當頭，小蘭花坐在大庾背上，被晒得滿臉通紅，她望著前面東方青蒼的背影，突然開口：「大魔頭，你幫我擋一下太陽好不？」

說完不等東方青蒼轉頭，她一把撩起他的頭髮，用額頭撐著他的後背，然後將那一頭銀髮搭在自己腦袋上，鬆了口氣，「再晒下去，我的臉都要龜裂了。」

東方青蒼冷哼一聲，倒沒將小蘭花推出去，反而任由她將腦袋靠在他的背上，慢慢把呼吸變得均勻。

「大魔頭。」

可在東方青蒼以為她已經睡著了的時候，她又開了口，問：「你為什麼非要復活赤地女子呢？」

東方青蒼望著前方，沒有答話。

「你一復活就奔去冥府找赤地女子的轉世，到了魔界就迫不及待地讓人去找她的劍，還從妖市馬不停蹄地趕到人界，要取她的魂魄……」小蘭花頓了頓。「你還騙我說要給我捏造肉身，實際卻是為了她……」

尾音裡帶了一點情緒，又在東方青蒼察覺前，被她自己壓了下去，「難道你當年是故意手下留情，才導致被人偷襲成功，敗給她的嗎？」

「手下留情？」東方青蒼一哂。「本座為何要手下留情？」

「因為你喜歡她啊。」

「……」

小蘭花沒聽到東方青蒼的回答，以為他是默認，心裡情緒正湧動之際，東方青蒼忽然道：「喜歡是個什麼東西？」他言辭輕蔑，「少將人類的情感往本座身上套。」

小蘭花張了張嘴，竟是不知道該如何接話了。

再一回味，小蘭花也覺得自己有毛病，竟然將東方青蒼和「喜歡」這種美好的詞彙聯繫在一起。

她不開口，周遭便只有呼呼的風聲。兩人一路沉默到了九幽魔都。

這次沒人引路，小蘭花根本就看不見魔界的入口。東方青蒼踩著大庾的臉下了地，然後轉頭吩咐牠，「將她護好。」

大庾點頭，尾巴捲起來，將小蘭花圈在裡面。

小蘭花探出腦袋，只見東方青蒼在一片樹林子前抬起手，他周身氣息的變化攪動著地上的枯葉，最後繞成一道強風，隨著他手一揮，逕直往空中一個地方撞去。

大地倏爾一抖，小蘭花面前虛無的空氣裡傳來喀的一聲。緊接著，半空中出現了一條黑色的裂縫，並且越來越大。

東方青蒼從容地踏了進去。

大庾緊隨其後。

隨著東方青蒼一腳踏在魔界的土地上，四周的黑暗頓時消失。小蘭花回頭一望，剛才走過的地方，已經變成了那條貫穿九幽不毛地的黑水河。

前方駐守著四、五個魔界士兵，見東方青蒼平空出現，幾人皆是一愣，而後像是才反應過來似的，拿槍頭對準了東方青蒼，「尊、尊上……」看起來十分戒備和緊張。

東方青蒼面無表情地邁步往前走，幾人連連後退，但礙於職責又不敢轉身逃走。沒等東方青蒼出手，他身後的大庾便伸長了脖子，吐出芯子，猛地發出一聲嘶鳴。

小蘭花是什麼聲音都沒有聽到，但那幾個士兵卻捂著耳朵倒在了地上，七竅流血，痛得渾身抽搐。

小蘭花驚呆了，原來……這個喜歡讓人踩臉的大蛇，竟然……也有這麼厲害的一面啊！

東方青蒼目不斜視地走在大道上，一身殺氣，引來越來越多的士兵。然而無人敢上前阻攔，只能在東方青蒼與大庾面前圍成一個弧形，隨著他的步伐慌亂地後退。

待行至通往魔界祭殿的大道之上，東方青蒼終於停住了腳步。

他放眼一望，在寬闊平直的大道盡頭是魔界為他建造的宮殿，高大巍峨。正殿之中供奉著他的金身，那是魔界舉辦祭典的地點。

東方青蒼倏爾笑起來，露出了尖利的犬齒，「久別三界，後代子孫卻道本座只是一具供奉在祭殿之中的金身，實在寡聞。」

周遭士兵越發躁動。

大庾也俯首在地，像是被什麼氣勢壓住了腦袋。

緊接著，小蘭花聽到了兵器落地的聲音，先是零散的，漸漸連成了一片。只見圍堵著他們的士兵竟然紛紛將手中的槍扔在地上，不像是心甘情願，倒像是被什麼力量壓制了一樣。

他們一個接一個地跪了下來，如同大庾一般俯首於地。

整個場面裡，便只剩下小蘭花還仰著腦袋，看著東方青蒼如這世上最高貴的君王一般壓制著所有人。

小蘭花見過天帝，那是三界之主，然而此時此刻，她卻愣是在記憶裡搜索不出任何一個人，能在氣場上將東方青蒼比下去。

這種天地之中唯我獨尊的架勢，若是其他人表現出來，那是個笑話；可放在東方青蒼身上……竟然變成了理所當然。

他有那樣的絕對自信，也有那樣的絕對實力。

東方青蒼一步踏出，地面之下傳來沉悶的轟鳴。平坦的石板路拱了起來，東方青蒼的力量像是地底的游龍，飛快地向大殿的方向竄去。

莊嚴寬闊的臺階寸寸裂開，整個大殿瞬間分崩離析。

殿中東方青蒼的金身依舊矗立，他一揮袖，金身與大殿一般四分五裂。

四周響起一片驚呼聲。

小蘭花淡定地看著這一切。

畢竟東方青蒼還在她面前做過讓八萬人馬瞬間消失，將海水分開，讓一座海島直接沉到海底的事。和那些事比起來，現在僅僅是塌掉一座大房子，簡直不夠看……

有的事，習慣習慣就好了。

這時，一行人從那方騰起的塵埃之中倉皇逃出。小蘭花定睛一看，是魔界的丞相觴闕和一個病懨懨的美男子。

她下意識地皺起眉，這個男人，美則美矣，但氣場太過妖異，讓人渾身不舒服。

觴闕與孔雀的身後還跟著幾名武官，看穿著便知地位不低。

小蘭花看見他們了，東方青蒼自然也看見了。他咧嘴一笑，邁步向前。此時大道之上的磚石已被地下的力量擠得稀爛，魔界的士兵退在道路兩邊，被東方青蒼的力量壓得抬不起頭。

隨著東方青蒼一步一步踏過來，大道另一頭的幾人皆是神色大變。觴闕驚駭地轉頭問身旁之人，「他不是中了咒術，為何毫髮無傷？」

孔雀被身後的武官扶著，面色蒼白，一雙眼死死地盯著東方青蒼，「的確是中了咒術……」東方青蒼周身氣息劇烈湧動，連帶著他的身影都有幾分模糊，但孔雀還是敏銳地注意到了從他耳中淌出來的鮮血，順著下頷骨流下來，然後隱沒在黑色的衣襟之中。

孔雀笑了兩聲，笑聲粗啞，「魔尊現在不過是在虛張聲勢罷了。」他吩咐身後之人，「鹿祁將軍，魔尊五感極其敏銳，以聲色亂其心，將暗殺者盡數喚出。此戰若不叫魔尊敗服，日後他難為我魔界所用。」

「軍師……」鹿祁將軍遲疑道：「魔尊現今法力仍在，與他為敵怕是……」

「怕什麼！」孔雀聲色微厲。「他如今被咒術纏身，還有翻天的能耐不成？不過是撐出來的氣勢罷了。只要此次將魔尊收服，他日我魔族重臨三界的夙願，指日可待。」

鹿祁咬牙，抱拳應是。

孔雀轉頭看著鶻鷊，小聲道：「此戰即便不贏，也必要將那魔蛇背上的女人斬殺。」

鶻鷊一驚，「那是……」

「若我沒猜錯，那邊是魔尊給赤地女子找的身體。」孔雀臉色陰沉。「說什麼也不能讓魔尊成功。」

道路兩旁的屋簷之上，黑影忽隱忽現。

氣息變得有些詭異。

在漫天的殺氣之中，另有一股詭異的香氣飄散出來。小蘭花晃眼之間好似看見了許多穿著暴露的男子，裸露著結實的胸膛擋在道路前方。

小蘭花愣愣地盯著他們，然後就眼睜睜地看他們的臉慢慢變成了……

東方青蒼。

一個沙啞至極的聲音在她耳邊響起，「小花妖，本座的胸膛，妳摸著可還覺得結實？」小蘭花漲紅了臉，聽他繼續道：「妳還要……再往下摸一點嗎？來……」

救……

救命……

小蘭花覺得自己的腦袋快要炸了，可她還是清晰地聽見心裡有個聲音在說：

「對，我想摸，手拿開……」

「區區聲色魅惑之術也敢拿出來賣弄。」

一聲冷笑宛如冬日凜冽的寒風，瞬間颳跑了小蘭花耳邊的呢喃細語。她一甩腦袋，就看見自己還在大庾的背上，而大庾依舊跟在東方青蒼身後。

前方的東方青蒼正在不遺餘力地嘲笑魔界的人，「無知後輩。」

小蘭花默了一瞬。

然後想到剛才自己看到的情景，她連忙用雙手捂住臉。

她這是瘋了吧！

便在小蘭花埋頭懊惱之際，大庾忽然加快了速度。小蘭花一愣，立即恢復了神志。

大庾很不對勁。牠走得太快了，甚至腦袋都要超過東方青蒼了……

這不合理。

這麼諂媚的蛇……怎麼敢擅自走到主子前面去……

她拍了拍大庾的背，喚牠的名字，想讓牠清醒，但大庾始終無動於衷。直到牠的腦袋終於超過了東方青蒼，東方青蒼忽然一揮衣袖，一巴掌抽在大庾臉上。力道之大，打得牠硬生生地在原地轉了兩圈才回過神來。

大庾有些委屈地叫了一聲，然後像是明白過來自己是中了敵人的計，才導致東方青蒼揍的牠，牠登時就憤怒了。用尾巴尖將小蘭花圈緊，牠大叫一聲，半個身子壓向一旁的房屋，張口在空中一咬。

下一瞬間，空中便濺出了鮮血。小蘭花定睛一看，才發現大庾的嘴裡竟然出現了兩個黑影人！

原來這周遭的殺手都用了隱身術。

黑影人的手腳還在掙扎，大庾仰頭就將兩人吞了進去。

小蘭花倒抽一口冷氣，趕忙拍著大庾的背道：「髒死了髒死了，別亂吃東西，快吐出去！」

大庾吞嚥的動作一僵，然後垂下腦袋，脖子動了動，勉強將兩個已經動彈不得的黑影人吐在了地上。

然後轉頭看著小蘭花，一臉邀功的表情。

小蘭花此時卻已來不及顧及牠。

黑影人見幻術對東方青蒼沒有影響，當即換了戰術。只見數人從屋簷跳下，拔刀向東方青蒼砍來。

這些人不受東方青蒼氣勢影響，想來功力深厚。

東方青蒼薄唇微張，陰森森地吐出兩個字，「找死。」

隨著他話音落下，周身殺氣澎湃而出，竟將迎面而來的幾人瞬間絞成了碎渣。

鮮血噴灑，將東方青蒼跟前的地面盡數染紅。

但東方青蒼的殺氣卻並沒有讓黑影人們止住腳步。更多的人聯手殺上前來，不出意外地變成地上的一攤血水之後，後面的人又接了上來。

東方青蒼猛然察覺到了不對，此時他所立之地已盡數鋪滿了黑影人的鮮血。

餘下的黑影人像是得到了什麼命令，停下了攻勢，在東方青蒼四周圍成了一個正正方方的四方形。每人手中皆以血結印，口中吟誦咒語。

小蘭花忽然感覺到有一股若有似無的力量在拉扯她。手腕上的骨蘭躁動起來，猛地生出數條枝椏，先是將小蘭花包裹起來，而後迅猛地長出數條箭一般的枝椏向最近的一個黑影人扎去。

就在藤枝沒入黑影人胸膛之前，一道無形的屏障擋在了前方。

骨蘭一擊未成，枝椏立即向旁邊伸去，卻亦被攔下。彷彿他們已被一個無形的盒子裝了起來。

小蘭花看著四周還在不停念咒的黑影人，囁嚅道：「大魔頭……」

東方青蒼一哂，「雕蟲小技。」

他踏前一步，銀髮飛舞。在他髮絲揚起來的一剎那，小蘭花好似看見幾縷沾了血的銀髮。

她一愣，話還沒出口，便聽一聲悶響，四周以黑影人咒術凝成的屏障逕直從內部爆開，外面的黑影人紛紛手捂胸口、狂吐鮮血。

小蘭花卻高興不起來，因為她看見東方青蒼不著痕跡地抹了一下眼角，然後將手掩在寬大的衣袖裡。

她看見了他手背上的血跡。

是咒術……

得速戰速決。

小蘭花抬頭看向前方，丞相鴟鬬正攙扶著那病懨懨的男子向一旁躲去。東方青蒼目光一凜，便在此時，他們面前又平空冒出許多黑影人，他們一批一批湧上來，欲消耗東方青蒼的法力與體力。

大庾尾巴捲著小蘭花，只能用嘴去撕咬那些黑影人，小蘭花一琢磨，拍了拍大庾的尾巴，讓牠把她放下，但是大庾不肯。於是小蘭花伸手在牠尾巴最柔軟的鱗甲上一陣撓，大庾癢得受不住，一下就將小蘭花鬆了。

這下大庾的尾巴得到了解放，呼嘯著橫掃過去，將一片黑影人掀翻在地。

小蘭花為免被誤傷，牢牢抓著東方青蒼給她的匕首，瞅準時機就往沒人的地方躲。所有人的注意力都在東方青蒼與大庾身上，一時倒真沒人來攔她。

小蘭花有些得意地想自己在緊要關頭還是頂點用的，下一秒，手上骨蘭一動，背後傳來喀的一聲。

她僵硬地轉過頭，只見一把寒劍正高舉在她頸後，被骨蘭生出的藤枝架住。而拿劍的人，正是方才還在前方的軍師孔雀！

他瞬移到這裡的嗎……

沒有時間去思考這些問題，小蘭花拔腿就往大庾的方向跑，可剛跑了一步，背後的孔雀便用劍將骨蘭生出的藤蔓繞住，讓小蘭花的行動受阻。

不過一瞬的時間，孔雀已發力將藤蔓盡數斬斷，反過手來一劍扎進了小蘭花的肩頭。

小蘭花痛得叫了一聲，但身體裡卻沒有血流出來。孔雀見狀，微微瞇起眼睛。

小蘭花忍著痛，一咬牙，將袖中匕首拔出鞘，飛快地在孔雀手腕上割了一刀。

孔雀吃痛收手，小蘭花正想趁機逃走，然而她剛一背過身，便撞上了一個胸膛。

她心中驚駭，骨蘭這時卻像是失靈了一樣，毫無反應。小蘭花只道今天自己就要在這裡變成一團團的泥灰了，但忽然間，來人一把拉住她的手，竟是把她拉到了他的身後。

小蘭花只覺眼睛一花，身前之人已凶狠地向孔雀殺去。

在驚愕中小蘭花定睛一看，這才發現她剛才撞的竟然是大魔頭的胸膛！

此時大魔頭正握著他那把聞名千古的烈焰長劍，一劍刺穿孔雀的胸腹，將他釘在身後的頂梁柱上。緊接著，房梁被東方青蒼的劍燒了起來。

在沖天的烈焰之中，東方青蒼的紅瞳看上去越發殺氣凜冽。

「魔界軍師？」他手中長劍在孔雀的傷口中轉動，讓孔雀的臉色變得一片死白。東方青蒼森森開口：「你可知本座費了多大的工夫才做成她那具身體？」

「呵……」孔雀一笑，卻嗆出一口血來。「魔尊竟……如此在意赤地女子的身體嗎？魔尊對上古之事……執念甚深啊……」

東方青蒼手中烈焰長劍的火焰燒得更旺。

孔雀湧出大口大口的鮮血，卻還在笑，「你殺不了我。」

話音一落，他倏爾抬手。

東方青蒼蹙眉，猛地拔出長劍，卻已是來不及。只見孔雀手中揚起一面鏡子，東方青蒼腳步一動，隨即便化為一股黑氣被吸入了鏡面之中。

小蘭花見狀大駭，幾乎是想也沒想地追了過去，「大魔頭！」

她在鏡中看見自己的臉，緊接著，天旋地轉，在一陣身體像要被撕碎一樣的疼痛之後，她陷入了昏迷。

小蘭花覺得自己好像是掉進了一個夢境裡。

她清楚地知道自己沒有睜開眼睛，但是奇怪的是，她卻能在腦海裡看到詭異的畫面。

蝴蝶與飛花、青草與小溪，經過風雨吹打而變得古樸陳舊的房門，還有被陽光晒得亮晶晶的院裡水缸裡的水。一個女子倚著院中的梨樹小憩，正值梨花盛開，鋪了她一身雪白。

女子相貌並不美豔，但她身上有一股讓人安心的莫名力量。

「師父。」小蘭花聽見有人在院門口輕輕喚了一聲，然後一名紫衣男子走了進來。看見樹下沉睡的女子，他微微一愣，隨即行至她的身邊，在她跟前蹲下。

「師父。」他喚她。

女子沒有應聲。

一片梨花花瓣悠悠落下，落在女子唇畔。在微風拂落花瓣之前，紫衣男子忽然動了身子，俯首於女子面前，湊近她的臉，然後微微啟唇，將女子唇畔的梨花輕輕含下，唇瓣在女子紅潤的唇角上輕輕碰了一下。

他離開了女子的臉，伸手拈住被他含下來的花瓣，悄悄收了起來。

接下來的時間，他便什麼都不做了，只規規矩矩地跪坐在女子身邊，用目光描摹著她的睡顏。

忽然間，女子眉頭皺了皺，清醒過來。她一雙清澈的眼眸裡映出了男子的面容。

「阿昊，你回來了，事情可還順利？」

紫衣男子點了點頭，垂下目光，輕聲回答：「鼠妖都解決了，師父放心。」

女子微笑，抬手摸了摸紫衣男子的頭，「阿昊辦事，為師自是放心的。」

紫衣男子沉默地看著她，目光如水般柔軟。

小蘭花看得有幾分愣神，一是為這男子有些眼熟的眉目，二是因為這男子竟然對自己的師父……

啪！一聲脆響在小蘭花耳邊炸開。

小蘭花一個激靈，猛地睜開雙眼，然後立即被眼前的場景驚呆了。她此時正飄蕩在浩渺的星空之中，這畫面比她這輩子任何時候看見的星空都要美麗，近乎詭異。

小蘭花低頭一看，卻見腳下也是同樣的星空。她驚詫地轉頭，這才發現，她竟然處在星空的包裹之中！

「好美……」她呢喃出聲，身子往後轉，然後一個身影出現在了她的視線裡。

小蘭花愣愣地看了他好一會兒才反應過來，「大魔頭！」是了，他們先前還在魔界和人打架來著……然後就被那個孔雀軍師的鏡子吞了進去。這樣說來，那這裡……

「這是鏡子裡面？」

她問，卻沒有得到東方青蒼的回答。

只見東方青蒼正摸著下巴，用一種前所未有的正經目光審視著她。

小蘭花被他看得有些不自在，連忙也低頭打量自己，卻沒發現任何不妥之處。

她抬頭看著他，「怎麼了？」

東方青蒼瞇著眼睛，「妳為什麼也會進來？」

小蘭花愣了愣，「我跟著你進來的啊。」

「妳為何會跟著我進來？」

小蘭花越發摸不著頭腦，「我來拉你沒拉住，就也被那鏡子吸進來了。」

東方青蒼倏爾勾唇一笑，「喔，那妳為何要拉我？」

小蘭花張了張嘴，「想救你」三個字哽在了喉頭。她呆呆地看著東方青蒼，嘴巴動了又動，覺得自己不能將那幾個字說出去。她是天界的花靈，他是魔界的魔尊，他們是宿命的敵人，但她卻下意識地想救他……

簡直不像話。

最後小蘭花移開目光，指了指四方星辰，生硬地岔開了話題，「那個……說來，我們不是被吸進鏡子裡了嗎，這裡為什麼會是這個樣……」不等她將話說完，東方青蒼忽然一抬手，用食指挑起了小蘭花的下巴，迫使她仰頭看他。

小蘭花盯著東方青蒼，有些驚恐有些詫然，心底還迅速滾出了許許多多不明不白的羞赧，讓她漲紅了臉，身體僵硬。耳中似乎有轟鳴，但是東方青蒼的聲音還是那麼清楚地鑽了進來，「小蘭花，妳對我這般生死相隨……」他的臉湊近，呼吸像柔軟的毛筆一般在她臉頰上掃過。

小蘭花完全驚愣得忘了動作，只聽東方青蒼的聲音猶如魔咒一般在她耳邊響起：「小蘭花，妳莫不是已經深深地愛慕於我了吧？妳真是，讓我好感動。」他的唇從她耳邊慢慢滑向唇畔，比常人要高的體溫使他的氣息更加灼熱。光是這些呼吸，便足以在小蘭花臉上畫出一陣陣的戰慄感。

「等、等……等等！」

就在東方青蒼的唇眼看著要貼上小蘭花的嘴唇之時，小蘭花忽然動了。她伸手推開了東方青蒼，一張臉雖然還是通紅，但是目光清明，「你、你是東方青蒼？」

東方青蒼被小蘭花用手臂格擋住，輕笑著看她，「我不是嗎？」

「你叫我小蘭花……」

「不對嗎？」

「你也沒有狂妄自大地自稱本座了。你只有在人前裝模作樣的時候才會這樣。可現在沒有別人。」

「哦，竟是這樣。」

「你還對我這樣笑……你平時，只會在嫌棄我或者要算計我的時候才對我笑。」

「東方青蒼」一撇嘴，目光顯得有些同情，「竟然這麼對妳嗎？」

「你最討厭撇嘴……」

零零散散地說完這些，小蘭花恍然發現，原來，在不知不覺當中，她對東方青蒼的瞭解已經這麼多了。

她一邊說話，一邊觀察面前的「東方青蒼」。他的眼珠子還是紅色的，但顏色卻比平時更加暗；他臉色有幾分不正常的蒼白，而他的嘴唇，隱隱泛著烏青。

「你不是東方青蒼。」小蘭花一邊說一邊想往後退，然而「東方青蒼」出手如電，攬住她的腰，宛如鋼鐵一般，讓她絲毫也掙脫不了。

他咧嘴笑了起來，一口尖利的牙齒全部露了出來。東方青蒼明明只有犬齒鋒利得異於常人，但是這個人滿嘴的獠牙，令人望而生寒。

便是這樣一張嘴，剛才差點咬到她嘴上。

小蘭花一陣後怕。

只聽面前的人笑道：「妳倒是聰明。我確實不是東方青蒼，不過這樣說也不對，因為我也是東方青蒼，我是他的一部分。」

「你、你是他的哪一部分？」小蘭花抖著嗓音問。

男子聞言皺眉頭，「妳這話聽起來有點奇怪。」

小蘭花無言。

男子接著道：「我可以回答妳，不過妳得先求我。」

聽了這句話，小蘭花就有點相信這人是東方青蒼的一部分了。因為他和東方青蒼是一模一樣地惡劣……

小蘭花不回答，可並沒有影響到男子自說自話的興致。他仰頭望著星空，想了一下該怎麼說：「此事說來話長。我本是東方青蒼身體裡的一股氣，從上古之時起便一直藏在他的身體中。只是從前我感覺不到自己的存在，直到他敗於赤地女子，被諸天神佛斬殺之後，他不滅的神識飄散於天地之間，我大概便是在那時，慢慢有了意識的。」他挑眉看向小蘭花，「妳知道在這數不清的時間裡，東方青蒼是在什麼地方，看著什麼樣的景色嗎？」

男子一揮手，指著浩渺星辰，「妳看，就是這樣。」他也不管小蘭花願不願意，拉著她就開始在空中旋轉，忽快忽慢，穿梭在星辰之間，「他每天就是這樣，妳知道為什麼嗎？」他抓住已經被轉得想要嘔吐的小蘭花道：「因為除了神識，他什麼都沒有了。也就是從那時開始，每日每夜、每時每刻，我都能在這虛無之中聽見一道聲音。這聲音非是任何語言，但我卻能感覺到他的不甘、憤怒與日漸積累起來的怨恨。他的聲音讓我愉悅，我陪著他走過了這虛無之中的日日夜夜。我日漸長大，終於變成了現在的樣子。」

他看著小蘭花，「妳看，我現在與東方青蒼，是不是一模一樣。」

「你……」小蘭花盯著面前的人，戰戰兢兢地吐出了幾個字。「你是東方青蒼的……怨靈……」

「怨靈？」男子摸著下巴想了一會兒，倏爾笑開。「既然妳如此說，那麼妳便當我是他的怨靈好了。」

小蘭花看著他的牙，忍不住發抖。

聽這怨靈方才的言論，他是生於東方青蒼體內的怨氣，隨著東方青蒼千萬年在虛無之中的飄蕩，慢慢成長起來的。可想而知，在東方青蒼神識飄蕩的日子裡，他對自己敗於赤地女子一手之事有多麼不甘與痛恨。

生於怨氣，成於憎惡。可以說這個「東方青蒼」應該比小蘭花所認識的那個東方青蒼更加喜怒難測、嗜殺好鬥以及……情緒外露。

「你……你抓著我幹什麼？」小蘭花抖抖索索地輕聲問，就怕聲音稍微大一點就激怒了怨靈。「我就是一個蘭花仙靈，還是被催生出來的。連我現在用著的這個身體都是土捏的，你吃了我……會不消化的。」

怨靈突然用力，不顧小蘭花的掙扎，將她緊緊抱在了懷裡，「小蘭花，妳說話可真讓人傷心，妳為何會覺得我是要吃妳呢？」

小蘭花從怨靈懷抱裡艱難地擠出腦袋，「不、不然是想勒、勒死我嗎？」

怨靈失笑，「妳為了救『我』，不惜以身犯險，妳可知，東方青蒼此生，從沒有人為他做過這樣的事情。」他愛憐地撫摸著她背後的長髮，「我是想好好疼惜妳呀。」

小蘭花聽呆了。

感覺到小蘭花身體的僵硬，怨靈動作更加輕柔，他甚至微微彎下身，把嘴巴湊在小蘭花耳邊道：「瞧把妳嚇的。妳跟東方青蒼一路走來，一定沒少被他折磨吧？不過沒關係，待我取代了東方青蒼，我便好好地疼妳、愛護妳。」

他的指甲鋒利，此時卻是用指腹輕柔地撫摸著小蘭花的臉頰，「妳說好是不好？」

小蘭花愣了許久，終於抓住了重點，「你想要……取代東方青蒼？」

怨靈一笑，將小蘭花拉開了一點距離，刮了刮她的鼻子，「著實是個小機靈，真討人喜歡。」

看著這張臉，聽著這樣的話，小蘭花還是適應不過來。東方青蒼向來只會罵她蠢笨，什麼時候誇過她機靈？小蘭花道：「可你……可你，你根本就不是東方青蒼，你只是他分出來的……」

怨靈眼中暗紅的光微微一閃，小蘭花腕上一直安安靜靜的骨蘭忽然就動了！骨蘭瞬間分出數十個尖銳的枝椏，箭一般扎向怨靈的心房。但每一根枝椏尖端在抵達怨靈身前一寸時，都如同被一股力量擋住了一樣，刺穿不透。

怨靈目光一轉，落在了小蘭花手腕上的骨蘭上面。

「隨殺氣而動的寶貝啊。」怨靈一笑。「是東方青蒼送妳的？」

這一笑間，殺氣全退，骨蘭縮了回去。

小蘭花不敢搭腔，怨靈權當她默認，「倒是稀奇，東方青蒼會送女人東西。」

他一瞇眼睛，「他身體裡，竟然還有情慾……」

「什、什麼意思？」

「東方青蒼對上古一戰敗北之事執念甚深，魔界之人復活魔尊之時，他的神識只帶走了這縷執念，而將他身體裡本來也就不多的情慾、權慾都拋在了這虛空之中，當然也包括我。我收納了他的情慾和權慾，才成就了如今妳所看見的我。我費盡法力，趁著東方青蒼復活之初，在外與人爭鬥之際，將虛空中的一個角落凝成碎片，在孔雀妖墜落之際，掉進了他的衣裳裡。」怨靈笑道：「所以，即便我是從東方青蒼身體裡分割出來的一部分，但我現在卻比他更加完整。他是魔尊，卻只依靠一股執念支撐那具天地至尊的身體，怎麼可能？」

小蘭花愣愣地看著怨靈，「是你……給他下的咒嗎？」

「對呀。」怨靈輕笑。「他拋棄得太多，已經不是真正的東方青蒼了。我接納了他所有的欲望和情緒，所以，如今若要論誰才是真正的東方青蒼，我才是。我取代他，不是理所當然的事情嗎？」

「你要取代他……做什麼？」

怨靈聞言，笑咪咪地看著小蘭花，「掌握生與殺的權力，享受至高的叩拜，然後，做盡天下快樂事。小蘭花，妳如此愛慕東方青蒼，然而他無情無慾，成全不了妳，不如讓我來……」

話音未落，斜刺裡忽然砍來一道殺氣。

怨靈立即連退數步，和來人拉開距離。

烈焰長劍劃破星空，橫在小蘭花身前。小蘭花抬頭一看，黑色背影、銀色長髮、挺直的背脊……他沒有回頭，甚至連一個眼神都沒有給小蘭花，只是擋在她面前，對怨靈冷笑一聲：「取代本座，憑你？」

寥寥幾字，小蘭花方才被怨靈說得忐忑不安的心，瞬間就落了下來。

那與東方青蒼長得一模一樣的怨靈在那頭笑，「東方青蒼，我想見你已經許久了。」他看著東方青蒼的眼神瘋狂又痴迷。

小蘭花默默拽了拽東方青蒼的袍角，「被人覬覦身體時，別人就會拿這個眼神兒瞅你，你感受一下這股子瘋狂勁兒……」

東方青蒼此時方回過頭，冷冷地瞥了小蘭花一眼。

接收到這個眼神，小蘭花瞬間就舒坦了。

對嘛！這才是東方青蒼看她的眼神嘛！剛才被怨靈那陰陽怪氣的目光搞得渾身難受的心情瞬間就被這冷冷一瞥打破了。

小蘭花老實了下來，乖乖退到東方青蒼背後。

「東方青蒼，你一直耽於上古舊事，好不容易復活，卻還想著把赤地女子折騰出來重新與你一戰。如此好鬥、目光短淺，我都替你著急。你這般不珍惜自己的力量與身體，不如交予我。」

東方青蒼輕輕一哂，目光諷刺，「不過是被本座拋下的廢物，也敢如此叫囂。」

「這世上不需要第二個東方青蒼。」言罷，他攜劍而上，砍向怨靈。烈焰長劍火光大盛，比漫天星辰更加耀眼。

怨靈倒也不怕，露出一嘴鋒利的牙齒，笑得聲音尖厲——

「你拋下了情慾、權慾，卻未曾拋下這份自負呢！你現在還敢與我一戰嗎？」說著，怨靈身影一閃，躲過東方青蒼砍來的長劍。

他立在東方青蒼三步之外，只待東方青蒼再一揮手便能將他斬於劍下。但是東方青蒼卻突然停住腳步，抬手捂住了左邊胸膛，心臟的位置。

小蘭花定睛一看，驚愣地發現，不知什麼時候起，怨靈手裡竟然捏了一個心臟。

再仔細看去，那心臟卻又不是完整的模樣，只有一半……

「心主情，東方青蒼，你拋卻了欲望，便是拋下了半顆心。你半顆心都在我手中呢，你還能做什麼？乖乖將身體交給我吧。」

小蘭花大驚，難怪怨靈能給東方青蒼下咒，也難怪東方青蒼能痛成那副德行，原來……

她心中焦急，死死地盯著東方青蒼，卻不知道自己能做什麼。

便在她與怨靈都以為東方青蒼再也直不起身子來的時候，他突然發出一聲嗤笑——

「區區半顆心……」他的聲音裡仿似壓抑了極大的疼痛。「便想控制本座？」

怨靈一愣，小蘭花像是猜到了他要做什麼一樣，睜大了眼，一聲「不要」還沒出口，便見東方青蒼手中已握住了一團鮮血淋漓的血肉。

小蘭花大駭。

怨靈亦是驚詫難言。

東方青蒼毫不在乎地甩掉手上滿是鮮血的心臟，一張蒼白的臉上面無表情。

「若不是一直找不到咒術的根源，本座豈會容你在本座身上施咒如此之久。」

他鮮血淋漓的右手握住長劍，像是感覺不到心口還在流血一樣，對著怨靈一笑，宛如地獄厲鬼，「有本事，你現在便來取本座的身體。」

小蘭花覺得，比起怨靈，果然東方青蒼才是這世上最凶狠的存在。

那可是……大爺你自己的心啊！

第十八章

了不得了，魔尊這回瘋得更邪乎了。

不等怨靈回過神來，東方青蒼提劍便砍了上去。

怨靈倉皇躲過，但身前衣襬仍被東方青蒼斬斷，化為一股黑氣，在虛空之中來回流竄。

東方青蒼暫時停了手，瞇眼看著那股黑氣。而怨靈終於回過了神，他重新撐起鬥志，勾了勾脣角，「東方青蒼，你是殺不了我的。我是你的一部分，無形無體，即便你的烈焰長劍能斬破三界，也殺不了我。」怨靈咧嘴一笑，露出鋒利的牙齒。他把手中已經沒有了用處的另外半顆心扔掉，讓它隨著方才東方青蒼丟掉的心臟一起消失在虛無之中。

怨靈道：「我和你一樣，都不屬於三界。我就是你。」

東方青蒼血色的眼瞳盯著怨靈，沒有了咒術的束縛，他終於可以肆無忌憚地使用法力。

「你是本座？」東方青蒼冷笑。「好生放肆。」

東方青蒼的怒氣在夜空中激蕩。

小蘭花耳中一陣一陣地轟鳴，甚至胸悶氣短。這樣的感覺在她進入這個陶土身體之後，可是再沒有感受過的。

她看向遠方，許是她的錯覺，她好似看見了遠方星辰也在搖搖欲墜。

手腕上的骨蘭默默地伸出枯藤，將小蘭花的身體包裹住。

怨靈脣邊的笑容不由自主地收斂，他手下一動，一股黑色氣息凝化而成的長劍出現在了他的手裡。不等他有所動作，烈焰長劍挾著刺目的光芒當頭劈下。怨靈憑著感覺抬手一擋，黑色長劍堪堪將東方青蒼的烈焰擋住，然而不消片刻，火焰愈旺，只聽喀的一聲，竟是東方青蒼生生將怨靈以氣息凝成的長劍砍斷了！

長劍瞬間化成一股黑氣，依舊圍繞在東方青蒼與怨靈身邊。

東方青蒼目光冷冽，一劍砍進怨靈肩頭。

黑氣自怨靈肩上的傷口處噴湧而出，他悶哼一聲，想要往後避開，卻聽東方青蒼冷冷一笑，「骨頭倒硬。」

話音一落，一直在一旁觀戰的小蘭花便見東方青蒼手中長劍的光芒一隱。她初時還沒反應過來發生了什麼事，待得仔細一看，發現竟是東方青蒼逕直將那把劍砍進了怨靈的身體當中！

炙熱的火焰在怨靈的身體中燃燒，小蘭花聽到東方青蒼冷哼一聲，下一瞬間，長劍的光芒重新照亮了小蘭花的眼瞳。

東方青蒼如同砍瓜切菜一般，生生將那怨靈劈成了兩半。

好歹是和自己長得一模一樣的人，大魔頭還真能下得去手……不過小蘭花轉念一想，他對自己的心都說抛就抛了，還能指望他對別人怎麼樣呢？

想到這裡，小蘭花不由發起了呆。如果……如果有一天她回到天界，與東方青蒼站到了對立面，那他大概也會如同剛才一般，毫不留情地……

不待她胡思亂想出結果，那方被東方青蒼斬殺的怨靈臉上忽然勾出了一抹詭異的笑。

那笑容森冷又恐怖，「東方青蒼，身體給我吧。」

東方青蒼眸光一凜，只見怨靈的身體忽然炸開，化作漫天黑氣，將東方青蒼圍在其中。

小蘭花隔得遠，她驚愕地發現那包裹著東方青蒼的黑氣竟然變成了一個骷髏頭的形狀，而此時，東方青蒼所在的位置，正好就在那骷髏頭張開的大嘴當中！

小蘭花瞳孔一縮，她聽見自己不由自主地大喊出聲：「大魔頭，小心！」

隨著她話音一落，骷髏頭猛然將嘴閉上。東方青蒼被含在其中，四周黑氣立時匯聚成一個圓球，將東方青蒼的身影完全遮蔽。

小蘭花下意識地就想奔上前去，但此時骨蘭已將她的手腳都包裹住，小蘭花動彈不了，只有眼睜睜地看著那個黑氣凝聚而成的球飛快地旋轉起來。

烈焰在黑氣的包裹下激烈地突圍，即便是沒有看到裡面兩人的爭鬥，小蘭花也能想像到，這兩個「東方青蒼」的廝殺會是多麼激烈。她提著心等待著結果，然而這場打鬥愈演愈烈，黑氣和烈焰此消彼長，卻始終不見勝負。

不知圍觀了多久，小蘭花盯得眼睛都痠了，便在此時，只見那黑氣旋轉的速度竟然慢慢減緩了。

東方青蒼銀白色的髮絲露了出來，接著是頭與腳、腿與頸項，最後那黑氣徹底消失在東方青蒼身體裡面。

小蘭花呆呆地看著東方青蒼閉著雙眼，靜靜地飄浮在半空中。

骨蘭慢慢鬆開了箝制，小蘭花試探地向前走了幾步。「大魔頭？」她輕聲喚道，然而沒有聽到回答。

誰贏了？小蘭花心裡在不停地猜測。安靜成這樣，難道是……同歸於盡了？

東方青蒼的五官精緻依舊，睫毛纖長濃密，和過去一樣。除了心臟處的傷口外，不見有別的地方在淌血。

小蘭花小心翼翼地伸出手，去探了下東方青蒼的鼻息。

微弱，但還在。

沒有死。

她心裡懸著的大石，忽然落了地。然而沒有片刻，那塊石頭又懸了起來，身體還活著，但裡面住著的人……是誰？

她看著東方青蒼的臉，又輕輕喚了他幾聲，仍舊沒有任何回應。小蘭花想了想，最後鼓足了勇氣，抖抖索索地伸出手，捏住了東方青蒼的鼻子。

她想，等東方青蒼憋不住氣醒過來了，就將手放開。可是她捏了許久，也不見東方青蒼有半點要醒來的意思，於是小蘭花開始惶恐地想自己是不是把堂堂魔尊給憋死了。

但待她鬆了手去探東方青蒼的鼻息，那氣息仍舊還在。

像個活死人……

要是東方青蒼就這樣一直睡著，怎麼辦？

小蘭花環顧四周，除了漫天星辰，什麼都沒有。待她靜下心來，只能聽見自己的心跳和東方青蒼虛弱得微不可聞的呼吸聲。

實在是太安靜了。

小蘭花忽然開始害怕，如果東方青蒼突然不見了，把她一個人留在這裡怎麼辦？於是她趕忙抱住東方青蒼的腦袋，讓他躺在自己懷裡。

不知過了多久，小蘭花的耐性都要被這無盡的星辰磨完了。她想起先前怨靈對她說的話，東方青蒼，便是在這樣的虛無當中，輾轉了千萬年。

千萬年是多長時間，小蘭花根本就沒有概念。但她在這裡待了這麼一會兒就覺得無聊透頂，也難怪東方青蒼會生出那麼大的怨氣，都結成怨靈了。也難怪……

他對上古之事那麼執著。

東方青蒼那麼小心眼，一定作夢都想找赤地女子把這筆帳討回來吧。

那個時候他會把息壤的身體做成一個男人，約莫是不想再和女人打架了……

思慮之間，忽然聽得東方青蒼呼吸一沉。

小蘭花立即收斂了心思，往東方青蒼臉上看去。只見他緩緩睜開了眼，還是那雙血色的眼瞳，沒有變得暗沉，也沒有變得可怖。

小蘭花知道，東方青蒼贏了。

然而此時的東方青蒼睜開了眼，他並沒有看到小蘭花，只看到了漫天星辰。還沒等小蘭花和他打個招呼，他便又兀自閉上了眼睛，隨即勾起唇，發出一聲幾不可聞的冷笑。

小蘭花一愣。

這還是她第一次在狂妄得不可一世的東方青蒼臉上，看到如此頹然的神情。

像是認命，像是無奈，更像是……

失去希望，毫無期待。

「大魔頭？」小蘭花輕輕開口。

東方青蒼倏然睜開眼，這次目光落在了小蘭花臉上。他看著她，有幾分忘了掩蓋的錯愕。

「不是夢……」他怔然開口。

小蘭花愣神，「什麼不是夢？」

東方青蒼轉了眼睛，看著滿天星辰，「我以為我曾離開這個鬼地方，只是一場夢。」

小蘭花沒想到東方青蒼會回答她的問題，更沒想到他會回答出這樣一句話。這樣的回答，讓小蘭花覺得，東方青蒼簡直就像是……忘了在她面前戴上防備的面具，甚至脫下了他滿是尖刺的外裳。

他說出了他心裡的話。

原來，東方青蒼在虛空中飄蕩的時候，對自己如此絕望。

原來，東方青蒼也會有脆弱得讓人心疼的時候……

小蘭花也不知自己是突然生出了什麼狗膽，她一爪子捏在東方青蒼臉上，將他嘴都拉得咧開。

東方青蒼臉色一黑，「小花妖，想死了，嗯？」

「大魔頭，你別怕。」小蘭花鬆開他的臉，道：「你確實是被復活了。」

東方青蒼一愣。

「雖然現在周圍是這樣沒錯，但咱們一定能出去……吧？」小蘭花撓了撓頭。「就算退一萬步說，咱們出不去了……那、那還有我在這裡陪著你呢。」

小蘭花臉上沒有玩笑的顏色，正經得讓東方青蒼有些失神。

「你不會一個人待在這裡的。」

東方青蒼聞言並不說話，猩紅的瞳孔中映進了小蘭花的身影。星辰在她背後，將她的剪影勾勒得比遠方的星空更加明亮。

小蘭花說完這話，忍不住兀自琢磨起來，「那如果咱們一直出不去，要留在這裡大眼瞪小眼，看對方到老的話，我這個身體，能撐那麼長的時間嗎？你是不死不滅，我呢？雖然我好像現在也不用吃東西，但要是這息壤的身體沒了生氣，那我……」

「不會。」東方青蒼倏爾開口。「息壤的身體不會失去生氣，我們也不會一直待在這裡。」

小蘭花一愣，不為其他，只為東方青蒼說出的「我們」兩字。這應該是東方青蒼第一次把她歸類到「們」這個類別裡吧？不待小蘭花多想，東方青蒼身體忽然動了動，他胸膛上立即滲出了更多的血。

掌間紅光一閃，他抬手捂住傷口。

「去找。」

小蘭花呆呆地應，「找什麼？」

東方青蒼重新閉上眼睛，「本座的心。」

聽到東方青蒼這個語氣，小蘭花知道他已經拋開了方才短暫的回憶，又變成了那個殺伐果決的魔尊。

可是……

小蘭花瞪著眼問東方青蒼，「我上哪兒去給你找心？」

「就在這裡。」

呵呵，很好，聽起來真是簡單，就在這裡。

「你既然還要這顆心，那當時為什麼要挖得那麼瀟灑啊？」小蘭花怒氣沖沖地說，見東方青蒼白著臉不理她，她哼了一聲，語氣冷靜下來，「再說了，這裡別說東南西北了，就連上下左右我都分不清楚，你讓我去找你的心？且不說我能不能找到吧，就算是找到了，我大概也回不來了。你難道打算待會兒就這樣捂著胸口，像我去找你的心一樣來找我嗎？」

東方青蒼沒有睜眼，只是用另一隻手將小蘭花的手抓住，然後扣住她的五指。十指相扣實在是一種很曖昧的牽手方式，小蘭花被這突然一下弄得有點愣，隨即臉紅起來。她掙扎著要抽出手，卻被東方青蒼握得更緊，「你、你、你幹麼？」

「在妳身上留下本座的法印。」東方青蒼終於鬆開手。「不會讓妳走丟的。」

小蘭花抬手一看，掌心果然多了一個小小的火焰印記，還微微地發著紅光。紅光凝成一條線，線的另一端牽著東方青蒼的掌心。

這是東方青蒼的法力，可看起來簡直像是月老殿裡，月老給凡人們牽的紅線……

司命以前告訴過小蘭花，凡人都有自己的紅線。她那時很是羨慕地問主子，她的紅線在哪裡。司命笑著說，她是一株蘭花，只要有蜜蜂就可以了，不需要紅線。

即便到現在，小蘭花也不理解這句話的意思。但是，在理解之前，她卻有了……

主子啊，妳好像說錯了，蘭花也可以有自己的紅線的。

「順著這條線妳就可以回來了，去找。」東方青蒼用冰涼的話語將小蘭花拉回了現實。

她撇了撇嘴，應了一聲，然後轉身向遠處飄去。沒飄出幾步，她又不放心地回頭，「大魔頭，如果有什麼危險的話，你一定要拉我回來哦。」

東方青蒼沒有應她。

小蘭花等了半天，知道東方青蒼不會搭理她了，於是氣呼呼地罵道：「又不理我，悶葫蘆、小氣鬼！」罵完自覺轉身飄走了。

直到她的身影消失在黑暗之中，東方青蒼才睜開眼睛。他掃了一眼掌心的紅線，重新閉上眼，用另外一隻手撫上了缺失了心臟的胸膛，皺了皺眉。

找回了拋棄已久的情緒與欲望讓他還有些不適應，身體之中的氣息來回衝撞，讓他寸寸骨肉皆如撕裂一般疼痛。

不知在黑暗中待了多久，忽然，手上的法印微微一動。東方青蒼睜開雙眼，卻見小蘭花正抱著一顆鮮血淋淋的心臟往回飄。鮮血染紅了她的衣裳，襯著她一張驚慌失措的臉。

她總是這樣，怕死怕痛，遇事不沉著，一點意外便能嚇破她的膽。

東方青蒼從來看不起這樣的人，在他的觀念裡，弱者就應該被踐踏在腳下。但對於小蘭花，他竟可以容忍她站在自己身邊，帶著小心翼翼的神色揣摩他的情緒，然後在生死的夾縫中，時不時動點歪心思。

他對她的習慣和縱容讓自己感到驚訝。

「大魔頭，心心心……」小蘭花趕到東方青蒼身邊就忙不迭地鬆了手，將他的心扔在他的胸膛上，然後還驚魂未定地在衣襬上用力擦了擦手。「嚇死人了，怎麼挖出去了還會跳啊。一路趕回來，跳個不停，弄得我自己的心臟都不知道該用什麼頻率跳動了……」

東方青蒼瞥了她一眼，「妳便如此將本座的心丟下？」

小蘭花一愣，「不然呢？你還要我幫你裝回去嗎？」

東方青蒼眉梢輕挑，「若就是要妳幫本座把心裝回去呢？」

小蘭花眼睛一瞪，看了看還在跳動的心臟，又看了看東方青蒼，連忙擺頭，「可是我不會啊！要是把你的心臟擺錯位置了怎麼辦？手伸進去，碰到什麼不該碰的怎麼辦？你還是自己來吧。」

「出息。」東方青蒼一哂。「本就沒指望妳會。」

聽得東方青蒼此言，小蘭花一愣，一句「你在逗我嗎？」還沒問出口，東方青蒼已經轉過目光，不再理會她。

他用手握住心臟，貼在胸腔處。只見紅光一閃，心臟轉瞬消失不見。

東方青蒼閉上眼睛。

小蘭花歪著腦袋專注地看著他。

她看見東方青蒼的身體慢慢起了變化。他的頭髮變得更白，眉心一道劍似的紅色印記若隱若現，本就鋒利的指甲長得更長而鋒利，身體中不時有紅色的火光劃過。

小蘭花只覺掌心一灼，竟是連方才東方青蒼給她留下的法印，也比先前燙了幾分。

東方青蒼這是變身了？

下一瞬間，東方青蒼微微啟脣，吐了一口灼熱的氣息出來。他睜開眼，血色的眼瞳變得更加鮮紅，好似有一簇火焰在他眼中燃燒一樣，襯得他整張臉比先前更加殺氣凜凜。

「大、大魔頭？」小蘭花忽然有點不敢開口喚他。

東方青蒼目光一轉，看了小蘭花一眼。便是這一眼的時間，他眉心的長劍印記不再忽隱忽現，而是完全浮現了出來。

小蘭花不由微微往後一縮。

這……才是上古魔尊完整的模樣。

東方青蒼在空中立直了身體，銀髮隨著他的動作獵獵飛舞，「小花妖。」他開口，聲音如舊，「本座說了，會讓妳出去。」

小蘭花愣愣地點頭，「嗯……你說了……」

東方青蒼一笑，咧出一個小蘭花熟悉的惡劣弧度，「那咱們便出去吧。」他說著，張開五指，氣息自他周身猛地散開，他的長髮騰空而起。

小蘭花卻沒有感受到什麼震動。她側頭一看，發現自己周身籠罩著些許微光，一如先前東方青蒼為了防止她被天雷劈死，特地布在她身上的結界一樣。

他是……真的在護著她的。

「本座對這景色，早就看膩了。」

話音一落，他五指收緊。忽然之間，仿似天搖地墜，遠處的星辰像孩子手中的玩具一般紛紛墜落破碎。整個空間氣息激蕩，拉扯著東方青蒼的髮絲與衣袍。

只聽轟的一聲巨響，小蘭花下意識地抱住了腦袋。

待她再睜眼，四周黑暗盡退，星辰不見。腳下是她踩慣了的土地，頭頂是她看慣了的天，而身邊，是一直不曾彎過背脊的東方青蒼。

他們……

出來了……

小蘭花左右一看，發現他們此時竟然站在一個大坑之中。她生怕這只是一場幻境，輕輕問：「大魔頭，這是哪兒？」

「我們從哪裡進去的，自然便從哪裡出來。」東方青蒼說著，腳步一動。在他腳下，正踩著一塊破碎的鏡子。鏡片已經不見，只剩下了外面一圈鏡框。

東方青蒼看也沒看地上破爛的鏡框一眼，一把抓起小蘭花，跳出了大坑。

果然如東方青蒼所說，他們還在魔界。腳下是已毀壞得面目全非的大道，前方是他先前掀翻的祭殿與他自己的金身。不遠處，一群黑影人正用繩子牽制著大庾，將牠緊緊地捆在地上。

大庾的尾巴仍舊在不停地揮動，做著最後的掙扎。聽得這方動靜，大庾用力回過頭，看見東方青蒼，牠本來還在左右搖晃的大尾巴一瞬間就變成了上下拍打，好像是在說：「救我……」

小蘭花見了心裡暗自嘀咕，這傳說中的魔界大蛇，怕死起來跟她也沒什麼區別……

而此時，除了小蘭花已沒有人去關注那邊的大庾了。

大道之上全部的目光都聚焦在東方青蒼身上。

孔雀摔坐在大坑旁邊，丞相觴闕立在一旁。他倆盯著東方青蒼，神情皆是無法抑制的驚懼。

孔雀失聲：「不可能……你怎麼可能……」

「呵。」東方青蒼冷冷一笑，臉上的神情宛如邪神。

或者說，他現在，就是邪神。

「後輩膽大，倒是比魔界前人更讓本座驚訝。」

孔雀腰腹上被東方青蒼的烈焰長劍捅出的傷口仍在燃燒，他一手捂住傷口，另一隻手往後一伸，好似想讓觴闕扶著他站起身來。但哪還由得觴闕動作，東方青蒼身影一閃，眨眼之間便落到了孔雀身前。

沒人看清他是怎麼動手的，待眾人反應過來時，觴闕已被一股大力推開，逕直撞在了街對面的房屋牆上，倒在磚石坍塌的屋子裡，沒了聲息，而孔雀已經被東方青蒼掐著脖子提了起來。

東方青蒼掌心烈焰翻騰。

孔雀一張妖豔的臉上一片慘白，滿目痛色。

「你既然敢膽大包天地算計本座，可有想過，算計之後的下場？」

孔雀已沒有力氣回答，反倒是東方青蒼身後的小蘭花心裡打了一個突。認真算算，她好像也算計了東方青蒼不少次呢……

要不要趁著接下來的時間好好討好東方青蒼一下，讓前塵往事一筆勾銷……

在小蘭花暗自琢磨之際，那邊的孔雀在東方青蒼的手中掙扎著說道：「我輩將尊上復活……並非……為了讓尊上……沉溺上古舊事……」

「本座如何行事，何須他人置喙。」東方青蒼血色的眼瞳中殺氣凜冽，唇邊的笑既嘲諷又狂妄。「你若不服，來與本座戰。」

話音落下，他手臂一揮，將孔雀甩了出去。而在大道盡頭，祭殿前的階梯之上，突然自土地之中冒出了一塊黑色長碑，如劍一般直指長天。

只見孔雀的身影猶如箭矢一般，向黑色長碑飛去，下一秒，碑上平空長出數根尖刺，瞬間穿透了孔雀的身體，讓他掛在長碑之上。

鮮血滴答落下，從長碑腳下蜿蜒流去。孔雀垂著腦袋，生死不明。

小蘭花看得愕然，可不待她開口說一句話，東方青蒼便向前踏了一步。他的聲音不大，卻傳遍了魔界每個角落，「本座既已重臨世間，魔界王權便是本座之物。

若有不滿者，誅之。」

場面一片肅靜，無人敢動。隨著東方青蒼的目光掃過，空氣變得沉重，壓得所有人都彎了膝蓋，匍匐於地。

捆綁大庾的繩索像是被無影的利刃割斷了一樣，啪地彈開。但是大庾卻沒有立起身子，而是與所有人一樣，匍匐於地，向他們的王叩首而拜。

東方青蒼踏步向前，隨著他的腳步，遠處早已坍塌的魔界祭殿再次震顫搖晃起來。

黑色的尖石就如方才的石碑一樣自地下一根接一根地冒出，推開破碎的磚石，掀翻倒塌的金身，直至在那塊土地上重新造了一個黑石宮殿出來。

小蘭花看得驚呆了。

如果她沒有猜錯，那些黑色的石頭，應該是由東方青蒼的法力凝成的吧……直接用法力造了一個王宮出來，東方青蒼做事的風格還真是……全然不在正常人的想像範圍之內啊！

東方青蒼一揮手，一邊的金身逕直化為齏粉，紛紛雜雜地飄了一地。他漠然開口：「本座不屑成為你們的信仰，本座只要你們的絕對臣服。」

寂靜無聲。

東方青蒼踏過地上塵土，兀自向前。

小蘭花看著他飄蕩的銀髮與衣袂，愣了好久，才想起自己應該識趣地跟上。但心中緊張，腳下發軟，下一秒，左腳絆右腳，小蘭花啪嘰一聲，摔在了地上。

她掙扎著要爬起來，卻見一道黑影擋在了身前。小蘭花抬頭一看，卻是東方青蒼肅著臉走了回來。

「怎、怎麼了？」小蘭花磕磕絆絆地問。

東方青蒼沒有說話，卻將手遞到了她身前。

小蘭花愣住。

東方青蒼眉梢一挑，「不想起來？」

小蘭花連忙搖頭，「不不，想起來。」她伸出手，有點忐忑地將手放到了東方青蒼的手中。掌心一熱，東方青蒼將她拉了起來。

見她站起了身，東方青蒼甩手就要走，可他手中力量稍鬆，小蘭花又是一個踉蹌，東方青蒼這手便沒有放得掉。

他看著垂頭看地，不想承認自己被嚇得腿軟的小蘭花，微微吸了口氣，終是抓著她的手，往前走去。

經過大庾身邊時，大庾把臉往前探了探，東方青蒼看也沒看牠一眼，直接邁了過去。倒是小蘭花心軟，在被東方青蒼拖走之前，抽了個空摸了大庾的臉一把。

大庾開心地擺了擺尾巴，心滿意足地趴著不動了。

而在經過鴉雀無聲的人群時，東方青蒼腳步一頓，再次開口，語調並沒有因為他拖拽著一個踉踉蹌蹌的花靈而變得柔軟半分，「明日午時，魔界百官叩於本座殿前。」

冷冷吩咐完畢，他拖著小蘭花便踏進了他自己建造的王宮之中。

待得東方青蒼的身影消失，大庾先挺起頭來，趾高氣揚地從跪了一地的人群之中穿過，往王宮行去。

直到大庾也走遠了，地上的人才抬起頭。大家面面相覷，隨後竊竊私語，最終向四方而去。

這一晚，魔尊歸來的消息傳了開去。

東方青蒼的鐵血手段讓魔界所有人都膽顫心驚。

也是在這一晚，小蘭花也在膽顫心驚。

王宮之中處處是東方青蒼的法力，哪裡都是他觸目可及之處。小蘭花陷入了巨大的困擾中。到了晚上，她終於啪答啪答地跑去找東方青蒼，開口便道：「我想洗澡。」

東方青蒼聞言將視線從書中調到她臉上，挑眉問：「特地來與本座說這個，妳是想讓本座陪妳？」

小蘭花臉一紅，然後惱羞成怒，「我沒辦法在你這殿裡洗澡！」

東方青蒼目光又落回書上，淡淡道：「有浴室。」

「我知道。」

「知道就去。」

小蘭花咬牙，「你是故意的！到處都是你的視線，我怎麼洗澡？」

東方青蒼斜了她一眼，用很久以前小蘭花和他說過的一句話堵她的嘴，「妳身上還有什麼地方是本座沒看過的？」

「……」

「本座對妳不感興趣。」

小蘭花咬咬牙，氣呼呼地走了。

當晚，她還是洗了澡。

穿著衣服。

……

沐浴之後，小蘭花躺在了床上。

大床乾淨柔軟，比前些日子睡過的荒島礁石什麼的好了不知多少，但小蘭花只要一想到這個地方全是東方青蒼的法力凝聚出來的，就渾身不自在。但到底是睏了，沒由她糾結多久，便迷迷糊糊地睡了過去。

就在她快要進入夢鄉的時刻，手上的骨蘭似乎輕輕扎了她一下。但小蘭花實在太睏了，便懶得睜眼看，逕直昏昏沉沉地睡了過去。

又回到了夢境之中。

一片混沌的黑暗裡，一個女子無助地嘶喊：「阿昊，阿昊！」又有人隔得遠遠地說：「我願捨棄此身，墮入輪迴，受永世飄零坎坷之苦……」

最後，所有的聲音化成了一聲輕嘆，若有似無地在小蘭花的耳邊輕喚，「蘭花仙靈，蘭花仙靈……」

是誰？

小蘭花聽了一晚上，也沒有聽出結果。

第二天睜眼時，外面已是天色大亮。

小蘭花躺在床上，感覺自己的心跳比平時更快幾分，身體也有些綿軟無力。這樣的感覺除了在最開始進入這個息壤身體的幾天裡有過外，之後便再沒出過問題。

小蘭花將手放在心口上，心中納罕，難道是她昨天晚上……靈魂出竅了不成？難道是東方青蒼現在找回了法力，所以不想遵守那個幫她再找個身體的承諾了，想要趁她睡著的時候，神不知鬼不覺地把她的魂魄從這個身體裡面趕出去？

小蘭花警惕地四處環顧，卻找不到絲毫東方青蒼來過的氣息。

她披了衣服出了寢殿，正巧碰到東方青蒼自對面的房間走出來。

「大魔頭！」小蘭花大聲道：「說！你昨天晚上是不是對我做了什麼！」

東方青蒼理了理衣襟，好整以暇地看著小蘭花。只見她身上衣服穿得亂七八糟，一頭長髮也睡得凌亂不堪，東方青蒼眼神上下一掃，然後發出了冷冷一哼。

小蘭花被他哼得一愣，然後氣呼呼道：「你別想抵賴，不然為什麼今天早上起來我會這麼累？」

聞言，東方青蒼目光一轉，聲調淡淡的，「很累？」

小蘭花點頭，「對啊，就像是靈魂被擠出去了一樣。」東方青蒼眸光微微一轉，還沒來得及說話，便聽小蘭花接著道：「是不是你在我睡覺的時候，又對我做了什麼不該做的事了？」

東方青蒼收回了目光，「妳對本座說這樣的話，都不害臊嗎？」

小蘭花一呆。趁著她臉紅的瞬間，東方青蒼已整理好衣襟，往殿外而去。

正值午時。

王宮前，魔界百官早已奉命而至，正齊齊膽顫心驚地盯著黑石碑上掛著的孔雀。丞相觴闕一動不動地立在殿前左側首位，面色慘白，脣角似有血跡，腳下一股黑氣來回纏繞。有大膽的官員上前一看，發現觴闕竟不是清醒的狀態，而是被腳下那團黑氣給固定在那處的！

百官愕然。

便在此時，忽聽吱呀一聲，東方青蒼的王宮大門洞開，一身黑袍、神色淡漠的東方青蒼自殿中踏出。

眾人忙不迭地紛紛跪地，叩首而拜；失去神志的觴闕則是被黑氣拖拽著跪在了地上。

「恭迎魔尊！」百官山呼，伏首於地，便沒人看到大殿門後探頭探腦的身影。

東方青蒼自是察覺到了身後的視線，卻也並不理會，俯視著魔界眾人，也不叫起，只冷冷地開口：「今日起，魔族之人皆聽本座號令。如有心有不服者，這便站出來吧。」

殿前一片靜默，宛若無人。

東方青蒼勾脣一笑，盡顯猖狂本色，「既無人不服，本座行魔界王權便是理所應當之事，而後但凡再有圖謀不軌者，下場如此逆賊。」他話音一落，黑石碑上穿透孔雀身體的尖銳石稜倏爾一轉。

眾人不敢抬頭去看那到底是怎樣一副場景，但光是寂靜之中血肉撕裂和鮮血滴答掉落的聲音，便以足夠令人遐想聯翩了。

場面更加死寂，大家連呼吸的聲音都在盡量收斂。

躲在門後的小蘭花也忍不住屏住了呼吸。

待孔雀身上的鮮血滴落聲漸漸緩了下來，東方青蒼才再次開口，說出的話卻讓眾人摸不著頭腦，「數月前，與本座一同自天界昊天塔中逃出的墮仙，名喚赤鱗，乃是鎧甲化靈而成。」

眾人聞言，左右相覷，不知東方青蒼突然提這人幹麼。

「即日起，傾魔界之力，於三界中尋此人蹤跡。」東方青蒼目光往下一掃，一道力量平空打在一個武將身上。

武將被打得身子一歪，卻看也不敢抬頭看東方青蒼一眼，只顧著連忙跪直身子，但身子卻已抖得篩糠一般。

「此事便由你負責。」

武將大驚，連連叩頭，「尊、尊上……末將……末將何德何能敢擔此重任……末將職權所限，也無權調動魔界兵力啊！還望尊上另……」

「你要什麼權力？本座今日便允你這權力。魔族之內，不得有一人擾你行事。」東方青蒼道：「但你且好好記著，三日之後，你若提不來本座要的人，本座便要你的腦袋。」

武將嚇得腿軟，趴在地上冷汗直流。東方青蒼卻不依不饒，問：「可聽見了？」

武將抖抖索索地應了，「是、是，末將領、領命。」

東方青蒼揮了揮手，「走吧。」

說完，他一拂衣袖，再不看跪在地上的眾人一眼，轉身回了王宮。殿門在他身後合上，殿外百官愣了好一會兒才反應過來，這……魔尊的第一次訓話便如此結束了？

給了一個簡單粗暴的下馬威，還有一個讓人摸不著頭腦的任務？

這個魔尊，比起先前那個時不時朝令夕改的魔尊，好像只是換了一種發病的方式呀……

大殿之中，東方青蒼邁步向寢殿而去，小蘭花亦步亦趨地跟在他身後，組織了半晌語言，終是沒有想到什麼拐彎抹角的套話方式，只好逕直問：「你要找那個赤鱗，是因為他也和赤地女子有關？他是她的鎧甲化的靈？」

東方青蒼不理她。小蘭花倒是已經習慣他的態度了，毫不在意地繼續自言自語，「但是不對呀，赤地女子的東西都是有神氣的，沾染了神氣的鎧甲化的靈，為什麼會成墮仙呢？他又為什麼會在昊天塔裡邊呢？昊大塔裡邊不是應該關大魔頭你這樣的人才對嗎？」

東方青蒼腳步一頓，小蘭花卻沒有停得住，一頭扎在東方青蒼的後背上。退了兩步抬起頭，卻見東方青蒼正斜著一雙血瞳盯著她。

小蘭花眨巴了一下眼睛，問：「怎麼了？」

東方青蒼瞇眼，「妳難道察覺不到本座眼中有殺氣？」

「有啊。」小蘭花道：「你看我的眼神一直都有殺氣。」

東方青蒼眉梢一挑，「不怕？」

「習慣了。」小蘭花道：「你看你送我的骨蘭都習慣了，一點動靜也沒有，證明你不是真想殺我來著。」

東方青蒼目光掃過她手腕上的骨蘭，血色眼瞳沉了幾分。

但最終還是沉默不言地轉過了頭。

第十九章

你是不是又在騙我？

雖然東方青蒼說他什麼都沒對她做，但小蘭花這兩天晚上卻越來越睡不好了。

不只是在夢境裡時會聽到一個女子的聲音喚她「蘭花仙靈，蘭花仙靈……」，就連躺在床上神志尚清醒的時候，那聲音依舊清晰可聞。

撞鬼了？

可這是魔界，自己躺在東方青蒼用法力凝聚而成的床上。別說鬼了，只怕是閻王本人也不想靠近這座殺氣凜冽的宮殿。

到了第三天晚上，小蘭花剛閉上眼，這道聲音又出現了，她實在是忍無可忍，掀起被子就要去找東方青蒼理論。

白日裡對她各種嫌棄鄙夷也就算了，到晚上了還瞎折騰不讓她睡覺，真是欺人太甚！

可就在她要用右手掀開被子的時候，小蘭花發現她的手居然動不了了！眼皮上也似掛了千斤玄鐵，讓她怎麼掙扎也沒辦法睜開眼睛。

這……這難道是傳說中的鬼壓床？

「別去找東方青蒼。」一直在腦海裡盤旋的女聲終於不再喚她的名字，而說出了另外一句話，「他會害妳……」她的聲音清晰且沉著，聽起來非但沒有半點陰邪之氣，反而正氣十足。

小蘭花一驚，忍著從心底湧出的害怕，小聲詢問：「妳、妳是誰？妳想對我做什麼？」

可是，她沒再得到回答。

方才那兩句話像是耗盡了女子的所有力氣一樣，周遭徹底沉寂了下去。手腳一鬆，小蘭花猛地睜開眼睛。

還是她的房間，她蓋著被子好好地躺在床上，周遭空無一人。

小蘭花瞪著眼睛望著床幔，滿心的疑問。如果到現在她都還不能察覺夢中人的詭異的話，那也實在枉費她這些日子跟著東方青蒼滿世界亂跑所吃的苦頭了。

那不是她的幻覺，是真的有什麼人通過某種辦法在聯繫她。

可這是東方青蒼用法力凝造的宮殿，東方青蒼怎麼會感知不到？小蘭花抬起右手，藉著月色看著自己的手腕。骨蘭沒有反應，證明剛才沒有殺氣，夢中的人不是想害她。那人到底是誰？她到底想做什麼……

清晨，小蘭花一臉委靡地推開房門，想去宮外晒晒太陽清醒一下。剛走到王宮正門，便見東方青蒼的身影正堵在大殿門口。

他負手而立，背影一如既往地筆挺。

小蘭花走得近了才聽到殿外有人聲傳來，是三天前東方青蒼隨手點的那名武將在匯報。不用聽他的內容，光聽他聲音發抖的程度，小蘭花便知道，這個武將把東方青蒼交代的事情辦砸了。

「卑職已尋到赤鱗藏身之地，奈何那處有集天地而成的結界，卑職窮極辦法也不能破。是以……是以……」

「哦，那地方在哪兒？」東方青蒼的聲音還是淡淡的，聽不出半點怒火。

那武將小心翼翼地道：「在、在魔界西南方，花草甸。」

「哦。」東方青蒼應了一聲，手中聚起法力，便在這時，一道抽氣聲傳來。

是小蘭花在他身後忍不住發聲了。卻不是因為東方青蒼的殺氣，而是手腕間猛地疼了一下。垂頭一看，竟是骨蘭生出一根枝椏，尖端扎破了她的手，血珠都滲了出來。

小蘭花捂住手腕，一抬頭，與東方青蒼四目相接，腦海裡忽然迴響起昨晚夢中聽到的那句「他要害妳」。

這句話像是在她心口上咬了一下一樣，讓小蘭花忍不住瑟縮了目光，咬住唇，下意識地後退了一步。她望著東方青蒼，不敢再發出半點聲響。

看見小蘭花眼中極力隱藏的畏懼，東方青蒼腦子裡忽然冒出了一個荒謬的想法——他嚇到她了。東方青蒼之所以覺得這個想法荒謬，是因為打上古時候開始，他就從來沒有產生過這樣的想法。

嚇到誰，這不是很正常的事情嗎……

敬畏、恐懼，這才是常人對他應有的態度。

儘管東方青蒼這樣想，但此時此刻卻不得不承認，他竟沒了殺人的心情。他轉過頭去，聲音依舊冷淡，「本座記得，先前說過『提不來人，便提頭來見』。」

武將抖得都沒了人形，「卑、卑、卑職無能……」

「著實無能，還不給本座引路，且讓本座去會會他。」

武將一聽身子也不抖了，嚇傻了一樣跪在原地一動不動。

東方青蒼眼睛一瞇，「看來比起引路，你這是更想掉腦袋？」

將領終於回過神來，連連叩首，「卑職愚鈍，卑職愚鈍，卑職這便為尊上引路。」

東方青蒼點頭，邁步出了大殿。走了兩步，腳下一頓，他回過頭，看向小蘭花，手指輕彈。

小蘭花只覺腕間一熱，竟是東方青蒼用法力將她的傷口給治好了。

她愣愣地看著東方青蒼，只聽他道：「好好待在殿裡，別想到處亂跑。本座不在，魔界眾人可不會對妳客氣。」

這話的意思是，不帶她一起去了嗎？

「大庾會守在殿門前。」他話音一落，大庾從門外探了個腦袋進來，對著小蘭花上下點了點頭。如果牠能有表情的話，小蘭花覺得，牠現在應該是在諂媚地笑……

「若有突變，躲進本座房間即可。」

在東方青蒼說這幾句話的時候，那武將實在忍不住好奇，悄悄抬起頭打量小蘭花。但還沒看清小蘭花的臉，便有一股壓力狠狠地壓在他腦袋上，將他整個臉按在地上，再抬不起頭來。

東方青蒼抬腳走下殿前階梯，小蘭花情不自禁地跟著走了幾步。

雖然時常被東方青蒼嫌棄，雖然東方青蒼對她也說不上多好，雖然昨天夢中女子的警告猶在耳邊……但東方青蒼仍舊讓她有說不出的依賴感。特別是在讓人不安的環境裡，她對東方青蒼的依賴就如烙印一樣，擺脫不了。

她覺得自己這樣的心態大概是有點毛病的，可是她沒什麼辦法。

「大魔頭……」

她開口，東方青蒼便停住了腳步。

「你……什麼時候回來？」

東方青蒼看著小蘭花帶著些許不安的眼睛，只說了兩個字：「明天。」

「那……我就在你房間裡蹲著。」

「出息。」他說完這兩個字，便頭也不回地走了。

他沒拒絕，小蘭花便權當他同意了。直到他的背影再也看不見，小蘭花伸手摸了摸大庾的臉，「你要好好看門哦。」

大庾乖巧地在小蘭花手心裡蹭了一下。

這天夜裡，小蘭花毫不客氣地躺到了東方青蒼的床上，捲著他的被子睡起了覺。畢竟連他的身子她都占過了，還有什麼不好意思的呢。

這晚，即便是在東方青蒼的屋子裡，小蘭花還是作夢了。夢裡出現那個女子隱隱約約的輪廓，她說：「小蘭花，妳得離開這具身體。」

和以前一樣，反反覆覆，只有這一句話。

第二天一早，東方青蒼就回來了。

與他一同回來的還有一個紅衣男子——赤鱗。

東方青蒼當真只用了一天的時間，就將人捉回來了。

小蘭花去的時候，正撞見赤鱗跪在王座前，對東方青蒼道：「要殺要剮悉聽尊便，我是不會幫你這魔頭做事的。」

東方青蒼冷冷一笑，「誰說本座要殺你？」話音一落，東方青蒼五指成爪，赤鱗腳下立即生出了數十根拇指粗細的柵欄，像牢籠一樣將他困在其中。

東方青蒼再一揮手，牢籠瞬間挪到了大殿的角落。小蘭花轉頭一看，這才發現，在那個角落裡，居然還擺著朔風劍。

赤鱗見了朔風劍也是無比驚訝，他望向東方青蒼，一張吊兒郎當的臉上難得出現了凝肅的神情，「你到底想做什麼？」

「本座要做什麼，何須告知於你。」

「先取朔風劍再擒我……」赤鱗盯著東方青蒼。「難不成魔尊執念難消，扼腕於上古一戰，以至於想方設法地要復活我主子，再戰一場，以雪前恥？」

東方青蒼被人點破也不生氣，反而勾了勾唇，「是又如何？」

赤鱗沒想到東方青蒼如此輕易就承認了，反而一愣，隨即肅了面容，「你不會成功的。」

「喔？」

「上古之時，主人自毀法力，銷匿於天界。但凡主人還有一分神識存在於這世間，她都不會讓你成功的。」

東方青蒼一笑，「那便試試，看本座到底能不能成功。」他話音一落，忽見門口人影一閃，正是小蘭花站在了門口，但此時她臉上的神色卻有幾分奇怪。

東方青蒼瞇起眼睛打量她。

這個小花妖的一言一行在他面前從來都直白得和一張白紙一樣，但今天他竟有幾分看不懂她的神色。

她站在殿門口，沒有看他，卻是把目光落在了赤鱗身上。

赤鱗轉頭看見小蘭花，眉梢一挑，「是妳？」

小蘭花嘴角動了動，又瞥了東方青蒼一眼，沒有說話。

東方青蒼眸光微動，「又怎麼了？」

小蘭花轉開目光，「我就是來確認下你回來了沒……既然你回來了，那就沒事了。我先回去了。」說完，果真頭也不回地跑回了自己的屋子。

東方青蒼目光微沉，在這座以他法力鑄就的宮殿裡，一磚一瓦都有他的神識。他輕輕鬆鬆地就看見了小蘭花回了屋子，關上門，然後到梳妝檯前坐下，拿起梳子開始梳頭髮。似乎當真只是來確認一下，他是不是回來了。

東方青蒼撤回了神識，不再管小蘭花，他篤定這小花妖掀不起什麼風浪。他將目光轉回赤鱗身上，繼續方才的話題，「本座倒是好奇，是何緣由，能使堂堂天地戰神散去法力、棄了仙身、墮入三界輪迴，成一微渺凡人？」

赤鱗目光一暗，閉嘴不言。

東方青蒼動了動手指，「不說也無妨，這些緣由，對本座來說，也不甚重要。」

這方，小蘭花回到自己房間，看著鏡子裡面的自己，有點愣神。
當初東方青蒼把這具陶土身體捏成男人，把她氣壞了，所以小蘭花清楚地記得，在改造這具陶土身體的時候，她在臉上花了不少工夫，捏得與她先前的臉相差得遠了去了。
但是直到今日她才恍然發現，這張臉，居然與以前的自己越長越像。
如果不是方才赤鱗一看她便說「是妳」，小蘭花怕是現在都反應不過來。畢竟一張與「自己」越來越像的臉，誰能那麼敏銳地察覺到呢？
還有……
小蘭花摸了摸右手手腕，她昨天被骨蘭扎出了鮮血，然後被東方青蒼治好了。可是，她的身體之前受了傷，明明是不會流血的，只會像泥土一樣變成灰白的一片。
難道她的魂魄在與這具身體慢慢融合？
這具身體，是東方青蒼為赤地女子捏造的。可現在他卻眼睜睜地看著這具身體在他眼皮子底下變得越來越像另一個人，而沒有任何反應。
以東方青蒼的性格來說，如果不是他病了，就是他又開始起什麼壞心眼了……領悟到這一層，其實小蘭花是有點傷心的。因為這些日子裡，她自我感覺與東方青蒼已經變得熟悉起來了。她覺得，東方青蒼雖然不喜歡她，但至少是不會害她的。
但現在看來，這大概只是她的錯覺。

還有一點，小蘭花開始懷疑，夢中的那個女子，或許就是赤地女子。如果真是那位天地戰神的話，恐怕確實可以在這座王宮裡面避開東方青蒼的探查。只是，方才赤鱗說赤地女子是自己放棄仙身墮入輪迴的，她不想重回人世。

若那聲音真是赤地女子的話，她為什麼會在夢裡告訴小蘭花，讓她離開這具身體呢？她又為什麼會說東方青蒼要害自己呢……

小蘭花思量了許久也沒想出個所以然來，最後決定乾脆找夢中人問上一問。

她放下手中的梳子，爬到床上平躺下來。小蘭花入睡得很快，醒過來時已是正午。這個回籠覺睡得極為香甜，但是夢中始終沒有聽到那個女子的聲音。

下午的時候，東方青蒼不客氣地推了門進來。

他走到她床邊，開口就問：「病了？」

小蘭花正在努力醞釀睡意，聽到這個聲音，猛地睜開眼，拽緊被子，像兔子一樣戒備地縮到了床榻裡面。

東方青蒼，「……」

過了好一會兒，見東方青蒼沒有別的動作，小蘭花才悻悻然地稍稍鬆了一點被子，露出半個腦袋小聲問：「怎麼了？」

東方青蒼抱起手臂，「妳怕本座？」

「嗯……」小蘭花應了一聲，見東方青蒼挑眉，又立即道：「這是敬畏！」

東方青蒼一哂，也懶得去戳穿小蘭花拍的馬屁，只道：「妳在床上躺了一天了。」

「嗯。」

東方青蒼等了一會兒，沒有等到小蘭花再說下一句，他不高興地皺起眉頭，「妳在床上躺了一天了。」

小蘭花不明所以，「是、是呀……」

東方青蒼沉著臉，「妳身體有何不適，便不知道自覺與本座交代嗎？」

小蘭花抓著被子囁嚅，「我沒什麼不適……」

東方青蒼沒有理她的話，忽然俯下身，翻了翻她的眼皮，還摸她的脖子，最後直接伸手到被子裡，按住了她的心口。

小蘭花驚得連掙扎都忘了，當東方青蒼的手覆在她心房處時，她甚至感覺到了自己的心跳陡然快了幾分。

她有點驚慌地抬眼去看東方青蒼，生怕他察覺到自己這點不敢為人知的小心思，但很顯然——

東方青蒼察覺到了。

因為東方青蒼也抬了眼，四目相接，小蘭花睜大著眼睛，害羞得甚至忘了避開目光。

但東方青蒼卻面無表情地收了手，將被子給她提上，冷聲道：「妳身體沒問題。」

她這身體能有什麼問題。

「我就是想睡覺。」小蘭花將頭半埋進被子裡，不讓自己與東方青蒼目光相對。

等了一會兒，見東方青蒼沒有離開的意思，小蘭花咬了咬牙，終於忍不住問：「大魔頭，你說要給我找一具身體，現在咱們也沒有到處跑了，你看你把赤鱗都找來了，什麼時候能幫我找到一具身體呢？」

東方青蒼沒有說話。

小蘭花忍了一會兒，但到底是年紀輕道行淺，脾氣來了，憋不住話。她的目光落在東方青蒼臉上，帶著三分委屈道：「你是不是又在算計我什麼，不想給我找身體了？」

小蘭花不知道，她委屈的時候，那雙眼睛裡的水霧和她嘴角向下的弧度會有多讓人感到心軟。

東方青蒼坐在床邊，看著她，血色眼眸裡印著她的影子，「妳便如此想離開本座？」

沒有否認，不是冷笑，並非嘲諷。

而是……這樣一句話。

小蘭花愣了。

東方青蒼伸手撥開了她額上胡亂交纏的頭髮，「多在這身體裡面待會兒，不好？」

許是小蘭花的錯覺，她竟然覺得，東方青蒼的聲音是意料的……溫柔。也或許並不是他溫柔，只是聽的人希望說的人，是溫柔的。

「大魔頭……」小蘭花過了很久才愣愣道：「你才是……生病了吧？」

東方青蒼眸光微動，倏爾一把掐住小蘭花的臉，毫不客氣地往旁邊拉了拉，「本座與妳說了這話，妳卻說本座病了？蠢得連話都聽不懂了，嗯？」

小蘭花並不掙扎，齜牙咧嘴地說：「沒有聽不懂，我只是……不懂這些話怎麼會從你的嘴裡說出來。」

東方青蒼鬆開小蘭花的臉，面色冷淡，「留在本座身邊。」六個字，不帶感情，是東方青蒼慣用的命令口氣，絲毫不給人商量的餘地。

小蘭花睜大了眼，黑色的眼珠子裡，全是東方青蒼。

「這樣可是聽懂了？」

聽懂了。

「但是……」小蘭花努力讓自己保持清醒，但神色已經開始不受控制地變得飄忽了。「為什麼？」

「沒有為什麼。」東方青蒼道：「妳只要知道，本座要妳留下。」

小蘭花呆呆地看著他，然後小聲道：「你這樣說話，真是狡猾又惡劣。」她抓住被子，重新縮回去，發出來的聲音顯得含糊且有點可憐無助，「你這樣……會讓我以為你喜歡我的。」

東方青蒼移開目光不看她，「本座沒說不許妳這樣以為。」

小蘭花聞言，滿臉的不可置信，「大、大魔頭……你……」

是喜歡嗎？他這樣說，是在承認他喜歡她嗎？

這個東方青蒼，上古魔尊，喜歡……她？

「骨蘭若是經常扎到妳，就取下來吧。」丟下這句話，東方青蒼便毫不留戀地起身向外走去。

到了這個時候小蘭花哪還有心思關心骨蘭的問題，她只愣愣地盯著東方青蒼，直到他出了房門也沒有回過神來。

東方青蒼喜歡她？東方青蒼……讓她留在他身邊……

小蘭花捂著自己的心口，有些害羞，「別跳了……」她說：「再跳就要被聽到了……」

這之後的兩天，小蘭花一直沒再見到東方青蒼。他足不出戶，也不知在研究些什麼。小蘭花無所事事，不免把心思動到了被關在大殿裡的赤鱗身上。

其實，對於先前赤鱗在昊天塔裡抓她胸這件事，小蘭花還是非常介意的。但為了套交情進而從他嘴裡套些話，小蘭花還是揣了個雞腿去找他。

往赤鱗牢籠前一站，小蘭花覺得風水真是輪流轉。上一次在昊天塔，她可是被關在籠子裡的那個。

赤鱗只瞥了她一眼，又閉目不言。

小蘭花把雞腿遞到籠子裡面，「吃不吃？」

赤鱗冷笑，「我會需要這些東西？」

小蘭花撇嘴，把手縮回來，當著他的面開始啃起了雞腿，吧唧吧唧地啃得滿嘴油光，赤鱗皺了皺眉頭，睜開眼斥道：「妳先前一個好好的仙子，為何要與這魔頭為伍，又為何要修煉魔法？如今弄成這副半點法力也無的模樣，想來也是咎由自取，活該。」

他這幾句話對小蘭花一點殺傷力都沒有，於是小蘭花吐掉骨頭，道：「那你一個好好的神明鎧甲，為什麼會變成墮仙？」

赤鱗哼了一聲：「我是逼不得已才走到如今這地步。」

小蘭花道：「我也是逼不得已才走到如今這地步的。不過我走得比你好，我在籠子外面。」

「……」

小蘭花將臉湊近，道：「你不想待在籠子裡吧？我可以救你出去。」她面不改色地撒謊，「只要你回答我三個問題。」

赤鱗看了小蘭花一眼，然後嘲諷地勾了勾唇，「也是，早在昊天塔的時候，那魔頭便痴迷於妳，看我占妳一點便宜，便上竄下跳得猶如猴猻。」

小蘭花罵他，「你才猶如猴猻！」

赤鱗冷笑，「不喜歡聽人罵他？妳若是如此對他好，又何必為了從我嘴裡套消息，來與我交換條件？」

小蘭花清了清嗓子，道：「你別管為什麼，我就三個問題。第一，赤地女子長什麼樣；第二，赤地女子當年與東方青蒼一戰，從背後偷襲東方青蒼的那人是誰；第三，赤地女子是個怎麼樣的人。這三個問題，你答了我，我或許……咳，就能放你出去。」

赤鱗神色變幻莫測，「妳為何知上古……」沒說完，他便咬住了嘴，不再開口。而且不論之後小蘭花再如何威逼利誘，他都不肯再開口說一句話。

小蘭花無功而返，快快地回了房。走到房門口時，對面東方青蒼的屋門忽然打開了，東方青蒼坐在屋中，冷冷地看著她，「為何忽然對赤地女子感興趣？」

小蘭花到現在也不敢直視東方青蒼的眼睛，她左右四顧，然後絞了絞手指，「就想瞭解下女戰神的風姿，以後好講給主子聽。」說完，她就推門回了房。

她知道一扇房門擋不住東方青蒼的視線，但只要不用面對面地看著他，就會讓小蘭花好受不少。

當天晚上，小蘭花久違地開始作起了夢。

在夢裡，她發問：「妳是不是赤地女子？」

聲音在黑暗之中盤旋了許久，在小蘭花都快放棄的時候，黑暗裡出現了一個聲音：「是。」

小蘭花立即又問：「妳到底找我做什麼？」

「東方青蒼在騙妳。」赤地女子道：「小蘭花，離開這具身體。他在騙妳。」

小蘭花心頭微涼，但後來不管她再問什麼，夢中的赤地女子就只有一句：他在騙妳。

早上醒來的時候，小蘭花出了一身的冷汗，將她耳邊的鬢髮都打溼了。

她望著床頭，有點愣神。

東方青蒼想復活赤地女子，但他也說過，想讓自己留下來；赤地女子不想復活，但她卻在夢裡讓自己離開這具身體。

事情好像變得有點撲朔迷離了。

但不管怎麼說，東方青蒼和赤地女子，總有一個在說謊。

就在小蘭花一籌莫展之時，魔界迎來了一個盛大的傳統的節日——臨聖之日，這是傳說中的魔尊誕辰。

魔族人在這天會祭祖、朝拜魔尊聖像、細數過去一年自己給天界添了多少堵、造福了多少魔界子民……類似於人界的新年。

但是這個往年用來祭拜東方青蒼的日子，現在卻因為真正的東方青蒼的存在而顯得壓抑許多。

東方青蒼在本是他祭殿的位置立起了如今的王宮，純黑的宮殿外觀，肅殺莊嚴。光是殿前那塊還掛著孔雀的黑石碑，就嚇走了一批依照舊習俗前來叩拜的魔界子民。

而東方青蒼只顧著辦自己的事，對魔界的日常事務半點不關心。整個朝堂幾乎陷入了癱瘓之中，王都中人無人有心思再去慶祝這個「魔尊誕辰」。

小蘭花看著王都夜空黑漆漆的天，心裡想，這王都裡的人，現在大概都恨不得將東方青蒼塞回娘胎裡去吧。

只可惜東方青蒼天生天養，連娘是誰都找不到。

他好不容易死了一次，卻是被魔界自己人給救活的。

東方青蒼的宮殿內也是一如既往地沉悶死寂。小蘭花晚上又穿著衣服洗完澡，一頭溼髮無從打理，一時興起，乾脆出了王宮大門。

門前臺階上，大庾正縮在門邊蜷著身子睡覺。見小蘭花推門出來，大庾抬起了腦袋。

小蘭花讓大庾把腦袋放地上，然後踩著牠的臉上了牠的背，「大庾，你帶我飛高一點，吹吹風好不好？」

大庾雖覺得這個要求很奇怪，但也沒有拒絕小蘭花。蛇身騰起，將小蘭花帶到了王宮的正上方。

站得高望得遠，小蘭花這才看見周邊小城鎮裡還是有人在慶祝節日的。遠處的煙花一朵朵地綻放，她這邊雖然離得太遠聽不到聲音，但還是能看到那閃動著的光芒的。

風吹動小蘭花的溼髮，她趴在大庾頭上，用兩隻手撐著腦袋嘀咕：「真漂亮。」

「如此微末把戲也能入眼？」

小蘭花轉頭一看，卻見東方青蒼竟不知什麼時候站到了大庾的尾巴上。

小蘭花連忙坐起了身，拉了拉自己趴得有些皺的衣裳，又將溼髮捋了捋，仍舊不敢去看東方青蒼，盯著遠方嘀咕：「看不上這把戲，你站這麼高做什麼？」

「本座想知道，妳想玩什麼把戲。」

小蘭花一愣，隨即撇嘴，「在你眼皮子底下我能玩什麼把戲。你是魔尊大人，你那麼厲害，要玩也是你玩給我看啊。」

這話帶著揶揄，但東方青蒼也沒生氣，反而勾了勾脣角，「便玩給妳看看。」

言罷，他手中燒出一道烈焰，逕直沖向天際，如遠方的煙花一樣，在空中炸開。只是與那些轉瞬即逝的煙火不同，這道火焰瞬間將天上的雲霧滌蕩乾淨，而後星星點點的光重新聚集在一起，竟形成兩條龍的模樣！

兩條火焰凝成的巨龍栩栩如生，在空中廝殺追逐。烈焰呼嘯，便似傳說中的龍嘯。

小蘭花盯著夜空，微微張著嘴，看得出神。

東方青蒼瞥了她一眼，她被火光勾勒出柔和的輪廓，竟讓他莫名其妙地想到了那個瞬間——他從一片虛無之中醒來，他以為自己會在那樣的景色中飄流到時間的盡頭，然後，他就看見了這個小花妖。她輪廓柔和，她抱著他，守在他的身邊，對他說：「我陪著你。」

東方青蒼眸光微動。

指尖一彈，兩條龍竟融在了一起，眨眼幻化成鳳凰的模樣。鳳凰長啼一聲，展翅飛上高空，一口將空中的火焰明珠銜住，身影一轉，向小蘭花飛來。它的身影逐漸變小，落在小蘭花面前時，已變得如尋常鴿子大小。它將火珠放在小蘭花掌心，然後化成火星，隨風不見，而小蘭花掌中的火珠飛快地化為一朵蘭花的模樣，從含苞到盛放，最後變成塵埃，呼呼地飄散在空中。

夜空恢復寂靜，一如方才什麼都沒發生過一樣。

在這樣的寂靜中，小蘭花聽見了下面傳來的驚呼聲，是王都的人也看見了東方青蒼的這一齣「把戲」。

她收回手掌，掌心好似還有那枝火焰蘭花的溫度。

「大魔頭。」小蘭花道：「如果你願意，你大概能做我主子說過的那種，世間最完美的情郎。」

東方青蒼眉梢一挑，「情郎？妳是在辱沒本座？」

小蘭花沒有答他的話，她垂著腦袋坐了很久，在微風的吹拂下，一股一股的頭髮已經開始慢慢變成一根一根的，飄揚在風中。她像是下了什麼決心一樣，抬頭看向站得筆直的東方青蒼，「大魔頭，你實話和我說，你是不是騙了我什麼？」

天上的雲霧方才被烈焰驅逐，他們都在大庾的背上，沐浴著白色的月光。東方青蒼銀髮飛揚，一雙紅瞳裡面分辨不出喜怒，「沒有。」

小蘭花看著他，黑色的眼瞳被他的銀髮映得發亮，「你說沒有，那我就相信你。」

小蘭花正襟危坐，東方青蒼看著她的眼睛，忽然想到，這世上大概沒有哪個女人的眼睛，能比這小花妖讓他印象更深刻吧。

無論何時看她，她眼中好似總會有水光，一副可憐兮兮的模樣。一開始他覺得厭煩，因為她用他的臉時也這樣幹，後來變得習慣，到現在，他時不時地便會真的覺得她可憐。然而她也不是一直可憐下去的，這個小花妖偶爾的堅強，讓他也忍不住……

動容。

好比現在。

她說她相信他的時候。

小蘭花繼續說：「雖然我知道你不是什麼好人。」

東方青蒼，「……」

小蘭花垂下頭，「我實話和你說，你別笑話我。我覺得和你走了這麼多路，雖然一路上咱們互相撕破臉不知道多少次，但走到現在，我是打心眼裡覺得，你不會真的害我。所以我現在也是打心眼裡希望你不會騙我，雖然你之前劣跡斑斑……但這次，大魔頭，你說你沒騙我，我就相信你沒騙我。」

東方青蒼沒有說話。

小蘭花抓了抓頭髮，「頭髮乾了，我要回去睡了。」她拍了拍大庾的腦袋，示意大庾往下飛。

當大庾落在地上，小蘭花跳下大庾腦袋時，東方青蒼也從大庾身上下來，「小花妖。」他忽然喚道：「在魔界，妳沒必要戴著骨蘭了。」

突然聽到這句話，小蘭花有點愣神，她回過頭想問東方青蒼為什麼，但一轉頭，東方青蒼已經不見了人影。

小蘭花歪著腦袋想了一會兒，想不出個所以然。但是到了床上，她猶豫了一番，最終還是聽了東方青蒼的話，將骨蘭取下，壓到了枕頭底下。

她閉上眼，心裡想著，她也要好好地和赤地女子談一談。

沒多久，小蘭花陷入夢境。夢裡面一如既往地漆黑，她在黑暗中前行，輕聲喚著，「赤地女子？」

頸間一痛，像是被什麼東西扎了一下一樣。她下意識地捂住脖子，一道聲音傳到了她的耳朵裡，「不要相信他。」

是赤地女子的聲音。

小蘭花立即扭頭四處尋找。終於，在前方的黑暗當中，她看到一股白氣慢慢凝聚成形，只是到最後，那白氣也不過成了一個大概的人形，連五官也沒有。

「小蘭花，不要相信他。」

今天，赤地女子的聲音比以往任何一次都要清晰，聲音中的焦慮與擔憂暴露無遺，「他在騙妳。」

小蘭花搖頭，「東方青蒼說他沒有騙我。我願意相信他這一次。」

白影微微晃動，「他只是在利用妳，因為妳能讓這具身體變得靈活。」

小蘭花微微一僵，回想起骨蘭扎破她手腕時流的鮮血，還有她日漸變得更像自己原來容貌的臉。

小蘭花點頭，「我大概猜到了。可大魔頭說，他想讓我在這個身體裡多待一會兒，他……可能是想把這個身體直接給我……」說到這句話時，小蘭花自己都有點沒底氣，因為沒人比她更清楚，東方青蒼對於與赤地女子再戰一場的願望，有多麼迫切。

「倘若妳繼續留在這具身體裡，最終只會化為這身體中的一縷生機。」赤地女子的語氣中帶著嘆息。「小蘭花，對不起，但東方青蒼，真的要殺妳。」

小蘭花心頭陡然大寒，像是朔風劍化成了針，在她身上留下千瘡百孔。她呆了好久才愣愣道：「可他剛才和我說，他沒騙我。我相信他……」

「造息壤身體之時，他便騙過妳一次了。」

小蘭花握緊了拳頭。如果在夢裡能看見自己的話，小蘭花想，自己此刻的臉色應該十分難看。

赤地女子不知道，東方青蒼何止在用息壤造身體的時候騙過她。更早之前，東方青蒼說要給她找一個身體的時候便是在騙她。他根本就沒有給她找身體的打算，他只是想取赤地女子的魂魄，然後順便塞給她一個身體，讓她去自生自滅。

小蘭花搖頭，「我還沒見過妳，我也不能相信妳。」

赤地女子默了許久。「妳見過我。」她道：「很久以前，我見過妳，妳也見過我。今日沒有時間再與妳細說，若東方青蒼當真沒有騙妳，妳大可問問他，妳的原身是什麼。」眼前的白影慢慢淡去，赤地女子的聲音越來越微弱，「東方青蒼把我放在骨蘭之中……」

白影徹底消失，黑暗褪去，小蘭花猛地睜開眼睛。

頸項處隱隱傳來刺痛的感覺，小蘭花皺著眉頭往脖子上摸了摸，手指竟然有溼潤的觸感。拿出手來一看，竟有一點血珠在指尖之上。

小蘭花猛地一把掀開枕頭。

枕頭下的骨蘭還好好地擺在原地，只是骨蘭之上有一根針一樣的枯藤，沾了一點血絲。

赤地女子沒有騙她。

東方青蒼真的把赤地女子的魂魄，放在了骨蘭裡面……

細細思量，小蘭花只覺背後在一層層地冒著冷汗，腦海裡翻來覆去的便是赤地女子的話語。

「他是真的要殺妳。」

第二十章

害我性命就算了，竟然還玷汙我的名譽。

小蘭花再也沒法入眠，她縮在床角，抱著膝蓋，把腦袋埋在膝蓋裡。

她告訴自己，這才是真正的東方青蒼，陰險、奸詐，欺騙與誘惑是他熟透了的把戲。一開始，東方青蒼就毫無顧忌地在她面前表現著這樣的把戲，他就是這樣的魔頭。

是她錯了，是她在日復一日的相處當中，把東方青蒼想得太好了……

小蘭花拿腦袋在膝蓋上磕了磕，讓自己暫時拋開東方青蒼，轉而去思考另外一件讓她備受打擊的事情——

她發現，她可能不是她所認為的自己了。

先前千隱郎君便說過，她的魂魄很強大，可以融入這具息壤的身體。當時千隱郎君與她說完那話之後，場面就脫離了控制，以至於她一直忽略了這件事。

而方才，赤地女子又說，她可以讓這具身體變得靈活……

仔細想想，她的不正常或許在更早之前就體現出來了。

比如說她可以和上古魔尊東方青蒼搶占一具身體，再比如說，她與東方青蒼去崑崙山那次，他倆魂魄離體，東方青蒼要殺她，她卻抓了牆上的冰晶打了東方青蒼的臉。

那時候她只是個魂魄，但卻可以抓住人間的東西。

她到底是什麼？

在她所有的記憶裡面，她都只不過是一株被天界的司命仙君養在窗臺上的小蘭花。她那個粗心大意的主子在太過繁忙的時候，還會忘記澆水；有時一言不合，甚至還會威脅要拔了她去餵豬。被這樣粗糙養大的植物，小蘭花哪裡敢自戀地認為自己是什麼驚天寶貝……

但赤地女子卻說，她們倆以前，互相見過。

要知道，這個天地戰神隱沒於三界的時候，還是上古啊！

小蘭花一直覺得自己還是少女來著，原來她已經……這麼滄桑了嗎……

第二天，小蘭花想去外面晒晒太陽，推門出去時，正巧迎面撞見了東方青蒼。她半宿沒睡，本是精神不濟，但看見東方青蒼的瞬間，像被扎了一樣瞬間就抬頭挺胸了。

小蘭花不想讓東方青蒼看出她的心思，但臉上的疲憊卻是怎麼也遮掩不了的。東方青蒼目光在她手腕上一掃，沒看見骨蘭的蹤影，這才將眼神落在小蘭花臉上，「妳這是昨晚撞鬼了？」

她不只昨晚撞了鬼，這幾天，幾乎天天晚上都撞鬼……

但這話，小蘭花是不會告訴東方青蒼的。

她覺得她現在心態有點不對，她在心裡一遍遍地告訴自己，要冷靜，要裝作若無其事，但只要一想到「他是真的要殺妳」這句話，小蘭花心頭還是忍不住又冷又疼，還有按捺不住的委屈與不甘。

她別開眼神不看東方青蒼，勉強道：「大魔頭，你先前讓我留在你身邊……」

她頓了頓，想起當時聽到東方青蒼說這句話時的心情，只覺又是諷刺，又是疼痛。

她除了想扇那個時候的自己兩巴掌外，也想扇東方青蒼兩巴掌。
這個大騙子。
小蘭花吸了口氣，「如果我說，我不想留在你身邊，我想回天界，你再幫我找個身體吧……你會幫我找嗎？」
東方青蒼沒有應聲，小蘭花等了許久，才抬頭看他，只見東方青蒼眨了下眼睛，好似收斂了什麼情緒，他冷著一張臉，和往常一樣，冷冰冰地開口：「不找。」
小蘭花心底一急，有點控制不住情緒了，「為什麼不找？你原來不就是這麼打算的嗎，為什麼現在不幹了？」
東方青蒼卻反問：「妳又為什麼一定要回天界？」
小蘭花一噎，又別過了頭，「我要回去找我主子。」
又是主子！
東方青蒼抱起了手，神態倨傲，「司命星君？本座將他擒來便是。」
小蘭花登時像一條被踩了尾巴的貓一樣跳了起來，「你敢！」
看著她這副橫眉豎目回護別人的模樣，東方青蒼只覺心底嚓地點燃了一簇火焰，他危險地眯了眯眼睛，聲音喜怒難辨，「喔？妳覺得，本座不敢？」
和東方青蒼認識了這麼久，小蘭花當然知道這個大魔頭沒什麼不敢做的事。她咬了咬牙，到底是把這口氣給壓了下去。她垂頭道：「總之，你就是要讓我留在……你身邊是吧？」留在這具身體裡面，像赤地女子說的那樣，變成這身體裡面的一縷生機，然後消弭於這個世間。

東方青蒼點頭，「沒錯。」
心裡的委屈和怒火洶湧而出，但轉瞬又被小蘭花壓了下去。眼睛開始泛酸，她扭頭就走，「我出去晒太陽。」
東方青蒼也沒攔她，看著小蘭花走遠，他陰沉著目光，好似也有幾分說不出來的氣憤似的，冷哼一聲，向大殿走去。
他還有很多事情要處理，魔界平靜表面之下暗潮湧動，閉門不出的丞相觴闕還有外面那個掛在黑石碑上的孔雀，他們在謀劃些什麼，東方青蒼並非不知道。
什麼司命星君……
東方青蒼頓住腳步，猩紅的眼睛裡隱隱浮現了殺氣。
小蘭花出了大殿，氣呼呼地踩上了大庾的臉，坐在牠頭上道：「我要去酒館！」
大庾吐了吐芯子，顯得有些猶豫。小蘭花一巴掌拍在牠腦袋上，「連你也要和我作對是不是！」囂張得讓人根本想像不出她第一次見到大庾時那畏懼害怕的模樣。
大庾倒是被打得不痛，只是挨了罵有點委屈，馱著小蘭花，有氣無力地爬行著把她往市集的酒館送。
到了酒館，裡面的人一見到大庾，就陸陸續續地跑了，連老闆和小二都躲了起來，不敢看小蘭花一眼。
小蘭花見狀，心裡更是氣惱。想她當初在天界也是一盆人見人愛的蘭花，現在到了這裡，倒被東方青蒼給硬生生地整成了鬼見愁。

東方青蒼不僅要害她性命，還要玷汙她的名譽！

小蘭花越想越氣，拍了桌子直接讓店家上了兩壺酒。先是拿杯子倒，然後拿壺喝，後來乾脆直接抱了個比她腦袋還大的罈子上來，咕咚咕咚地就往嘴裡灌。

門外的大庾腦袋太大進不了門，只能把臉湊在門口看，然後伸了尾巴進來悄悄地戳了戳小蘭花的後背。

小蘭花甩開牠的尾巴，「走開！你跟大魔頭是一夥的，你離我遠點！」

大庾縮回尾巴，把腦袋搭在門檻上，擔憂地看著小蘭花。

不知過了多久，小蘭花終於打了個嗝放下酒罈子。她趴在桌上，哼哼唧唧地罵，「混帳大魔頭！惹人煩的大魔頭！討厭鬼！大壞蛋！臭流氓！」

罵到激動處，她一把將酒罈子掀翻在地，又讓嚇得直哆嗦的小二抱了一罈來，一臉扎在罈子裡，喝了一大口。

然後抬起頭，嘴也不抹，指著房梁罵，「你就是個渾球！狼心狗肺！沒心沒肺！」

看她這副模樣，門口的大庾都嚇得直往後縮。

小蘭花一邊氣憤東方青蒼對自己薄情寡義，一邊惱怒自己還想不出辦法反抗東方青蒼，第二罈酒也很快見了底。小蘭花也不招呼小二了，自己歪歪倒倒地往酒窖裡面走，一邊走一邊嘀嘀咕咕，但是已經沒有人聽得清楚她在說什麼東西了。

大庾被攔在門外，看不見小蘭花了，心裡著急，正想回去找東方青蒼，但一回頭，發現東方青蒼已經黑著臉站在了酒館外面。

他的出現瞬間給酒館帶來了巨大的壓力。

可他誰也沒看，逕直跟著小蘭花的腳步走到了酒窖裡。

酒窖昏暗，小蘭花正一頭栽在大酒缸裡，半個身子已經埋了進去，酒缸裡還在咕咚咕咚地往外面冒泡。東方青蒼見狀微微一愣，腳步更急，走過去將小蘭花的身體拉了出來。

她滿臉通紅，渾身溼透，頭髮全都溼淋淋地搭在臉上。

東方青蒼一臉嫌棄地對著她的臉吹了一下，小蘭花臉上的酒頓時乾了個透，只是一身的酒味還是怎麼都散發不了。

東方青蒼鄙夷，「妳是想變成酒釀圓子？」

小蘭花甩了甩腦袋，沒有應話，身體往前一倒，逕直撲進了東方青蒼的懷裡。懷中軀體柔軟，已半分沒有泥土僵硬的感覺。這身體被小蘭花捏得太好，凹凸有致，誘惑至極，連他……

小蘭花在他懷裡蹭了蹭，然後忽然跳了起來，頭頂逕直撞到了東方青蒼的下巴上。

東方青蒼沒有反應，反倒是小蘭花雙手捂著腦袋哭了出來，「痛死了……嗚……」

東方青蒼，「……」

她抱著頭蹲了下去，哭得好不傷心。

東方青蒼深吸一口氣，道：「起來。」

「瘺了……」

東方青蒼頓了頓，然後也蹲下了身子，毫不客氣地拽開了小蘭花捂著腦袋的手，但手勁兒卻不大，至少小蘭花沒有叫痛。他看著她的頭頂，「哪兒？」

小蘭花自顧自地哭著，直到東方青蒼不耐煩地問第二遍的時候，她才指了指自己的心口，「心口瘺了，痛死了……」

東方青蒼黑著臉，「妳是在借酒撒瘋？」

小蘭花抬頭，一雙亮汪汪的眼珠子望著東方青蒼，裡面還含著搖搖欲墜的淚水。東方青蒼竟是被她的眼神看得一愣，陡然間想起了昨夜她也是這樣望著他，像是眼睛裡只有他的身影一樣，她說她相信他。

這世上，從沒有哪個蠢貨會來對他說相信他。

但是這個蠢貨說了。他竟然像瞬間變成了另一個蠢貨，前所未有地心軟了。

而現在，這個蠢貨一個字都沒有對他說，只是用這樣的眼神盯著他。東方青蒼發現，自己又像一個蠢貨一樣心軟了。他微微放軟了聲音：「妳喝醉了，跟我回去。」

小蘭花撇著嘴，委屈地看著他，「我不跟你回去。」

「為何？」

小蘭花抽泣，眼淚像珍珠一樣往下滴落，「因為你騙我，你不是好人，你要害我。」

東方青蒼眼睛一瞇，「誰告訴妳的？」

小蘭花雙手捂著臉，哭腔和說話聲從指縫中含混不清地傳出來。

東方青蒼終於露出了一點無奈的表情，他抓住小蘭花的手臂，一把將她拉起來，「先跟我回去。」

小蘭花猛地一甩手，毫不猶豫地將他的手打開。

東方青蒼微微一愣，重新把手放到小蘭花手臂上，說：「別使小性子。」

說完這句話，東方青蒼被自己嚇到了。

難道他才是撞鬼了嗎？區區一個小花妖，在打開他手的時候便該做好死的準備了，但他居然還好脾氣地跟她說「別使小性子」？

一時間，酒窖裡安靜至極，只能聽見小蘭花的哭泣聲，時不時還會因為喘不上氣而抽兩下。

兩人便這樣在酒窖裡待了許久，最後，東方青蒼終於意識到這情景實在太傻了，他起身，想直接用法力將小蘭花帶走。但就在他起身的瞬間，他長長的袖子被一隻手用力地拽住。

力道大得讓他肩頭的衣襟都跟著往下滑了滑，露出了鎖骨。

小蘭花一雙眼睛腫得跟兔子一樣，可憐巴巴地望著他。

東方青蒼心頭一陣無力，「又怎麼了？」

小蘭花撇著嘴，一開口便是哭腔，「你要對我負責。」

這句話聽起來好像有哪裡不對……東方青蒼看著她，「本座要對妳負什麼責？」

「你占了我的身體！」

「……」東方青蒼默了許久，道：「那早就是過去的事了。」

「你讓所有人都討厭我、害怕我，連我來喝酒，他們都要避著我走。」小蘭花哭道：「以前我在天界，可不是這個樣子的，嗚……」

東方青蒼眉梢一挑，「既然如此，待會兒本座讓他們全跪在妳面前看妳喝酒便是。」

小蘭花只顧著自己說，哪裡去聽東方青蒼的話，又聲淚俱下地指責，「你欺負我。」

「現在沒有。」

「你還騙我。」

「我騙妳什麼了？」

「你要我留在你身邊。」

「沒錯。」

「你說你喜歡我。」

東方青蒼頓了頓，目光落在旁邊的大酒缸上，不與小蘭花的目光對視，「那是妳自己猜的。」

小蘭花咬著嘴唇看了東方青蒼許久，然後突然拽著他的衣袖，借力從地上一躍而起，但身體卻保持不了平衡，一頭栽進東方青蒼懷裡。

沒等東方青蒼動手將她拉開，她已撐著東方青蒼的胸膛直起身子，破口大罵，「你怎麼那麼壞！你怎麼可以用這種事情來騙我！」

「本座沒騙妳，只是隱瞞……」話沒說完，小蘭花像是實在氣狠了一樣，對著東方青蒼一口咬了下去。

她方才拉鬆了東方青蒼的衣襟，這一口便直接咬在了東方青蒼裸露的鎖骨上。

東方青蒼眸光一縮，沒有掙扎。

小蘭花的牙本就不鋒利，喝了酒後就更是軟綿綿的沒有力氣。這一口對於東方青蒼來說，比起咬，更像是親，或者舔，非但沒有半點疼痛的感覺，反而軟軟癢癢的，讓他不由覺得被小蘭花咬到的地方，像是點起了一股火焰，一路慢慢悠悠又勢不可擋地燒進他的心房。

比他這一生所遭遇過的任何攻擊，都難以抵擋。

小蘭花哪裡知道東方青蒼的感受，她像隻兔子一樣在東方青蒼的鎖骨上啃咬，像是吃草，像是磨牙，她覺得她已經用盡了自己所有的力量。

最後，耳邊卻輕輕傳來一聲：「小花妖，妳要在這兒勾引本座，嗯？」聲音裡，竟帶了幾分素日裡沒有過的沙啞。

「你這個壞蛋。」小蘭花鬆開口：「大壞蛋……」

輕柔的呼吸帶著酒香噴在他的頸項間，東方青蒼垂頭看去，她醉眼朦朧，嘴脣的顏色在酒窖牆壁上昏暗燭火的照耀下，顯得比平日更加嬌豔欲滴。她黑色的眼眸裡是自己的影子，他發現自己的目光在不受控制地變得柔軟。

「大騙子……」小蘭花道：「你都不知道，你那樣說，我有多麼高興……讓自己都……沒辦法原諒地……高興。」

東方青蒼眸中光芒一凝，小蘭花的唇貼上了他的唇，在他的唇瓣上呢喃，「可是你卻是在騙我。」

東方青蒼感覺到小蘭花亮閃閃的淚珠挾著沒有褪去的溫度，落在了他們輕輕相貼的嘴唇上，然後滑進了他的嘴裡。

是鹹的、苦澀的味道。

滋味如此不好，東方青蒼蹙起眉頭。

「你怎麼能這樣……」她的眼淚還在一滴一滴地往下落，其實她已經有點站不穩了，但是她的唇還是貼在東方青蒼的唇上。

她醉得不知道在她的後背，有一雙手正悄悄地抱著她，或許……連東方青蒼自己也沒有意識到……

「我都喜歡你了，你怎麼還能這樣對我……」

她那麼委屈，但話沒說完，她所有的聲音便被含進了另一個人的嘴裡。

不是觸碰，不是淺嘗即止，不是溫柔纏綿，而是充斥了東方青蒼味道的侵略、占有。

攻城掠地、燒殺搶劫，一分一毫的餘地都沒有給小蘭花留下。不允許她拒絕，不允許她掙扎地深入，又深入下去。

第二十一章

本座不是好人，這妳是知道的。

這個吻，一旦開始好像就無法停止了一樣。一開始，東方青蒼完全占據了主導地位，但是小蘭花到底是朵不安分的小蘭花，東方青蒼攻勢稍停，她便腳尖一踮，毫無章法地開始對東方青蒼胡亂啃咬。一會兒咬他的唇，一會兒咬他的舌頭，最後一口，一下子咬在了她自己的舌頭上。小蘭花還是知道痛的，她悶哼一聲，開始打退堂鼓。

她要往後退，但是東方青蒼這時候哪容得挑釁了自己的「敵人」撤走，他緊緊抱著她，固定了她的腦袋，不讓她偏移分毫。小蘭花退一步，東方青蒼便進一步，便是這樣一步一步地，小蘭花的後背終於抵在了酒窖粗糙的牆壁上。

退無可退。

淚水順著眼角滑了下來，東方青蒼嗅到了眼淚的味道，情不自禁地放慢了節奏。他舔過小蘭花的傷口，用法力將她的傷口凝住，止住了她的疼痛。這個開始像侵略、方才像報仇的親吻，直到現在，終於緩和了下來。

他們倆慢慢悠悠地，互相品嘗著對方的滋味。

小蘭花血液的味道在酒香味中慢慢消散，最後酒的味道侵占了兩人的感官，讓人無法停止地想要繼續品嘗下去。

他的氣息在她身邊縈繞，他的親吻慢慢攪渾了她的整個世界。一如他毫不客氣地擠進她的人生，擾亂了她平靜的生活，顛覆了她本來陽光又和諧的世界。

「大魔頭……」空隙之間，小蘭花呢喃出聲：「大壞蛋。」

東方青蒼對於這一聲罵，毫無回擊的餘地。他知道，他確實就是個壞蛋。但也不知道是從什麼時候開始，他想在小蘭花面前變得好一點。

至少，讓她以為他是好的。

小蘭花覺得自己的意識好像已經脫離到了另外一個世界，她慢慢閉上眼，然後暈了過去。

東方青蒼看著她安靜的睡顏和比平日鮮豔許多的唇瓣沉默。他的嘴裡還殘留著酒香，讓他微醺。

東方青蒼覺得自己大概是瘋了。

他從沒忘記製造這具身體的初衷是什麼。如果不是小蘭花搗亂，這具身體現在應該是一個完整的男人，是他要與之戰鬥的對象。

但是他現在卻對這具身體做什麼……

控制不住內心的躁動，按捺不住心頭的慾望，身體衝動得如同那些他瞧不起的人類少年。然而讓東方青蒼最無法理解自己的一點是——他居然覺得這樣的自己，幹得不錯。

這真是……

見了鬼了。

東方青蒼看了小蘭花一會兒，然後將她攔腰抱起，本來下意識地打算往肩頭上扛，但陡然想起之前每一次小蘭花被他扛在肩頭上的時候都會抱怨不舒服，東方青蒼的動作忽然就頓住了，然後他手臂稍一用力，一手穿過小蘭花的頭髮，抱住了她的背，一手穿過她的膝彎，將她打橫抱起。

邁步出了酒窖。

酒窖老闆與小二還蹲在櫃檯後面瑟瑟發抖。東方青蒼經過櫃檯之時，腳步微微一頓，然後轉過頭去看老闆與小二。被看到的兩人如同被針扎了一樣，立即縮了腦袋往櫃檯下面鑽。

東方青蒼道：「酒釀得不錯啊。」他聲音喜怒難辨，讓人不知道他是真的在誇獎，還是在說反話，畢竟魔尊的脾氣秉性，誰也摸不清楚。

老闆和小二抖著身體不敢搭腔。

東方青蒼道：「回頭盡數抬到本座王宮來。」言罷，他抬腳便走。出了酒館的門，踩上了大庾的臉，由大庾帶著他們回了王宮。

小二與老闆直到東方青蒼走了許久都還有點迷糊，這是……真的喜歡他們的酒的意思？

沒有人看見，這個時候，坐在大庾背上的東方青蒼舔了舔嘴巴。

小蘭花這一昏迷，直到第二天早上才醒過來。這是這麼久以來最安穩的一覺，她在被窩裡伸了個懶腰，陽光灑滿房間。

一切美好得就像她還在天界時一樣。

小蘭花打完哈欠，精神十足地坐起身來，然後便發現……

「哎？」

她怎麼……只穿了件肚兜睡覺啊……

小蘭花抓著肚兜帶子，愣了好久，然後仔細一回憶，記憶開了閘，那些光怪陸離的畫面、奇奇怪怪的聲音，便像是奔騰的野馬一樣衝進了腦海中。

小蘭花的表情如同被萬馬踐踏過一般，徹徹底底地僵住了。

她昨天好像對東方青蒼說了什麼不得了的話，又做了什麼不得了的事啊……她……

小蘭花抓著自己的頭髮，腦海裡迴響著自己的聲音。

她對東方青蒼說：「我都喜歡你了，你怎麼還能這樣對我……」

她都喜歡他了！

小蘭花伸手捂住心口，張著嘴，想調整一下呼吸，但是她一張嘴，一呼吸，卻像是呼吸到了東方青蒼的呼吸一樣，鼻端全是東方青蒼那個親吻所帶來的味道。

小蘭花往後一倒，躺回了床上。

她表白了，他親她了，然後她今天只穿了肚兜躺在床上……

她看來是已經……

這時，房門吱呀一聲被推開，東方青蒼走了進來。

小蘭花瞬間就精神了，抱著被子把自己團成一團往角落裡縮。

東方青蒼看了她一眼，小蘭花眼角便積聚起淚花。

東方青蒼開口，聲音是連他自己都感到意外的無奈，「怎麼了？又怎麼了？」

「壞蛋！」小蘭花的眼淚從臉頰上流了下來。「你把我怎麼了？你！」小蘭花咬住唇，一副羞憤欲死的模樣，但罵出來的聲音還是軟綿綿的沒有力氣，「壞蛋！」

東方青蒼眉梢一挑，一瞬間就知道小蘭花誤會了什麼。他涼涼道：「本座向來不是好人，妳是知道的。」

他這樣一說，小蘭花眼淚珠子掉得更快了。

見她哭成這樣，東方青蒼登時沒了捉弄的心思，皺著眉往旁邊一指，「昨天做了一次好人，妳便這樣誤會本座？」

在東方青蒼手指向的地方，是一攤衣裳，上面散發著詭異的酒味。過了一個晚上，酒香已經全沒了，變成了酒臭味。小蘭花看過去，又在自己身上摸了摸，覺得確實沒什麼異常，這才抹了兩把淚，恢復了正常。她嘀咕：「也沒有誤會你，你本來就趁人喝醉……」

提到這件事，房間裡的氣氛詭異地沉默了一瞬。

然後小蘭花就紅著臉垂下了頭，把臉埋了起來。

「小花妖。」東方青蒼卻在短暫的沉默之後，突然開口。「期待我回應妳的感情，是很虛幻的事。連我自己都不相信。」

小蘭花埋著頭，沒有看東方青蒼的表情，但從他的聲音裡聽得出來，他是很認真地在說話，而他說的這個事實，小蘭花自己也清楚得很。

對於東方青蒼來說，三界封印、天道秩序都可以不用放在心上，更何況是昨天那區區一個親吻呢？於他而言，大概是……興致正好來了？

臉上的紅潮慢慢褪去，小蘭花心裡那些方才怎麼都平靜不了的情緒在東方青蒼的這一句話裡，瞬間就平靜了下來。

「本座今日來，是要問妳。」東方青蒼繼續道：「昨天妳說本座要害妳，是有人對妳說了什麼？」

小蘭花埋著頭，努力讓自己找回冷靜。

誠如東方青蒼所說，她心裡的那點小破事自己知道就行了，她不能去期待東方青蒼回應，甚至自己從一開始就不該鬧出這點破事來。

她要活命，而東方青蒼現在是要她的命。

他想讓她將這個身體變得靈活之後，直接化為這個身體裡面的一縷生機。如果她不想這樣，她就必須要擺脫這個身體。在東方青蒼的眼皮子底下是做不到的，所以她必須逃離東方青蒼身邊。

以她一人之力，或許很難成事，但她現在又不只一個人啊。東方青蒼的仇人太多了，大廳裡面的赤鱗和朔風劍，魔界的各方勢力，還有赤地女子……

東方青蒼還不知道赤地女子能入她夢境這回事，赤地女子是什麼人，天地戰神啊！她鬥不過東方青蒼，赤地女子還鬥不過他嗎？

所以她現在要好好保護骨蘭裡的赤地女子，不能讓東方青蒼把骨蘭給拿走。她得和東方青蒼鬥智鬥勇，等她贏了，逃離魔界，回天界去找她主子，她主子一定會有辦法救她，然後她就可以……

絕地翻身了。

小蘭花理清了思路，抬頭盯著東方青蒼，開了口：「你要害我，還用別人和我說嗎？」

你的身邊……」

聽得小蘭花此言，東方青蒼瞇起眼睛。

小蘭花卻別開目光，垂頭盯著被子上的花紋道：「這個身體是你捏給赤地女子的，當時咱們在那個虛空裡的時候，我見過你的怨靈，我知道你對赤地女子的執念有多深。但你現在卻不讓我離開這個身體，不給我找另外一個身體，還非要我留在你的身邊……」

小蘭花抱住膝蓋，她說這些話，是想陳述給東方青蒼聽的，但是說著，她自己卻還是不由自主地委屈了起來。她把下巴放在膝蓋上，顯得有些沒精打采。

「我就是喜歡你了。」小蘭花道：「我就是因為自己傻所以才喜歡你。」

她額前的頭髮滑了下來，擋住了眼睛。東方青蒼指尖微微一動，心裡竟有一股衝動，想幫她把那綹調皮的頭髮輕輕勾到耳朵後面去。

可是沒有等他動作，小蘭花自己就這樣做了。

她接著道：「可是你又不傻，你是上古魔尊，那麼威武霸氣，你當然不會傻到也喜歡我，這個身體怎麼可能是給我用的。」

東方青蒼握了握拳頭，沒有反駁。

「所以啊，你除了是要害我、算計我、利用我，還能是什麼。」小蘭花撇了撇嘴。「大魔頭，我現在，已經看透你了。」

最後這句話，短短的，卻帶著說不出的心灰意冷。

很長時間以來，東方青蒼一直以為自己是百毒不侵的，但是聽到小蘭花說這句話，看著她灰敗的目光、垂下的腦袋，他卻忽然有一種被扎傷了的感覺。

心尖上最柔軟的部分被小蘭花這句話扎掉了一塊肉，破皮流血，帶著一絲絲的刺痛感。

他想起那天晚上的小蘭花，睜著亮晶晶的眼睛，目光灼灼地看著他，說她相信他。他忽然有點生氣，抱起了手，用眼角冷淡地睨著她，「喔，是誰前天還與本座說，相信本座來著？」

說出口，小蘭花像是被打了一棒似的，身影僵了僵。她抬頭看她。

四目相接，小蘭花沒有說話，只是盯著他。那目光裡甚至沒有指責的意味，但東方青蒼卻破天荒地覺得自己說錯了話。

小蘭花看了他一會兒，便又垂下腦袋。「是啊。」她道：「我是說了要相信你，但是我冷靜下來想一想，就發現自己相信錯人了。我傻嘛……」小蘭花的手指在被子上畫圈，「所以我才喜歡你，才相信你。但人總會變聰明的，我現在就開始變聰明了，我不相信你了，以後也一定會慢慢慢慢地不喜歡你的。」

東方青蒼沉默。

「但是大魔頭，你怎麼能這麼壞呢……」小蘭花把臉埋了下去，東方青蒼看不到她的表情，只能從被子裡含混傳出來的聲音判斷，她很傷心。「壞得竟然用別人相信你這種事情，去嘲諷……」

一時間，東方青蒼竟然覺得自己詞窮了。

房間裡默了一會兒，終是小蘭花開了口：「你出去吧。」她聲音弱弱的，但是真真切切地在趕人。

於是，東方青蒼便聽話得讓他自己都感到吃驚地依言出去了，連反抗一下都沒有……

東方青蒼離開後，小蘭花慢慢縮回被窩裡躺好，然後抹了一把眼淚，深呼吸了一會兒，平復了情緒。

她在被子的遮蓋下，悄悄伸手去摸枕頭下面的骨蘭。

骨蘭還在，東方青蒼沒有把它拿走。

小蘭花安了心，然後閉上眼睛，強迫自己睡著。

她要去找赤地女子，不管是東方青蒼的身邊還是這個魔界，小蘭花都不想待了。

她受夠了。

不知閉著眼睛數了多少數字，小蘭花終於慢慢沉入了夢境之中。

夢裡面還是和先前一樣漆黑一片，小蘭花順著黑暗之中飄忽的氣息走了一會兒，然後忽覺脖子一痛，有流血的感覺傳來。

小蘭花知道是赤地女子來了。

果不其然，抬頭一看，她面前的白煙在慢慢凝聚。赤地女子的形態比上一次清晰了些許，連臉上的五官都開始慢慢變得清楚。

「小蘭花。」她說：「妳做好決定了嗎？」

小蘭花點了點頭，「我聽妳的，我要離開這具身體，我願意和妳聯手……」小蘭花頓了頓，「對付東方青蒼。」

赤地女子卻道：「我並非要妳與我聯手對付東方青蒼，我只是不想重回人世罷了。」

「為什麼？」

「上古舊事，不提也罷。」

小蘭花看著赤地女子沉靜的面容道：「那妳今天有時間告訴我，我到底是什麼寶物嗎？妳上次讓我去問東方青蒼，我怕暴露了妳，不敢問。」

赤地女子輕聲道：「上古之時，世間有蘭草生於遍野，但此蘭草與其他植物不同，它畏懼生氣，但凡有人的地方，蘭草便會絕跡。後來天下黎民越來越多，這蘭草，便在三界之中，徹底沒了蹤影。」

小蘭花點頭，「主子以前好像跟我說過這麼一個東西。」

「但沒有人知道，這蘭草畏懼人氣，卻有治癒魂魄的奇效。即便是快灰飛煙滅的魂魄，只要附著在蘭草上，就會慢慢癒合。這大概是這世上最溫柔也最脆弱的植物吧。」

小蘭花一愣，「是……我嗎？」

「是妳的原身。」赤地女子道：「我曾取了不少上古蘭草栽培，但每一株蘭草即便我花再多心思用再多法力，也無法觸碰它一下。只有妳，小蘭花，只有妳成功了。」

「我是妳……種出來的上古蘭草？」

「沒錯，我墜入輪迴之中後，經年飄零，不知妳在這世間輾轉了多少地方，才化成現在這樣的仙靈。而今能再見到妳，有這一齣交集，也算是妳我的緣分。」

小蘭花垂下頭，「妳當初，培育那麼多蘭草，是為了給誰治療魂魄嗎？」

「給我的徒弟。」

小蘭花點了點頭，「我從一開始的使命，原來就是給別人治魂魄來著。」她又搖了搖頭，「不管之前我是拿來幹麼的，但既然我主子把我點化成仙靈，我好歹也算是一條命了。東方青蒼沒有資格拿我來讓這身體變得靈活，給妳重臨三界鋪路。妳也沒有資格重新拿我去給妳的徒弟煉藥哦。」

赤地女子失笑，「這是當然，我並非魔尊，怎會用一條性命，去救別人。」

小蘭花點頭，「妳比大魔頭講道理多了。」

赤地女子默了一瞬，「魔尊並非良人。小蘭花，切記，休將真心付與他。」

「我知道的，我已經吃過苦頭了。我還沒那麼笨，吃了一二三次，還要等著吃第四次……所以，我要離開魔界，回天界找我主子。她一定有辦法把我從這個身體裡面弄出去的，也可以重新送妳去輪迴。下次，定再不叫東方青蒼發現妳，打擾妳的輪迴。赤地女子，妳可以幫我嗎？」

赤地女子一笑，「這是自然。」

她是上古的戰神，即便現在身陷囹圄，但一身霸氣，從未消減。

小蘭花咬唇看著她，「我只怕想離開魔界沒那麼容易。魔界之中處處有東方青蒼的法力，我走到哪兒他都知道。何況魔界外還有天界下的封印。」

「天界封印倒是無妨。後輩法陣無非沿襲上古舊術，我自有破解之法。倒是魔尊法力……」赤地女子沉吟了片刻，隨即道：「殿前黑石碑上那魔界軍師孔雀尚有一口餘氣，他與東方青蒼為敵，如今魔界之中雖看似平靜，但在東方青蒼的壓制之下已是暗潮湧動。我猜不久之後，魔界必將大亂，是時勢必能分散東方青蒼的注意力。妳趁那時攜骨蘭逃跑，或能成功。」

小蘭花皺眉，「可我們不知道魔界的人到底還要多久才會造反啊。妳也說我會慢慢化成這個身體裡面的一縷生機，若是時間久了……」

赤地女子一笑，「這便要看，妳能不能當一個好的禍水了。」

小蘭花不解：「禍水？什麼禍水？」

「在魔界眾人眼中，妳是東方青蒼的女人，若是接下來的這段時間裡，妳能引得魔界民怨沸騰、魔界百官不滿。」赤地女子笑。「但凡亡國妖姬做的事，妳一一做遍，妳且看看，魔界大亂之日，還有多久。」

小蘭花被唬得一愣一愣的，「是要我當內奸？」

「我要妳當紅顏禍水。」

紅顏禍水，這四個字小蘭花在主子的命格本子裡面看過許多次。每一次看見這四個字，後面必定伴隨著另外四個字——傾國傾城。

小蘭花摸了摸自己的臉，有點苦惱，「本來我這張臉捏得挺好的，但是後來越長越像我自己了，我怕自己不夠漂亮。」

赤地女子失笑，「現在妳這個禍水，與長相已經沒有關係了。重要的是，妳能有多嬌蠻難纏，能有多惹人討厭，能給東方青蒼招來多少厭惡與麻煩。」

小蘭花默了一瞬，「我覺得，我再討厭，也不可能比東方青蒼更討人厭。不過既然妳這樣說了，那我就努力當一個討厭的女人。」

她沒有當妖姬的臉，至少要有一顆當妖姬的心。

什麼東方青蒼什麼魔界，既然要玩，那咱們就一起來玩一發大的吧。

第二十二章

朔風劍

狠狠扎進東方青蒼的心口。

闖禍。

放到以前，這兩個字是小蘭花要盡量避免，但總是免不了要幹出來的事情。每次闖禍，她主子司命都要負責給她擦屁股，連罵帶抽，說她就是個惹禍精。是以一直到現在，小蘭花都覺得，自己對這個技能那應該是駕輕就熟的。

但是如今真的要讓她放心大膽地去闖禍的時候，小蘭花忽然又沒了方向。和赤地女子所說的要去闖亡國妖姬的禍比起來，她以前那些小破事兒實在都太不夠看了。

怎麼闖禍、闖什麼禍成了小蘭花最頭痛的問題。

擋人財路？劫人妻女？

第二天，小蘭花牽著大庾出門了。

孔雀還掛在黑石碑上，明明已經殘破不堪了，但竟然還活著……魔界的人，倒是挺堅韌……

她盯著孔雀的眼睛，只希望這個「據說」還活著的人能把握住她找的這些亂子，真像赤地女子所說的那樣，把事情鬧起來。

小蘭花挨個兒造訪了魔界的重臣。進門從來不敲門，直接讓大庾從牆上壓過去，主人來攔，大庾就嘶嘶地對人家吐舌頭。

到魔界這麼多天，誰不知道這個看似普通的少女背後的靠山是誰，自然是對她予取予求。

只有一個性格耿直又衝動的將軍，對小蘭花進門就去拿他家花瓶的舉動表示了不滿。將軍搶回花瓶，提了大刀便要砍小蘭花。

小蘭花一驚，連滾帶爬地往屋子外面跑。跑到門口，大庾一尾巴捲過來，將小蘭花護住，然後殺氣凜凜地對上了將軍。

那將軍並未畏懼大庾的氣勢，大刀一揮，眼看是要和大庾打起來了。

便在這時，空中壓力陡然一增。

將軍的大刀哐噹一聲落在地上。

小蘭花還有點愣神，就見整個院子裡的人都瞬間跪了下去。連一臉不服氣的將軍也被壓得雙膝跪地。

空氣中的殺氣好似凝成了一股鞭子，只聽啪的一聲，將軍登時皮開肉綻。

「給她。」空中是東方青蒼低沉而冰冷的聲音。

將軍被四周的壓力壓得七竅流血，他咬牙忍了一會兒，終於忍不住手一鬆，那花瓶就骨碌碌地滾到了小蘭花腳下。

小蘭花頓時覺得自己好像也變成了一個壞蛋，和東方青蒼一樣欺負人的壞蛋。她不敢再要地上的花瓶，爬上大庾的背，催著大庾出了院子。

離開之前她回頭看了一眼被壓制在地上的將軍，他一雙流血的眼睛死死地盯著小蘭花，像是怨毒的蛇，隨時打算爬起來咬她一口。

此後，小蘭花又光顧了兩三位大臣的宅子。

滿載而歸。

後面這些大臣也不知是不是聽說了小蘭花之前的事蹟，明顯沒打算有什麼骨氣，有的還親自將她送到門口。

這樣下去自然不行，小蘭花琢磨了一下，改道去了王都的布坊。

這家布坊是王都乃至整個魔界最大的布坊，上至達官顯貴下至平民百姓，有一半魔族人都是這家布坊的顧客。

小蘭花坐在大庾的背上，對於自己接下來要做的事情感到十分忐忑。

在小蘭花忐忑的同時，因為她和大庾的出現，布坊裡面的負責人也在忐忑。負責人帶著一行身強力壯的護衛迎出來，滿臉堆笑，「姑娘今日前來，是要看布匹，還是做衣裳？」

負責人說話間往大庾身上看了一眼，卻見大庾背上馱著一堆難得一見的寶物，臉上的冷汗淌得更快了。

小蘭花清了清嗓子，學著平日裡東方青蒼的模樣，冷冷淡淡地說：「我今天想聽裂錦之聲。」

她唯一記得的和亡國妖姬有關的典故，便是這個了。

負責人聞言都結巴了，「裂、裂錦……這裂錦之聲乃是破碎之聲，不、不吉利，怎能給姑娘聽呢？小人知曉往東邊走三條街，那處有個樂坊，絲竹之聲不斷，定有姑娘喜歡的曲子……」

「我不聽曲子，就要聽這裂錦之聲。」小蘭花說著，從大庾的背上跳了下來。

旁邊的大漢一動，卻被負責人攔住，他抹了把汗，「好，小的這便給姑娘取錦緞來，撕給姑娘聽。」

「我自己選。」小蘭花走進去，隨手亂指。「我要聽這匹布，還有那匹布……也不知道好布和差布撕起來有什麼區別，今天我都聽一遍吧。」

負責人終於變了臉色，「姑娘，這可使不得呀。這些布，下月就要用上的……」

「你不撕給我聽，我便自己撕。」她拍了拍大庾，大庾尾巴甩動，橫掃過去。只聽一片劈里啪啦的聲音，晾布的架子瞬間塌了一半。

小蘭花厲聲道：「這些，都給我撕！」

負責人臉色難看至極，過了好一會兒方道：「今日姑娘聽了這一片聲音便回去？」

小蘭花點頭。

負責人揮了揮手，讓護衛們去將那些被打下來的布盡數撕了。

一時間刷刷的裂錦之聲不絕於耳。負責人一臉青黑，小蘭花也面無表情。待那一片布撕了個乾淨，負責人正要說話，小蘭花又拍了拍大庾，「沒聽夠，那邊也要聽。」她話音一落，不管負責人臉色多麼難看，大庾尾巴一甩，另外一邊的布也盡數倒了下來。

這下全布坊的人都停住了動作。

那一片的布料明顯比方才那邊的要好上許多。若是不出所料，那邊應當全是給高官們做的料子。

負責人怒不可遏地看著小蘭花，「妳欺人太甚！」

小蘭花心裡有點發忧，強撐著氣勢仰起腦袋，「我就是看不慣魔界的人，就是欺負你們，怎麼樣！」

周邊護衛躁動起來，大庾張嘴一吼，逕直吹翻了幾個護衛。只有離大庾最近的負責人依舊站在原地，他的眼珠子開始變化，「東方青蒼囂張便罷，一個女人也如此欺辱人，實在讓人忍無可忍。」

大庾尾巴一捲，眼瞅著要打上那個負責人，那人卻身影一閃，躲開了大庾的攻擊。

大庾又要抽他，不出意外地又被躲開了。

不過兩、三個回合，那人離小蘭花已越來越近，忽然之間，大庾一個疏忽，那人身影陡然消失，再出現時，竟然已經到了小蘭花的背後。他高舉起鋒利的五指，揮掌向小蘭花的頸間撓去。

但哪由得他得手。

狂風橫掃而過，小蘭花一轉頭，便見那人已經被颳倒在地。他費力地想撐起身子，卻怎麼也爬不起來。

大庾的尾巴尖上立著一個人，東方青蒼的黑袍與銀髮一同飄舞著，他不看旁人一眼，就只直勾勾地盯著小蘭花。

「想聽裂錦之聲？」他道：「正好，本座也一起聽聽。」

言罷，他轉頭道：「所有的布全都搬出來給本座撕了，一匹也不許留。」

那天，整座布坊裡的布果真全部被撕成了碎條。

東方青蒼和小蘭花一同回王宮的路上，兩人都沒有說話。直到到了王宮，東方青蒼才斜斜瞥了小蘭花一眼，「妳在給本座招怨恨？怎麼，想借他人之手殺了本座？」

小蘭花不說話。

東方青蒼冷冷一哂，「不用妳來，本座比妳幹得乾淨漂亮多了。」

「……」

他說的是實話，和她比起來，東方青蒼才像是一個貨真價實的……亡國妖姬……

便是在小蘭花鬧出這些事情後不久。

魔界對東方青蒼的反對聲多了起來，甚至有人意圖到黑石碑前救下孔雀，但毫無意外地都被東方青蒼無情誅殺了。

然而，來救孔雀的人還是與日俱增。

像是所有的壓抑與不滿都積累到一個臨界點了一樣，在一個清晨，睡夢中的小蘭花倏爾聽到一聲巨響。她睜開眼睛，往窗外一望，只見外面塵埃漫天。

小蘭花下意識地將骨蘭揣到了身上，湊到窗邊一看——

王都發生暴亂了。

「就是今天。」她聽見赤地女子的聲音在她腦海裡響起。

赤地女子這些天偶爾會用骨蘭扎小蘭花的脖子，小蘭花的鮮血讓赤地女子飄忽不定的魂魄慢慢變得穩固。這使得赤地女子的力量漸漸增強，甚至偶爾可以像現在這樣，在白天小蘭花清醒的狀態下，與她對話。

這對小蘭花來說無疑是多了一個助力。

此時，聽得赤地女子這句話，小蘭花便問：「現在咱們就走？」

赤地女子道：「再稍等片刻，待東方青蒼完全被混亂引住心神的時候再走。」

小蘭花點頭。

她們這邊剛商量完，小蘭花的房門便吱呀一聲被推開。東方青蒼像平日裡那樣冷冷地站在門口，神色間並未因外面的混亂而有絲毫焦急。「今日別出王宮。」他對小蘭花道。

小蘭花一愣，然後點頭，「嗯。」

東方青蒼又看了她一眼，然後轉身合門離去。

只是來確認一下她的安全的嗎……

像她習以為常地依賴東方青蒼一樣，東方青蒼現在也在習以為常地保護她嗎？但是，她卻不能要他的「保護」了。

她得離開，她得自己保護自己。

小蘭花趴在窗戶上看了很久，然後便聽遠方傳來咚的一聲。她循聲看去，竟是在王都東邊倏爾立起來一個巨大的黑色人形，目測有五、六丈高。只聽它仰天長吼一聲，聲動魔域。

小蘭花看得目瞪口呆，「那是什麼玩意兒？」

腦海中赤地女子的聲音響起，「是魔界之人以魔力凝成的怪物。這麼多天沒動靜，原來他們是在謀劃這個。」

「這個很厲害嗎？」

「魔力凝聚的怪物，只要魔力不散，它便不會死。他們定是在某個地方設了法陣，只要東方青蒼找不到法陣，這魔物便不會敗。對付東方青蒼，這應當是他們所能想到的最好的辦法了。」

聞言，小蘭花不由自主地拳頭一緊。她看著那魔物邁開了腿，一步一步向王宮這邊踏來，每一步都讓大地顫動。小蘭花看得心驚膽顫，忽然，一陣大風平地而起，颳向那遠處的魔物。

只見魔物腳步受阻，卻並沒有被風颳倒，他巨大的手臂猛地一揮，大風竟然被對方的力量整個掀了回來！

赤地女子連聲道：「關窗戶，蹲下！」

生死關頭，小蘭花的反應總是很快。她一把扣上窗戶，抱頭蹲在了窗戶下面。只聽轟的一聲，大風捲著魔力撞在窗戶上。小蘭花被這動靜嚇得連忙閉上眼睛。等了好一會兒，外面沒了響動，小蘭花才睜開眼，悄悄地推開窗戶往外面一看。

王宮之前的房子已經全部變成了廢墟，只剩中間那個黑石長碑還在靜靜佇立。

外面倏爾傳來大庾的叫聲，挾帶著殺氣，白色的影子一下子便向遠處的魔物衝去。小蘭花定睛一看，發現東方青蒼正站在大庾的頭頂之上。

不過眨眼的時間，大庾便飛到了魔物身前。東方青蒼手中烈焰長劍顯現，赤地女子在小蘭花心中道：「他們一開始交手妳便跑，向著魔界的結界口，不要回頭。」

小蘭花屏息等著，時間像是拉長了一樣，東方青蒼手中長劍一振，揮劍對魔物的腦袋砍下去。

赤地女子在她腦海裡一聲大喝，「走！」

小蘭花咬了咬牙，不得不挪開目光，推門衝了出去。王宮外已是一片兵荒馬亂，小蘭花趁亂發足狂奔，卻還是情不自禁地仰頭望了一眼空中還在與那魔物爭鬥的東方青蒼。

一如赤地女子所說，只要魔力不散，這個魔物就不會死亡。眼下來看，它與東方青蒼你來我往，鬥了個旗鼓相當。

一道殺氣猛地飛來，小蘭花趕緊煞住腳步。只見殺氣撞在身前的地上，留下一道又寬又深的溝壑。

小蘭花呆呆地抬頭，雖然距離隔得那麼遙遠，雖然東方青蒼的身影還在空中與魔物糾纏，但小蘭花還是突然產生一種直覺——在某個爭鬥的間隙，東方青蒼的目光落在了她的身上，殺氣凜冽。

小蘭花一陣膽寒。她知道，一旦這次逃跑失敗被東方青蒼逮回去，不死也得半死……

不能耽擱了。

小蘭花後退了幾步，助跑著奮力一躍，跳過深溝，連身子都不及站穩，就踉踉蹌蹌地往前面跑。

頭上落下來的殺氣越來越多，小蘭花貓著身子左躲右避。眼瞅著就要到結界邊緣了，小蘭花頂著一臉土，還沒來得及綻放出一個欣慰的笑容，忽然之間，頭頂砸下來一道惡狠狠的殺氣。

挾帶著東方青蒼特有的火焰，在小蘭花面前轟然砸下一道不可逾越的鴻溝。與這道殺氣一同落下的，還有那魔物痛苦的嘶吼聲。

小蘭花在深溝邊緣險險停下腳步，探頭往裡一望，冷汗都下來了。深溝不見底，跳下去不知道還能不能爬出來。她又轉頭往旁邊望，深溝綿延不絕，不知要跑多久才能繞開。

空中，那魔物痛苦的嘶吼聲不絕於耳。小蘭花手足無措，赤地女子倒是淡定，沉著地傳授了她一套簡短的法術，助她越過鴻溝。

小蘭花滿心混亂，好不容易磕磕絆絆地背了下來，正待實施，便聽一聲惡鬼一樣的冷哼聲涼颼颼地鑽進她耳朵裡——

「小花妖。」

三個字，仿似惡夢裡面才會出現的聲音在小蘭花背後冷冷地響起。

小蘭花不敢轉頭，卻不得不轉頭。

她的身後，那巨大的魔物通體都灼燒起來，將魔界的天染得血一樣紅，映襯在東方青蒼的眼珠子裡，讓與他對視的小蘭花，一顆心忽地沉了下去。

「妳這是要跑？」

小蘭花嚥了一口唾沫，「我、我就出來逛、逛逛……」

「本座記得，交代過妳不許出王宮。」

小蘭花眼珠子往旁邊轉了轉，拚命回想著方才赤地女子教她的心法。心裡正在默念，東方青蒼卻忽然冷著臉向她踏近了一步。

壓迫感迎面而來，小蘭花下意識地往後退了一步。然而她身後就是深溝，這一步便一腳踩空，踏入了深淵之中。

一股失重感傳來，她驀地睜大了眼，毫無防備地往深坑裡落去。

小蘭花下意識地伸出手，東方青蒼半點也沒猶豫地邁步上前，一把抓住小蘭花的手，將她的身體往懷裡一拉，另一隻手穿過她長及腰間的髮絲，將她攔腰抱住。

身體相貼，並不是第一次，小蘭花卻仍舊覺得尷尬與羞赧。她連忙要掙開東方青蒼，東方青蒼冷哼一聲鬆開手。失重感再次傳來，小蘭花嚇得連忙巴在東方青蒼身上，再也不敢亂動了。

「跑？」東方青蒼聲音中盡是嘲諷。「就憑妳？」

小蘭花被羞辱得默不吭聲。

東方青蒼手上一用力，小蘭花只覺一陣天旋地轉，然後就發現自己以一種熟悉的姿勢被東方青蒼……扛在了肩頭上。

他不再與她說話，因為此情此境也沒有再給他說話的機會。不知道從什麼時候起，土地裡冒出了許許多多的魔物，正虎視眈眈地對東方青蒼形成包圍圈。

它們身上魔氣縈繞，襯得魔物臉上的五官時隱時現，異常猙獰。小蘭花看得心裡駭得慌，可東方青蒼毫不畏懼，邁步便走。與此同時，右手五指微動，烈焰長劍再次出現在掌心。

隨著東方青蒼的步步逼近，魔物們越來越躁動。然後在某一刻，它們像是突然接收到了什麼命令一樣，突然一湧而上。

小蘭花緊緊閉上眼，將腦袋扣在東方青蒼的背上。

她能感受到東方青蒼揮手之時肩胛骨的動作，充滿著力量，即便在重重包圍中，也能給她十足的安全感。

只要和東方青蒼待在一邊，就會沒事的。這是她長久以來潛意識裡的想法，但是就在今天，她「背叛」了東方青蒼。等東方青蒼收拾完這些魔物之後，便該收拾她了。

小蘭花腦中思緒紛雜，東方青蒼手中烈焰長劍一揮而過，紅色火焰放肆地燒開，周遭那些魔物身上瞬間燃起了烈焰。小蘭花緊閉著眼睛都能感覺到外面強盛的火光，她大著膽子睜開眼睛，見此情景不由驚呼，「這是什麼火！」

東方青蒼輕狂一笑，「想集魔界之力打敗本座，本座便看看，他們有多少魔力夠本座燒。」

魔物聲嘶力竭地慘叫著，小蘭花聽得毛骨悚然。東方青蒼一邊繼續大步向前走，一邊揮舞手中長劍。所過之處，那魔氣凝聚而成的怪物紛紛灰飛煙滅。他根本不屑於去找赤地女子所說的那個法陣，他甚至不關心他們還會造多少魔物來襲擊他。

對東方青蒼來說，兵來將擋、水來土掩，有多少敵人，他便殺多少敵人；有多少怨恨，他便承載多少怨恨。

東方青蒼扛著小蘭花一路行至王宮之前。黑石碑上孔雀那具殘破的身軀已經不見了。東方青蒼也不在意，踏上臺階，他連頭也沒回一下，邁進王宮之中。

只有小蘭花撐著脖子遠遠一望，魔界王都已是一片狼藉。大庾威風凜凜地在黑雲壓城的天空上遊蕩，宛如東方青蒼的另一隻眼睛，監視著地面上魔族一舉一動。

魔界的第一場暴動，就這樣被東方青蒼以一人之力血腥鎮壓了。

東方青蒼扛著小蘭花回到王宮，大門在小蘭花面前轟然合上。

小蘭花心裡想的，除了「魔界完蛋了」以外，還有「我也完蛋了」這個簡單純樸的念頭。

東方青蒼毫不客氣地一把將小蘭花丟在她的床上。

小蘭花立即翻過身來，拽住旁邊的被子將胸口捂住，驚魂未定地看著面無表情的東方青蒼。

東方青蒼抱著手，目光輕蔑，「模樣越養越醜，脾氣和膽子倒是越養越肥。」

小蘭花咬著唇不敢答話，東方青蒼聲音微冷，「說，是誰給妳出的主意。」這句話正問到小蘭花最害怕的點上，她驚恐地盯著東方青蒼，只見東方青蒼咧出一個輕蔑的笑，道：「看妳這眼神，是驚奇本座怎麼猜到了有人給妳出主意？」

他身子往前一傾，將小蘭花整個兒罩住。他臉往前湊一分，小蘭花的腦袋就往後挪一分，一點一點，小蘭花躺倒在床上，東方青蒼一隻手撐在她身邊，俯身壓在她身上。他另一隻手抓起了小蘭花一綹頭髮，輕聲道：「憑妳的本事，根本衝不出結界。若非有人相助，怎麼敢往那兒跑。」

小蘭花瞪圓了眼睛，看著自己身上面色陰沉的東方青蒼，不敢搭腔。

鬢邊忽然一痛，是東方青蒼拉扯起她的那綹頭髮，「是誰，讓妳離開本座？」

小蘭花痛得直咧嘴，終是忍無可忍，衝口便道：「我想離開有什麼錯？」她想起前因後果，心裡又是委屈又是氣，耳鬢的疼痛更提醒了她眼前這個人的可惡，「我逃跑有什麼錯？我想活命怎麼了？我不想死在你手裡又怎麼了？」

她的聲音中有難以自持的哽咽。她覺得在這種時候哭實在沒出息極了，於是又強力忍住眼淚，大聲質問：「難道我就該乖乖認命被你殺嗎？你要復活赤地女子，你要了結你的上古執念，我就活該給你鋪墊，當你腳下的石頭嗎？是！你力量強大，你是天上天下唯一的主角，活該三界的人都被你拉來陪葬，但你怎麼能那麼霸道，連陪葬品心裡不情願都不可以嗎！」

一通話說完，小蘭花喘了兩口粗氣，眼眶紅紅的，鼻頭紅紅的，但硬是忍住了沒有掉眼淚。

東方青蒼頓了頓，再開口，聲音依舊冰冷，卻多了一分掩飾不住的急躁，「行了。」他一把掀開小蘭花捂在胸前的被子，「妳不說本座也能猜到是什麼人……」他一邊說一邊伸手去拉小蘭花的衣襟，便在此時，骨蘭猛地長出兩條尖利的枝椏，向東方青蒼的雙眼扎去。動作之快，連東方青蒼都下意識地回身躲避。

與此同時，小蘭花腦海裡赤地女子的聲音響起，「跑！」

藤枝猛地扎在門口的地上，拉著小蘭花飛到了門邊。腦中赤地女子的聲音霎時比方才弱了許多，「跑，見到赤鱗，心法……赤甲入行……」兩句話後，赤地女子再無聲息。

小蘭花回過神來，用餘光掃了一眼捂著眼睛沒有動的東方青蒼，然後拔腿就往大殿裡面跑。

赤鱗仍在殿中，見到小蘭花連滾帶爬地跑過來時疑惑地站起了身。就在此時，那用東方青蒼法力凝成的牢籠竟慢慢變粗，連成了一片。

小蘭花不管不顧地喊了出來，「赤鱗！」

赤鱗的目光透過漸漸封死的縫隙看著小蘭花，她連氣都要喘不上來了，但還是大喊出聲：「赤甲！赤……」赤鱗眼睛猛地睜大，在牢籠即將封死的時候，小蘭花幾乎變調的聲音終於傳進他的耳朵裡，「赤甲入行！」

心口上，已塵封了不知多少年的法咒忽然啟動。

小蘭花在這一瞬間，好像聽到了一聲心跳，但卻不是她自己的心跳。

關押赤鱗的牢籠已徹底封死，小蘭花撐著膝蓋大口喘氣。

失敗了……

難道只能任由東方青蒼羞辱與欺凌……

便在她灰心喪氣之際，一道光芒破開了牢籠。

如同撕破黑夜的第一縷橙色陽光，慢慢撕開屏障，照亮了小蘭花的眼瞳。

與此同時，一道銀髮黑衣的人影形如鬼魅地閃到了小蘭花身邊。

東方青蒼向小蘭花伸出手，便在他的手就要觸碰到小蘭花的手腕之時，小蘭花倏地被另一道光芒纏住。

這些事不過發生在眨眼之間，小蘭花轉頭看去——

赤鱗周身皆是橙色的光，小蘭花甚至沒來得及看清他的臉，便被他身上的橙色光芒包裹，有一道聲音在她耳邊響起，「赤鱗，已候吾主多年。」

隨著話音落下，赤鱗的身影徹底消失，而小蘭花身上多出了一層鎧甲，閃耀著太陽一般的光芒。

在有關天地戰神的傳說裡，赤地女子是這世上最接近太陽的女子。

她……穿上了赤地女子的……鎧甲……

小蘭花轉過頭，就見被東方青蒼丟在角落裡的朔風劍正在顫鳴。青蛇妖蛇甲鑄成的劍鞘已不足以收斂朔風劍的寒氣，周圍的地面瞬間結上了一層厚厚的藍色冰晶。

小蘭花一伸手，那劍仿似有所感應，轉眼間就自行飛到了小蘭花的手上。小蘭花握住劍柄，卻感覺不到半分森氣。它涼涼的、乖乖的，不像是上古神劍，而像是她手中的夏日涼飲……

小蘭花抓住劍鞘，猛地一拔！

朔風長劍出鞘，寒氣登時侵占了大半個大殿。

赤地女子的聲音在小蘭花腦海中落下一個虛弱的字，「戰。」然後便再無聲息。

避無可避，躲無可躲，唯有一戰。

小蘭花盯著對面一直眯眼看著她的東方青蒼，抬起朔風劍，劍尖直指東方青蒼面門，「大魔頭，這次我不跑了。」她道：「你不是想復活赤地女子再戰一場嗎？她不願意復活，我來代替她吧。」

小蘭花用自己最強的氣勢道：「反正你不讓我活，我就和你拚了。」

赤鱗鎧甲再現人世，朔風長劍殺氣凜凜，這本是東方青蒼最想看到的場面。但是因為現在操縱裝備的人不對，於是東方青蒼心裡竟沒有生出半點再遇敵手的感慨，他只是用平靜無波的語氣問：「小花妖，妳現在，是在用劍指著本座？」

在瀰漫的殺氣當中，小蘭花劍尖抖了一瞬。

但很快赤鱗鎧甲上傳來的力量便支撐住了她的手腕，小蘭花強迫自己冷靜下來，「大魔頭，你知道我的原身是什麼吧？」

東方青蒼眸光微動，並不說話。

「我是上古蘭草，我有修復魂魄的作用，這些你也知道吧？」

東方青蒼依舊沉默，但小蘭花知道，他的沉默不是因為其他，只是因為默認。

她有些心灰意冷，「大魔頭，你一直把我留在這具身體裡面，不是為了保護我，不是因為捨不得我離開，也不是心疼我孤魂野鬼四處飄零，你是想借用我，讓這具身體靈活起來。沒錯吧？」赤鱗支撐著她的手腕，讓她手中的朔風劍直挺挺地指著東方青蒼。

「你把骨蘭給我，也不是怕有人傷到我，而是因為你把赤地女子的魂魄放在骨蘭之中，想借用我的氣息，修補赤地女子的魂魄。」

東方青蒼不言。

小蘭花深吸了口氣。其實在與東方青蒼說這些話之前，她心裡還可恥地期望著是赤地女子在欺騙自己。但東方青蒼的沉默就像是命運揮舞著的巴掌，把她心裡最後的那點念想啪啪地打碎了一地。

赤地女子沒有騙她，一直以來，都是東方青蒼在騙她。

一次一次又一次，從不停歇。

小蘭花垂下眼眸，聲音比剛才弱了些許，「如果我一直待在這個身體裡面，身體會越來越靈活，赤地女子的魂魄也會越來越強大。但最後，我會消失在息壤裡面，變成這身體中的一縷生機，這個事情……你也是知道的吧？」

等了半晌，還是沒有聽到東方青蒼的回答，小蘭花握著朔風劍的手掌緊了緊。

他要殺她，經歷了這麼多，他還是鐵了心地要殺她。

「你這個……」她語調一頓，仰頭再看向東方青蒼的時候，眼中燃起了熊熊烈焰，「大混蛋！」她雙手握住劍柄，對著東方青蒼迎面衝了過去。

朔風劍舉過頭頂，小蘭花拚盡全力一劍砍下。東方青蒼沒有動，但當朔風劍眼看著就要落在他頭頂的時候，一道結界平空出現。朔風劍的寒氣與炙熱的結界碰撞，劍刃與結界交接的地方一會兒是火花，一會兒是冰晶，藍與紅在小蘭花眼裡交替出了紛繁的顏色。

她緊緊咬著牙，透過這些光芒，怒視著東方青蒼的眼睛。東方青蒼也盯著她，沒有言語。

他無法解釋，也無權辯駁。

因為小蘭花說得沒錯，他就是這樣安排的。

這是最快、最直接、最有效的辦法。東方青蒼幾乎是遵循本能，自然而然地就這樣做了。他之前從沒有想過有一天，小花妖知道真相之後，當她質問自己的時候，當她將他的自私與算計赤裸裸地擺在他面前之時，他竟也會……無言以對。

良心與道德，那是什麼玩意兒？他是魔尊，奉行強者為王。秩序是強者制定的，弱小的生命，活該該被人拿捏在手上把玩。這怪不了別人，只能怪被戲弄的人，自身不夠強大。

但是他從上古時期一直奉行至今的「行事準則」，在小蘭花一聲聲的質問中，竟然有幾分動搖了……

他感覺到用來束縛凡人的那些無聊的良心和道德像是擰成了一股繩子，將他手腳綁住，讓他心生不安，甚至……愧疚。

看著結界之外對他怒目而視的小蘭花，東方青蒼目光微微一轉，挪開了眼神。與此同時，他輕輕一揮手，法力蕩出，比起他對待那些魔物時，力道不知要輕上多少，「還想好好過完剩下的日子，就給本座乖乖的。」

小蘭花有赤鱗鎧甲在身，受了東方青蒼這記法力，卻沒有後退分毫。還報復似地咬著牙把劍向結界裡砍進了幾分。

東方青蒼有些愣神，對於自己的權威受到挑戰下意識地起了點不滿。他對小蘭花或許有愧疚，或許有不安，但他仍舊是強勢得不容他人反抗的魔尊。

「不要挑戰本座的耐性。」他道：「把朔風劍放下。」

他一彈手指，比方才洶湧許多的魔力震盪而出，狠狠擊打在小蘭花的手腕之上。一陣劇痛傳來，小蘭花踉蹌著後退了幾步，險些將朔風劍扔在地上。

她捂著手腕，盯著東方青蒼，眼中寫滿憤怒、委屈，還有不敢置信。

東方青蒼不去直視她的目光，只看著朔風劍，「乖一點，別讓本座說第三次。」

「乖乖等死嗎？」

小蘭花的呼吸因為情緒激動而變得急促，「東方青蒼。」她一個字一個字地喚他的名字，道：「你真不知道，有句話叫兔子急了也咬人嗎？」

她將朔風劍換了一隻手拿，抬劍架到了自己的脖子上，「放我走，不然，你的願望和我的性命，就一起同歸於盡吧。」

東方青蒼眉梢一挑，「打不過，就開始耍賴嗎？」

小蘭花不答。

東方青蒼冷冷一哂，「本座會聽妳威脅？」

小蘭花猛地抬劍在脖子上一劃。鮮血溢出她瓷白的頸項，有的流到她衣襟裡，有的濺在了她的肩頭。小蘭花疼白了臉色，朔風劍造成的傷口不僅僅是傷口，還有寒氣隨著血液侵入她的身體之中，讓她的嘴脣開始泛起了烏青色。她渾身發抖，目光卻一瞬不瞬地盯著東方青蒼，就像一隻不服輸的兔子，「那就這樣吧。」

小蘭花想，死在自己手上，總好過死在東方青蒼手上。既然他不讓她好過，那大家誰也別想好過。她死了，如果有幸魂魄能飄到冥府去輪迴，這輩子再也見不到主子，也就算了；如果不幸，就此灰飛煙滅……

那還是只有算了。

左右想想，現在死了，比活著容易多了。她手上更用力，鮮血幾乎染紅她半個身子。

東方青蒼一時竟沒有反應過來。

這個向來怕死怕疼、沒出息極了的小花妖，竟真的拿劍抹脖子了……

只見她喉間的血越流越多，身體也像是撐不住了一樣往地上栽去。

東方青蒼這才陡然回神，身形一動，要去搶小蘭花手中的朔風劍。但他剛一靠近，小蘭花就猛地將朔風劍抽出。劍刃混著她的血，被用力往前一送，狠狠地扎進東方青蒼的心房之中。

朔風劍挾著寒氣入體。在數不清的歲月之中，東方青蒼的記憶深處，有一個畫面隨著傷口帶來的疼痛慢慢浮現出來——

是他被赤地女子用這把劍刺穿心房的畫面。

眼前的景象最後慢慢與腦海中的畫面重疊，只不過面前的人卻換了模樣。

不是那個威武耀眼的天地戰神，而是一個脆弱又渺小，總是被他嫌棄，卻又因為命運捉弄，而不得不一次又一次將她好好保護的女子。

東方青蒼看著小蘭花，見她眼中也有愕然與不敢置信的顏色。她頸間還在流著血，鮮血淌進衣襟裡，幾根細細的藤蔓從她的衣襟中探出來，攀上她的手腕，正牢牢纏著她的手。

是……她的血液滋養了骨蘭中赤地女子的魂魄嗎……

所以……又被那個女人，用這把長劍，刺穿了他身體的同一個地方。

但是，不知道為什麼，這一次，他心裡的不甘與憤恨，卻沒有上一次來得那麼洶湧。他看著小蘭花驚恐的臉，看著她蒼白的臉色與烏青的嘴……

若非他大意，憑現在的赤地女子，即便能操縱一百根骨蘭，也傷不了他分毫。

是他大意了，看見這個身體血流不止就忍不住大意了。

他對那個小花妖……

東方青蒼伸出手，掐住了小蘭花的脖子。

小蘭花早已站立不穩，一推就倒。

她被東方青蒼重重地壓倒，手裡的朔風長劍想丟卻丟不掉，只有眼睜睜看著東方青蒼胸口的血順著長劍的劍刃，源源不斷地流到劍柄上，又染紅她的手掌。小蘭花張了張嘴，卻什麼話都說不出來。這一次，東方青蒼大概真的會殺了她……

但東方青蒼放在她頸間的手始終沒有收緊。他身體往旁邊一偏，倒在了地上。

小蘭花握著朔風長劍的手往後一收，長劍刷的一聲，離開東方青蒼的心口。

東方青蒼心口的傷處慢慢結出了寒冰，他呼出的氣息在空氣中凝結成白霧，睫毛之上也結出了白霜。

腦中響起赤地女子的聲音：「小蘭花，走。」

小蘭花沒動。

赤地女子有點著急，「此劍未傷到魔尊心脈，以魔尊之力不過調息一個晝夜便可甦醒，妳還不趁這機會跑？」

她該趁這機會跑的……

大地忽然震顫起來，或者說，並不是大地在震顫，而是東方青蒼以法力凝造的這間王宮開始顫動。失去東方青蒼的法力支撐，這間王宮根本就無法存在。

轉瞬之間，整個王宮分崩離析！

東方青蒼身體往下一沉，落在下面的廢磚石上。這些磚石是當初被東方青蒼毀掉的那個魔界祭殿。東方青蒼躺在上面，如這些磚石一樣頹廢。

小蘭花也摔在磚石之上，但她被鎧甲保護著，並未受傷。

赤地女子喚她，像是她心裡殘存的理智一樣告訴她，「小蘭花，妳得離開東方青蒼，就像妳得離開這具身體一樣。他不是對妳好的人，他不是值得妳留戀的人。」

是呀，直到剛才，東方青蒼都還讓她乖乖待在這具身體裡面，等著化為這身體裡面的一縷生機呢。

他是想害她的。

君非良人，卿心如何能許？

小蘭花咬了咬牙，手腳並用地在廢墟上爬了起來。

滿目瘡痍，一片狼藉。

一直在空中翱翔的大庾見勢不對，急急飛了下來。見東方青蒼躺在廢墟之上，大庾用身體將他圈住，腦袋一轉，看見一旁的小蘭花已經爬出廢墟，往魔界的結界處跑去。大庾擔憂地嘶鳴出聲。

小蘭花頭也不回，在大庾的嘶鳴聲中一步也不停地往結界那方趕。

她怕自己一停下腳步就會再次對東方青蒼心軟，她怕自己因為擔憂東方青蒼被魔界之人偷襲而不再邁出腳步，她怕自己真的把自己作踐得，甘願為東方青蒼的那個執念……送死。

行至魔界結界之前，東方青蒼先前以法力壓下的深溝仍在，但此時卻攔不住小蘭花的腳步了。

她一路助跑，縱身一躍，藉助赤鱗鎧甲的力量，輕輕鬆鬆跳過了那條深溝，站到結界之前。小蘭花回頭一望，魔界之中有黑色的氣息在空中慢慢凝聚。王宮廢墟那方，大庾的嘶鳴聲響徹天際。

赤地女子的聲音在腦海裡響起，小蘭花轉過頭，望著面前的結界，跟著赤地女子的聲音，吟誦出聲。

不消片刻，結界緩緩打開。在一片漆黑之中，慢慢透出星星點點的光芒來。慢慢地，光芒凝聚成了一個剛好能夠一人通過的門。

「走吧，小蘭花。」

小蘭花咬了咬牙，沒有再回頭，邁步踏出了魔界的結界。

跟著眼前的亮光走了一段路，周遭的黑暗慢慢褪去，人間的陽光和煦而溫暖。小蘭花回頭一看，身後哪有什麼魔界結界，不過是一片普通的樹林子。腳下是野花與雜草，周圍除了更安靜些許以外，與人界其他地方並沒有什麼區別。

她是真真正正地從東方青蒼身邊逃開了。

心底一鬆，小蘭花腳底一軟，坐在了地上。

她抬手摸了摸自己黏糊糊的脖子，本以為會摸到一手的冰晶，但沒想到，傷口處還是柔軟的皮膚。只是因為剛才割得太深而讓皮肉綻開了，就連血都止住了。

傷沒有她想像中那麼重。

「小蘭花，不能耽擱。」赤地女子的聲音在她腦海裡說：「東方青蒼雖已受傷，但力量仍不能小覷，魔界的人不見得能困住他。待他醒後，必定能料到妳要去天界，妳須盡快回去，讓天界眾人做好準備。」

赤地女子說得對，小蘭花拍了拍臉，用朔風劍撐起身子，「我沒有法力，妳可以教我怎麼去天界嗎？」

「我教妳御劍術。」

小蘭花本來就是仙子，學起法術來倒也快。不過片刻，她已能站在朔風劍上，歪歪倒倒地飛起來了。

在赤鱗鎧甲與朔風劍的幫助下，小蘭花的身形化為一道光影，如離弦的箭一般向天界飛去。

她以前看主子寫的那些命格，無比憧憬能到下界走一遭。但當她真的在下界走了一回之後，卻覺得這體驗真是再糟糕不過了。如果可以，餘生她只願做司命星君窗臺前的一盆蘭花，每天晒晒太陽、淋淋雨露，聽主子閒聊幾句天上凡塵的趣事。

朔風劍行得飛快，轉眼就到了九重天。經過南天門時，有天將上前阻攔，但小蘭花心急著見主子，根本就不想與這兩人周旋，朔風劍停也未停，逕直從兩人中間穿過。天將甚至都還沒來得及反應，便被小蘭花留下的寒風颳得牙齒打戰。

兩人愣然，面面相覷了一會兒，「方才那是哪位大仙？」

「沒看清啊……」

「她身上氣息有點奇怪啊，還是先往上頭通報一聲吧。」

小蘭花哪管自己一路上驚嚇到了多少仙人，一門心思往主子身邊趕。待得終於趕到了司命星君的府邸，小蘭花停在門前，看著這扇熟悉的大門，她下了朔風劍，全然形容不出現在的心情。

推開門，院子裡熟悉的氣息還在。

想當初魔界的人為了復活魔尊，大膽犯上，攻上天界。天界一片混亂，她等了好久沒有等到主子回來，只好自己出去找，在一片混亂中終於找到主子的時候，主子卻說，這段時間，她去找男人去了！

小蘭花當時覺得自己受到了忽視，心裡委屈，賭氣跑去了下界。

她本以為自己不過就是鬧鬧脾氣，下界玩玩，她本以為過不了多久，她的主子就會來找她的，然後好言好語地將她哄回來。沒想到，兜兜轉轉，她竟然獨自在外面繞了那麼大一個圈子。

跨進門檻的那一刻，小蘭花有一種被拐賣多年的兒童在各方幫助下，終於順利回到家的感覺。

再次看到熟悉的場景，聞到熟悉的味道，小蘭花一直以來壓抑在心裡的委屈終於從心頭湧上眼眶，然後化作眼淚滴溜溜地淌了下來，「主子……」

她站在原地號啕，卻始終無人答應，小蘭花以為司命還像以前那樣在房間裡睡大覺，連忙推門進屋，找了一圈。

屋子裡收拾得乾乾淨淨……

不是普通意義上的乾淨，而是，椅子沒了，桌子沒了，連床榻櫃子一併都沒了。

小蘭花被這空空蕩蕩的屋子嚇住了，嚇得紅著眼睛都忘了繼續哭。她走到司命經常伏案提筆的窗臺前，用手指在窗臺上輕輕一抹，指尖霎時沾染了一層厚厚的塵埃。

屋子裡沒人了。

司命星君……不見了。

小蘭花左右望望，心裡的委屈登時變為了無助與惶恐。

「主子……嗚……主子？」她以為自己走錯府邸了，於是又踉踉蹌蹌地往屋子外面跑。跑到院子外往門上一望，司命府邸的牌匾還在，她沒走錯地方。

可沒走錯地方，她主子去哪兒了呢……

小蘭花急得在院裡院外來回跑了好多次，還是不肯承認她主子不見了這件事。便在此時，遠處忽然傳來一陣動靜。小蘭花抬頭一看，是天帝身邊的鶴仙使來了。他還是老樣子，梳著整整齊齊的頭髮，穿著仙風道骨的衣裳，一派器宇軒昂。

鶴仙使皺著眉頭走過來，但看見小蘭花這一身鎧甲和她手中的朔風長劍時便是一愣，眼中泛起驚訝的神色，「蘭花仙靈，妳……」他上下看了小蘭花一眼，她脖子上的傷口還在，身上也全是乾了的血跡。鶴仙使愣了好半晌，「妳這是去了哪兒？怎麼了？妳這鎧甲與劍又是從哪裡得來的？」

小蘭花顧不上回答鶴仙使的問題，只指著空蕩蕩的院子，嘴裡問出的問題比鶴仙使還多，「我主子呢？她去哪兒了啊？屋子怎麼都空了？她搬家了嗎？她和她男人私奔了嗎？」問到最後一句，小蘭花的語調忍不住有點顫抖，「她……是不是，不要我了啊……」

話音一落，眼淚就啪答啪答地掉在了地上。

鶴仙使被她一連串發問問得暈頭轉向，只好先將自己的問題放到一邊，答：「司命星君執意與上古妖龍在一起，但上古妖龍對三界威脅極大，是以……天帝如今將司命星君與上古妖龍囚禁在了萬天之墟裡面。」

「萬天之墟？」小蘭花呆住了。「為什麼……為什麼？你們為什麼要關她啊……我主子那麼好的人……」

「是司命星君自願與上古妖龍一同被囚入萬天之墟的。」

小蘭花目光一空。

自願？也就是說……

「我主子當真不要我了？」

見她一副失魂落魄的模樣，鶴仙使咳了兩聲，復開口：「妳這一身……我先帶妳去見帝君吧。」

小蘭花哪管鶴仙使要帶她去見誰，她現在像是被一棒子打暈了一樣，腦海裡不停重複著的只有一句話：她主子不要她了。

司命星君不要小蘭花了。

她這個被拐賣之後歷經千辛萬苦回到家的兒童，一瞬間，竟變成了被家人拋棄的……流浪兒童……

人生的悲喜起伏，實在太大……

鶴仙使領著小蘭花踏入了天宮殿。

天界百官皆在，戰神陌溪立於武將首位，他的妻子三生則站在了司命星君原來該站的位置上。所有人的目光都凝在小蘭花身上，神色不一，驚奇者有之，茫然者有之。

天帝眉宇間盡是凝肅。

「蘭花仙靈，妳這劍與鎧甲，何處得來？」

對，她還有正事要做呢。小蘭花深吸一口氣，強行壓住心底情緒，道：「是從大魔……是從東方青蒼那裡搶來的。」

此話一出口，大殿之上一片譁然。

第二十三章

誅仙。

天宮殿滿室寂靜，眾仙官皆沉默不語，只有小蘭花一個人的聲音在大殿裡輕聲訴說。

小蘭花垂頭看著地，一字一句平鋪直敘地把她這段時間的經歷說了出來。她省略了許多自己與東方青蒼之間那些說不清道不明的糾葛，但不管她怎麼省略，這段時間和她相處最多的人就是東方青蒼，她所有的事情也都是圍繞東方青蒼而展開的。即便她不說，腦海中也在不停地回憶那些畫面。

那些走過的路、吵過的架，還有偶爾幾次「身體接觸」。

天宮的雲磚在腳下氤氳出飄渺的霧氣，小蘭花便好像能在這霧氣中看見當時的自己和東方青蒼一樣。她將這些話說完，腦海裡也把這段時間的記憶回味了一遍，然後沉默了下來。

天宮裡也跟著她沉默，沒有人說話。過了半晌，終是天帝先開了口：「依妳方才所言，赤地女子而今便在此處？」

小蘭花摸出骨蘭，「在這裡。」她又把朔風劍放下，正在糾結怎麼脫下赤鱗鎧甲的時候，赤鱗便像能與她心意相通一樣，光華一轉，自行褪了下來，平攤在地上。

「她的劍、鎧甲、魂魄，就是這些。」小蘭花說了這話後恍然發現，加上她這一具息壤造的身體，東方青蒼這一路上找到的東西，都在她這裡了。

天帝將小蘭花放在地上的東西掃了一遍，沉默片刻後，卻問：「魔尊而今重傷？」

小蘭花愣了一瞬，回憶起離開之前回頭望見東方青蒼躺在那片廢墟之上的樣子，然後點了點頭，「但不知道他什麼時候會醒過來，大家得有所防備……」

話音未落，天帝擺手，打斷了她的話，「上古之時，諸天神佛便是趁東方青蒼重傷之際將他斬殺的。而今之機，切不可失。陌溪——」他沉聲道：「十萬天兵由你調遣，即刻出發，前往魔界，斬殺東方青蒼。」

陌溪領命，轉身離開天宮。眾仙也無人有所異議，在天界眾仙看來，此時確實是斬殺東方青蒼的絕好時機。

若是以前的小蘭花，只怕心頭會雀躍慶幸還好天界尚有陌溪戰神的存在，能殺掉大魔頭，以安三界。但此時，看著陌溪邁著沉穩的腳步走出天宮，小蘭花心裡不知為何卻是亂了一瞬，「等！等一下……」

小蘭花這一聲喊，讓所有人的目光落回了她身上。她憋了好一會兒，才道：「其、其實守好天界便可以了……」

天帝眉頭一皺，「東方青蒼不除，他日必為禍三界，此事不得拖延。」

小蘭花張了張嘴，卻無話可說。

待陌溪離開，天帝的目光在小蘭花身上掃了一眼，「至於妳，息壤之軀，人造之體，乃逆天而為，此身不可留於三界。」

小蘭花聞言，愣愣地抬頭看向天帝，眾仙之中也有嘈雜的異議聲傳出。天帝繼續道：「上古蘭草本已是銷匿於世間之物，而妳身懷能修補魂魄之異能，亦不可留。須誅滅於三界中，以絕後患。」

這話太重，而天帝說得太容易，這讓小蘭花聽懂了每一個字，卻聽不懂這句話的意思。

她呆呆地看著天帝，神色茫然。

位於百官之中的三生終是忍不住開了口：「誅滅於三界中可是魂飛魄散的懲罰，小蘭花又沒犯大罪，還將東方青蒼重創，幫了天界這麼大的忙，天帝你小氣，不嘉獎她就算了，為什麼還要殺她？」

天帝目光冷冷地往三生身上一瞥，三生也涼涼地回視天帝。

「上古蘭草早該銷匿於世間，而她尚殘留，此為逆天之一；魂魄消散與否全看天命，她卻有補魂異能，此為逆天之二；三界之中圖謀不軌之人何止東方青蒼，今日天界便是除了一個東方青蒼，難保不會再有第二個、第三個東方青蒼企圖藉助她的異能行惡事，若不誅她，如何絕後患？」

三生皺眉，「又是絕後患。你把司命和大黑龍關進萬天之墟是說絕後患，要殺小蘭花也是絕後患，但明明他們什麼都還沒做，天帝你如此不講理。」

「眾卿家可也覺得朕此事行得不講理？」

百官默了一瞬，一個站在三生身後的仙君先開了口：「帝君顧慮三界眾生，此乃大理。三生姑娘，妳太過偏執了。」

根本沒給三生再說話的機會，眾仙人皆已點頭附和。

小蘭花站在大殿中間，脫下了赤鱗鎧甲，她看起來十分單薄，而一身鮮血早已乾成了暗紅色，襯得她格外狼狽。滿座仙人都贊同誅殺她，更是讓她感覺自己站在這裡，就是一個笑話。

她就像一粒塵埃，是生是死，從頭到尾都沒由她做過主。

東方青蒼要她死，她覺得不公平，好不容易逃回來了。

但天界的人還是要她死。

還不如死在東方青蒼手上呢，小蘭花心裡忽然湧出了這樣一個想法。至少在東方青蒼那裡，她還能弄明白自己是為了什麼而死。

「鶴仙使。」天帝威嚴的聲音傳來。鶴仙使會意，神色間有不忍，但最終還是壓下情緒，向小蘭花走來。

三生想上前阻擋，卻被身後的仙君攔住。

鶴仙使行至小蘭花面前，小蘭花仰頭看著他，一雙大眼睛裡空蕩蕩的。鶴仙使別開目光，手中光華一轉，眼瞅著就要將小蘭花五花大綁，便在這時，還在小蘭花手中的骨蘭忽然一動！

一頭生出藤蔓纏繞住小蘭花的手腕，另一頭猛地化為尖銳的刺向鶴仙使扎去。

赤地女子的聲音在小蘭花的腦海裡響起，「我操控不了骨蘭多久，小蘭花，穿上赤鱗鎧甲，我們走。」

小蘭花卻沒有開口。

骨蘭與鶴仙使的法力相撞，力道極大，讓小蘭花逕直摔坐在了天宮的雲磚之上。雲霧在她身邊繚繞，她像是在問赤地女子，又像是在問自己：「我能走去哪兒……」

東方青蒼要殺她，天界眾仙要殺她，她視為家的那個院子空了，她視為家人的主子也不在了。她還能去哪兒？

赤地女子一默，便在此時，金色的法咒將小蘭花渾身纏繞起來。天帝居高臨下地看著她，一揮手，這些符咒便將小蘭花整個抬了起來。

「小蘭花……」

「他們都想殺了我……」小蘭花閉上眼睛。

她感覺自己的身體被符咒拉扯著拽出了天宮。她不知道自己要被送去哪裡，她只需要明白一個事實……

「他們都想殺了我。」

小蘭花的聲音裡沒有哭腔，卻沙啞得像是被撕碎了一樣，「我是不是像天帝說的那樣，只有消失掉才是最好的？我根本就沒有活下去的理由？」

赤地女子沒有言語。因為小蘭花的問題，她也沒辦法回答。

從大局來看，天帝說得在理。但是誰都有私心，她也有私心，否則，她也不會走到如今這步……

拉拽小蘭花的力量忽然弱了下來。

小蘭花只覺滾滾戾氣撲面而來，周身的金色符咒撤去，小蘭花睜開眼睛，立時知道了自己身在何處——

誅仙臺。

天帝想將她推下誅仙臺。

誅仙臺下是三界最凶戾的殺氣，即便是大羅金仙掉下去也逃不出來。這裡的確是讓她魂飛魄散的最好地方了。

小蘭花看著下面翻湧的戾氣，心裡湧出了絕望的情緒。她回頭一望，身後什麼人都沒有，只有一道金色符咒凝成的牆向前推移著，慢慢貼上了小蘭花的後背，然後推擠著她，推擠著……

脖子上那道本來已開始慢慢癒合的傷口，此時也像是被戾氣撕開了一樣，重新滲出血珠。

骨蘭還在她手上，赤地女子的魂魄還在骨蘭之中，看來，天帝不僅打算讓她魂飛魄散，連赤地女子也沒打算放過。後背的符咒忽然化為一股大力，將小蘭花一推。她整個人飛了起來，然後直直地往誅仙臺下落去。

小蘭花以為自己此時已經是心如死灰了的，但是……

當戾氣刺傷她的眼睛，當尖銳的疼痛劃破她的皮膚，當一陣陣窒息的痛苦在她胸腔裡來回撕扯衝撞，當她感覺自己像是一個老天爺玩膩了的破布娃娃，被隨意丟掉，再沒有誰會在乎她是否受傷，是否疼痛，是否能活下去……

小蘭花忽然覺得止不住地委屈。

她掙扎了一路，和東方青蒼鬥智鬥勇，那麼拚命地要回到天界，因為她以為這裡是她的家，可是……

戾氣扎進小蘭花的胸口，巨大的疼痛瞬間鑽入骨髓。小蘭花再也無法咬牙忍住這疼痛，終是哭出聲來。

但疼痛並不因她的痛苦而減少，而是繼續撕扯著她的身體，好像要將她整個人碾磨成灰燼。她忍不住大聲叫了出來：「痛！好痛啊……主子……主子……」

腦海裡那些往日的陽光與雨露，還有司命的輕言細語，此時皆敵不過鶴仙使的那句話，「她是自願去萬天之墟的……」

司命是自願去萬天之墟的。

她不會再來了。

還有大魔頭……

大魔頭也不會來。

小蘭花捂住臉，在巨大的疼痛中，連哭泣也已經沒了力氣。她想這次大概是真的死定了……

就在小蘭花徹底放棄希望之時，她忽覺手臂一緊，有一隻手在絕望之中死死地抓住了她的臂膀！

她被往上一拉，然後一隻胳膊緊緊摟住了她的腰，帶著她熟悉的力量與溫度，將她鎖在懷裡。用溫度包裹了她的四肢百骸，用蠻橫的力量將戾氣從她身體裡面驅逐出去，讓她擺脫了幾乎令神志喪失的痛苦。

一道屏障在她四周展開，隔絕了外面喧囂的戾氣，讓小蘭花陷入一種詭異的寂靜當中。

她失血太多，渾身無力，若不是腰間的手支撐著她的身體，她只怕此時早已癱軟在地。

小蘭花努力地想撐起眼皮，看清來人，但她可悲地發現自己竟然連腦袋也轉動不了了。她用盡全力，也只能聽清那人在耳邊咬牙切齒的話語——

「這筆帳，本座回頭與妳慢慢算。」

大魔頭……

又是他來救她了。

明明，他才是算計她最多的人。最終，他卻也是救她最多的人。

如果還能有以後，那東方青蒼要她這條命，她就給他吧。左右，這條命本來也是他救回來的，是該屬於他的。

小蘭花的頭無力地搭在東方青蒼的肩膀上。她像受傷的小狗一樣，在他肩上哽咽了兩聲，然後便失去了意識。

東方青蒼血色的眼眸中似有沖天的怒火，比之誅仙臺下的戾氣有過之而無不及。

逃！有本事逃，卻沒本事保護自己！

東方青蒼說不清此時心裡到底是什麼情緒，他只將所有的情緒暫時按捺下去，右手一轉，催動法力，抗衡著誅仙臺下翻湧著將他往下拖拽的戾氣，迅速往上逃升。

然而誅仙臺萬年積累的戾氣，豈是這般容易抵抗的？更何況他先前被朔風劍刺傷，這麼短的時間裡，能醒過來已是奇蹟，更別說調動這樣大的法力了。

不過片刻，東方青蒼心口劍傷之處便結出了冰晶，但他神色卻無半分變化，只面無表情地將周身結界慢慢縮小，最後只在小蘭花周身凝聚起一層薄薄的光暈，而他則全身暴露在戾氣當中，任由這些氣息如劍刃一般劃過他的皮膚。

這滋味著實不好受。

東方青蒼瞥了一眼懷中的小蘭花，她臉上身上全都是血。這天界裡的神仙，居然讓如此怕死又怕痛的小花妖，承受這般疼痛？

他們不知道他花了多大力氣才做出這個身體的嗎？他們不知道他費了多大工夫才將這隻小花妖養到現在的嗎？

當這隻小花妖成天成夜謀劃著要跑的時候，當她滿心都在算計他的時候，當她突然捅了他一劍的時候，他，堂堂上古魔尊，都按捺住心緒沒有殺她，但天界這群烏合之眾居然對這隻小花妖動手了？

東方青蒼心頭怒火幾乎要蓋過周遭的戾氣，他手中一緊，烈焰長劍出現在他的掌心。血色眼瞳中殺氣一凜，他低喝一聲，揮動法力向誅仙臺下斬去。

蠻橫的法力逕直將下面翻騰的戾氣斬出了一道縫隙，戾氣拖拽的力量登時少了許多。

東方青蒼趁此機會身形一閃，抱著小蘭花，轉瞬便躍至誅仙臺上。

誅仙臺前已被十萬天兵天將團團圍住，天兵之上更有各仙家嚴陣以待。

想來天界是要傾盡全力來對付東方青蒼了。

見東方青蒼帶著一身是血的小蘭花自誅仙臺下躍了上來，眾仙人一陣嘈雜。這誅仙臺，只怕是天帝跳下去也不能全身而退，而魔尊，竟然還帶了一人上來……

東方青蒼此時連眉毛都結了冰霜，嘴裡呼出的氣息盡是白霧，但他卻好似全然不在意自己的身體狀況一般，氣勢逼人。

好似十萬天兵，在他眼中根本不值一提。

他勾脣一哂，語氣一如既往地輕狂，「如今天界的兵倒是不錯，能跟上本座腳步。」

身著銀甲的戰神陌溪靜靜站立於十萬天兵之前，聞言淡淡一笑，「承蒙魔尊誇獎。」話音一落，他腰間長劍已經出鞘。銀色長劍映著大光，折射出耀人的寒光。

東方青蒼見狀咧嘴一笑，露出尖利的虎牙，「你倒還有幾分意思，只是……」東方青蒼猩紅的目光一轉，落在了位於十萬天兵之後的天帝身上，「本座今日沒工夫與你耗。」烈焰長劍直指天帝，「你。」他臉上的笑容隱沒下去，「給本座一個理由，為何推這小花妖下誅仙臺？」

此言一出，眾仙皆是一愣。

魔尊居然跑來質問天帝，為什麼推小蘭花下誅仙臺？

他……在意的重點好像有點不對吧？

「違逆天道者自是該誅。」天帝冷冷道：「花靈如此，你亦如此。」

這話聽得讓東方青蒼笑了出來，但這笑卻讓人打心眼裡發寒，「好啊，本座且看看，你要如何誅了本座。」

不再贅言，東方青蒼手中長劍一揮，一道烈焰挾著強大的殺氣向天帝橫掃而去。

陌溪見狀，長劍一指，身後天兵轉瞬便列好了陣法。眾人一聲沉喝，集天兵之力於空中聚成一巨大的護盾，將東方青蒼這記殺氣生生攔住。

東方青蒼冷冷一笑，長劍狠狠插在誅仙臺上。他眉心紅色的魔印陡然浮現，誅仙臺登時裂開了無數裂縫。

察覺到他要做什麼，眾仙皆是大驚，然而要攔已是來不及，東方青蒼邪惡又陰險地笑著，倏爾抽出長劍。只見誅仙臺立時四分五裂，石塊化為齏粉，轟然掉入誅仙臺下的戾氣當中。

與此同時，沒有誅仙臺為屏障，臺下戾氣翻湧而上，海嘯一般向天界眾仙撲面而去。眾仙慌忙之中各自祭出法器以抵擋這灼人的戾氣，陌溪忙指揮天兵們換了陣法。然而便是在這短短數秒內，戾氣已經四散開來。

不少仙力微弱的仙子被這氣息拉扯得尖叫出聲。一時間，場面亂成一片。

天帝神色微變，只得祭出法器將誅仙臺下湧上來的戾氣堪堪擋住。

而東方青蒼便在這一片戾氣之中望著天帝冷冷地笑。他猩紅的眼在戾氣的遮掩之中顯得更加神祕，讓人難以估計魔尊如今真正的實力；他的身影也在越來越多的戾氣中慢慢變淡，只有他的聲音如鬼魅一般飄在空中——

「違逆天道？本座便是逆了，你能奈我何？」

第二十四章

你要算計就算計我，你要利用就利用我。

誅仙臺下戾氣翻湧，眾仙自顧不暇，根本沒有精力再去關注東方青蒼。不過片刻，當天兵天將們與天帝、戰神從戾氣中回過神來的時候，天界範圍內已再感受不到東方青蒼的氣息了。

三界之大，不知魔尊會去向何方，待得此次他身體康復，此後怕是再難找到機會將其斬殺……

天帝望著仍在戾氣之中掙扎的天界眾仙，眉頭緊蹙。

小蘭花不知道自己睡了多久，她只知道自己作了個夢。在夢裡，司命和她說：「我不要妳了，妳就和東方青蒼那個大壞蛋一起自生自滅吧。」

與往常不一樣，小蘭花這次沒有哭。她只是站在原地，呆呆地看著司命，目送她的背影在黑暗之中越走越遠。

她垂下頭看著自己的腳尖。

她不伸手，因為她知道，自己伸手也留不下主子；她不開口，因為她知道，她開口只會讓自己變得更像一隻被玩膩後遺棄的寵物。

雖然小，但她也是有自尊心的。

她一個人在黑暗裡站了很久，然後感覺寒意浸骨。她被凍得渾身發抖，抖著抖著，就把自己抖醒了。

睜開眼，小蘭花看見的是天上那條長長的銀河。她愣了許久，五感慢慢恢復，身下是堅硬而粗礪的石頭，她感覺到冷，然後聽到了不屬於自己的粗重呼吸。

她往旁邊一看，東方青蒼正躺在她身邊，一隻手搭在她的肚子上，指尖竟是不正常的烏青色。順著他的手臂往上望去，東方青蒼的心口處結出了一朵朵藍色的冰晶，像雪花一樣美麗，卻比雪花擁有更凍人的溫度；他的嘴脣慘白一片，連臉上都結出了白色的霜；睫毛和眉毛都已被霜雪覆蓋，讓人看不清他本來的模樣。

小蘭花呆了好久，然後腦海裡的回憶才慢慢浮現。

她被推下了誅仙臺，是大魔頭趕來救了她。在這之前，她用朔風劍捅了東方青蒼一劍……

小蘭花目光再次落在他胸膛上結滿冰晶的地方。

東方青蒼傷還沒好……

他就是帶著這樣的傷把她救下來的嗎？

三界之中，大概只剩下東方青蒼會在意她的生死了。因為他要等她完全融入這個身體，化為這個身體裡面的生機，至少要等到她的魂魄在這個身體裡面……壽終正寢？

想到這個詞，小蘭花就覺得諷刺。

她活著的作用，就是給人家當藥材，所以她一開始想逃離大魔頭。哪曾想到最後他卻成了護著她性命的人。

小蘭花仰望著星空，心裡忽然想起了一句話——人生之中的際遇，真是不可揣摩啊。

想完了，她忽然發現，這是司命以前說過的話。小蘭花又沉默了下來，隔了好一會兒，她覺得腰上面東方青蒼的那隻手實在是冰得讓人受不了了，便坐起身來，想去周圍找找柴火，生一堆火讓東方青蒼暖和一些。

但是沒想到她剛剛動了一下，放在她腰間的手便是一緊。

東方青蒼沒睜眼，只有沙啞的聲音響起來，「又想跑？」

他說話時呼出的寒氣噴在小蘭花的臉上，激得她瑟瑟發抖，起了一身雞皮疙瘩。

「我想生火。」她開口，聲音沙啞，聽得她自己都呆住了。隔了好一會兒，她清了清嗓子，「我也想去找點水喝。」

東方青蒼沉默片刻，卻並未鬆開手，「此處雖乃三界間隱祕之處，但天兵天將未必便尋不到。妳若要動其他心思，本座勸妳，趁早打消。」

經歷了這次的事，小蘭花哪裡還會再有別的心思。「我不會跑了。」她道：「我會乖乖待在你身邊的，哪兒都不去了。」

她也沒有別的地方可去了。

她本來就是赤地女子製造出來的「藥物」，現在也正是為了復活赤地女子，盡「藥物」的職責。這也算是一個生命輪迴，有始有終了吧。

東方青蒼聞言睜開雙眼。睫毛上抖落了白霜，他血色的眼瞳靜靜地盯了小蘭花一會兒，然後將手從小蘭花的腰上拿開了，「東南方三里地外，或有水源。」

言罷，他身形一轉，平躺在了地上。

小蘭花撐著地站起身來，走了兩步恍然覺得不對。自己先前被推到誅仙臺下，應該是滿身的傷才對啊，為什麼現在……她看起來好像沒什麼大礙呢……

她回頭望向東方青蒼。

東方青蒼仍舊閉著眼睛，久未聽見小蘭花離去的腳步聲，他開口：「又怎麼了？」

「大魔頭。」小蘭花問：「你幫我療傷了嗎？」

「不然呢？」東方青蒼聲調略帶嘲諷。「妳以為妳已經厲害到可以在誅仙臺下轉一圈而毫髮無傷？」

小蘭花動了動手指，垂頭道：「大魔頭，我知道你對這個身體這麼好，是因為你對自己很好，因為你想完成你的願望。」她聲音很輕，「但是，你每次這樣做……每次對這個身體這麼好的時候，我都會有一種錯覺，會以為，你其實是在對我好來著。」

東方青蒼沉默。

「所以你下次，能不能先提醒我一句啊？讓我不要再有什麼奇奇怪怪的期待了。」她低聲道：「因為每個期待都是假的，這實在是一件讓人恐怖又絕望的事情。」

小蘭花說完，轉身就走了。

回來的時候，她手裡撿了不少柴火。她看了一眼東方青蒼，這才發現，在他躺下的地方，地面都已經結上了一層霜。

朔風劍的威力如此強大……

小蘭花摸了摸自己的脖子，那裡還有她自己用朔風劍割開的傷口，但是已經快要癒合了。又是大魔頭吧……在她刺傷他後，他掐住她的脖子，當時她以為東方青蒼是氣極了要殺她，現在才省悟過來，原來是……在救她。

還有什麼好說的呢。

她這條命，理所當然該是東方青蒼的了。

小蘭花把柴火堆到東方青蒼身邊，開始鑽木取火，但是手心都要磨破皮了也沒鑽出一點火花來。倒是嗤啦嗤啦的聲音鬧得東方青蒼皺起眉頭，他輕輕哼了一聲，下一秒，柴火堆上燃起了熊熊烈火。

小蘭花坐在火堆旁邊，火焰驅趕了東方青蒼身上飄過來的寒氣，讓小蘭花溫暖了些許。

她抱著膝蓋望著跳躍的火焰發呆。這幾天發生了太多事，讓她腦袋都有點轉不過來了，她只有慢慢消化、慢慢梳理。

她以為自己在接下來的一整夜時間裡都不用再說話了，但沒想到躺著的東方青蒼卻挑起了話頭。他聲音中有些嫌棄，又有些嘲諷，「妳主子呢？妳被推下誅仙臺的時候，妳那神通廣大的主子，可是也在那群仙人當中？」

小蘭花不說話。

她的沉默卻讓東方青蒼有些沉不住氣了。他睜開眼，卻因小蘭花臉上的神色呆了一瞬。

她望著火堆，火焰在她漆黑的眼瞳裡跳躍，但卻像是根本就沒有到達她的眼底深處。她的目光空洞、麻木、茫然且無助。

東方青蒼突然像是心尖上最柔軟的地方被人踹了一腳一樣，疼得讓他自己也有些摸不著頭腦。他的語氣由方才的嘲諷變成了惱怒，「他當真在那群仙人當中？」

小蘭花把膝蓋抱得更緊了些，「主子走了。」她聲音淡淡的，「她不要我了。」

東方青蒼的心尖上又接二連三地被踹了好幾腳。

他一直自認是個可惡的人，但在此時，在他心裡，那個素未謀面的天界司命星君，可惡得超過了他自己。

他感到克制不住的焦躁與煩悶，「他去哪兒了？」忍了忍，還是衝口而出，「若是妳乖乖地待在本座身邊，三日後，本座幫妳找他。」

話一出口，東方青蒼就覺得自己腦子出了毛病。

他兀自沉浸在對自己的唾棄中，小蘭花卻只淡淡地往火堆裡丟了一根柴火，道：「主子自願走的，我不找她了。」

東方青蒼一默，心情莫名地更糟糕了起來。他皺著眉頭閉上眼，聲音冷淡，「隨妳便吧。」

小蘭花便當真不再開口說話了。

這一沉默便一直沉默到了第二日午時。

太陽當頭高照，小蘭花的火堆還在呼呼地燃燒，她還在對著火堆發呆。但呆著呆著，小蘭花就覺出四周的寒氣在漸漸加重。

她搓了搓手臂，往火堆邊湊了一點，但寒氣如影隨形地附了過來。小蘭花往旁邊一望，這才看見，閉目靜躺的東方青蒼嘴裡竟然又開始呼出白氣了，且明顯比之前的白氣更加厚重。

小蘭花愣了一會兒，然後趕忙爬起來，跪在東方青蒼身邊伸出手想去觸碰東方青蒼。但手指都還沒有碰到東方青蒼的皮膚，小蘭花便覺得一陣刺骨的寒意通過她的手指頭一溜煙地扎進了她的血脈之中，寒意如冰般徹骨。

小蘭花頓了一下，依舊固執地把手伸過去，擦掉他唇上的白霜，「大魔頭？大魔頭你怎麼了……東方青蒼！」

忽然間，東方青蒼鼻端呼出的白氣不見了。小蘭花登時嚇得不輕，連忙伸手去探他鼻息，又不顧東方青蒼身上幾乎要凍掉她手指頭的寒冷，按住了東方青蒼的頸項。

但是一點動靜也沒有。

東方青蒼一點還活著的動靜也沒有。

他就像死了一樣。

小蘭花臉上的血色如同瞬間被抽乾了一樣。「大魔頭。」她喚道：「你看看我……你動一動……」她垂頭看向他的心口，卻見藍色的冰晶自他心房處慢慢蔓延。

小蘭花跌跌撞撞地撲回火堆邊，將燃燒著的火堆挪到了東方青蒼身邊。燃燒的火苗幾乎將東方青蒼的衣服點燃，但東方青蒼身上的藍色冰晶仍以肉眼可見的速度迅速沒過他的胸膛，漫上了他的脖子。便在小蘭花努力給火堆添加火的時間，那些冰晶已經完全將東方青蒼的身體包裹住了。

像一具為東方青蒼量身訂作的棺材，將他整個人都埋葬在了裡面。
小蘭花愣了一會兒，像突然失去了全身力氣一樣在他身邊跪坐下來。
她不知道他受的傷原來這麼嚴重。東方青蒼在她面前從來都是那麼強大，好像就算受了再重的傷，也可以用一根手指頭將她捏死。
可現在……
他大概是要死掉了吧。
「大魔頭……」小蘭花輕輕觸碰東方青蒼胸膛上的藍色冰晶。手指頭像要被凍掉了一樣，冷得讓人心顫，小蘭花卻不肯收手，反而把整個手掌都貼在了東方青蒼受傷的胸膛上。
她看見淚珠一滴一滴地落在自己的手背上，然後滑落到冰晶之上，被凍結成一粒粒冰珠。她活像是傳說中的鮫人，泣淚成珠……
「哭喪嗎？」
忽然間，一道熟悉的聲音在小蘭花耳邊響起。小蘭花一愣，遲疑地轉過頭，東方青蒼正涼涼地看著她。
他臉上的冰晶在慢慢褪去，露出了他本來的面龐。就在小蘭花愣神的工夫，就連他胸膛之上的冰晶也化了。
小蘭花的手便一下落在了他受傷的心口處。
東方青蒼眸光動了一動，又道：「以為我死了，喜極而泣？」
小蘭花像不認識他一樣盯著東方青蒼看了許久，突然咧嘴笑了出來，「是……

是啊。」她一邊笑，一邊掉眼淚。

依照東方青蒼的審美來看，這個又哭又笑的表情醜極了，但是不知道為什麼，他看著這樣的小蘭花，卻陡然覺得心頭一暖。

下一刻，小蘭花猛地撲在他身上，一把抱住了他。脣邊的笑容隱沒，全部化作眼淚流了出來，「大魔頭，大魔頭……」她一聲一聲地喊著。

東方青蒼無奈道：「怎麼了？」

「我以為連你也不在了……」

東方青蒼沉默，任由小蘭花在他腦袋邊連哭帶蹭。

「你要算計你就算計我，你要利用你就利用我好了。我不怕利用，也不怕算計了，你別拋下我。」

東方青蒼聽到這話，覺得自己應該高興的，這本應該是他想要的結果。但耳邊是小蘭花的號啕大哭，身上能感受到她身體顫抖的弧度，東方青蒼忽然就覺得，他不想那樣了。

這個小花妖，就該精神奕奕地站在他面前，氣呼呼地看著他，然後和他鬥智鬥勇。

而不是像現在這樣，哭得這麼絕望……

小蘭花慢慢穩定住情緒，終於放開了東方青蒼，但是手指還是悄悄地繞住了東方青蒼的一綹頭髮。好像這樣抓著他，他就不會再被冰晶包裹住了一樣。

「大魔頭，你剛才怎麼了？」

「朔風劍身為神劍，正氣十足。每日午時，乃是天地間正氣最足的時候，正氣會與朔風劍殘留在本座傷口上的寒氣相互呼應，從而使冰晶結滿本座身體。」東方青蒼說得面無表情，就好像不是他的身體一樣。「三日之後，此等寒氣便再傷不了本座。」

也就是說，這三日之內，東方青蒼在正午……是不能被任何仇敵發現的。否則，以東方青蒼那樣的狀態，他一定會被他的仇敵化為齏粉。

小蘭花與東方青蒼在原地休息了三天。

第三日午時，東方青蒼如前幾日一樣渾身漸漸遍布冰晶。小蘭花已經提前在他身邊燒起了火堆，將東方青蒼整個身體都包圍在裡面。

倒不是為了給東方青蒼保暖，畢竟有了前幾天的經驗，小蘭花已經悟出來了，不管怎樣點火，東方青蒼該凍還得被凍。她將他圍起來，只是為了不讓東方青蒼身上的寒氣擴散出來。

在誅仙臺下走過一遭後，小蘭花雖然皮外傷被東方青蒼治好了七七八八，但是對於寒冷的抵抗力好像還是弱了不少。

布置好火堆，小蘭花坐在一旁將腦袋放在膝蓋上，呆呆地看著東方青蒼。

今天已經是最後一天了，等東方青蒼醒過來之後，他會帶她去做什麼呢？

東方青蒼想復活赤地女子，雖然現在骨蘭還在小蘭花的衣服裡面揣著，但是赤地女子的魂魄好像也在誅仙臺下受了不小的影響，迄今沒再出現過，骨蘭也如同死物一般寂靜。
一場誅仙臺的劫難，好像將小蘭花周身的東西都殺死了一樣……包括她的希望。
她也不打算再為自己這條性命掙扎了。她決定就這樣乖乖地跟著東方青蒼，乖乖變成這具身體裡面的一縷生機。時至今日，小蘭花不得不承認，東方青蒼說得沒錯，這是對她來說，最仁慈的死法了。
小蘭花仰頭看了一下太陽，知道這最後一天正午即將過去。
便在此時，大地一顫。
小蘭花開始還以為是自己的錯覺，但緊接著，大地的顫動讓火焰都彈跳了一下。小蘭花察覺到了不對，她抬起頭望向四周，但還沒等她看出什麼蹊蹺，忽然之間，在離她不足三丈的地方，一道身影破土而出。
小蘭花雙目猛地睜大——
來者竟是魔界的軍師，孔雀！
「魔尊可真讓小人好找啊。」孔雀笑著瞥了一眼小蘭花，然後目光落在被冰晶封住的東方青蒼身上，一雙妖媚至極的鳳眸裡盡是瘋狂的報復欲望。「聽聞魔尊身受重傷之際離開魔界，前往天界，我還以為魔尊是不想活了。沒料到，竟然是去追這個小丫頭了。」
孔雀的目光落在小蘭花蒼白的臉上，冷冷地笑了，「堂堂魔尊，竟然沉溺於上古時期的個人恩怨之中，實在讓我等失望至極。復活魔尊既是我做出的錯事，如今，便仍由我前來了結吧。」話音一落，孔雀以扇子掩住臉面，周身黑氣凝聚。

小蘭花幾乎連思考的時間都沒有，下意識地一腳踢開東方青蒼身前的柴火，撲到了東方青蒼的身上。

她的動作沒有絲毫猶豫，以至於孔雀都沒有反應過來，一掌便擊在了小蘭花的肩頭上。小蘭花發出一聲悶哼，只覺劇痛鑽心。但在經歷過誅仙臺下的生死一刻後，她覺得這樣的疼痛，咬咬牙也是能忍住的。

因為就算叫疼，就算軟弱，她又能給誰看呢。

她現在是沒有依靠的人，也是註定被遺棄的棋子。

「倒是好笑，分明只是個借息壤而存的複製品，竟然會救魔尊。」孔雀在小蘭花身後冷笑。「也好，那我便先殺了妳，再讓魔尊去陪妳。」

小蘭花回頭看了一眼東方青蒼，他臉上的冰晶已經開始慢慢消退了。她咬了咬牙，忽略背上的疼痛，擋住東方青蒼的腦袋，轉身盯著孔雀。

只見他手上的黑氣凝聚，小蘭花道：「雖然不知道你是怎麼找到這裡的，但你現在是一個人吧？否則，以你之前的傷勢，沒必要親自動手。」她頓了頓，「被釘在黑石碑上示眾的感覺，應該不太好受吧？」

孔雀的目光因為小蘭花的話變得陰毒起來。

小蘭花知道，被以那樣的方式掛在黑石碑上如此長時間，對習慣了高高在上的孔雀來說，恐怕是他此生最大的敗筆，「你是不是很害怕大魔頭呀？所以只敢趁他重傷昏迷時偷襲，行如此不光彩的手段。」

孔雀扯了扯嘴角，冷冷一笑，「臭丫頭還想拖延時間。」言罷，他再不聽小蘭花的話，手一揮，一記黑氣擦過小蘭花，逕直打在了她身後的東方青蒼的腹部。

只聽喀的一聲，東方青蒼尚結著冰晶的腹部裂出了一條裂縫，然後裂縫擴大，分裂出許多細細碎碎的小細痕。

小蘭花大驚，卻見孔雀手下已積聚了更大一團黑氣。

來不及思考，小蘭花展開雙臂，擋在東方青蒼身前。

透過濃郁的黑氣，她看見孔雀露出勝券在握的笑容，「再見，魔尊。」言罷，黑氣如同一條巨大的黑龍一樣，呼嘯著向小蘭花與東方青蒼衝來。

小蘭花攔在東方青蒼前面，一絲一毫也沒有讓步。煞氣撲面而來。她緊緊地閉上了眼睛。

忽然，腰上一緊。緊接著，一道火焰牆猛地自地裡鑽出來，堪堪擋住孔雀的黑氣。

小蘭花垂頭便看見自己腰上多了一隻強而有力的手臂，身後貼上來一個結實的胸膛。

耳邊傳來東方青蒼好整以暇的聲音：「本座還沒去找你，你就自己撞上來了。」他一笑，露出鋒利的犬齒，「本座就喜歡你這樣主動來找死的傢伙。」

孔雀臉色大變，不等他反應，東方青蒼已經冷哼一聲，揮手燃起熊熊火焰，瞬間包裹住孔雀。

孔雀周身黑氣大盛，竟勉強抵擋住了東方青蒼的火焰。

他整個人都陷入黑氣之中，突然，東方青蒼微不可察地皺了下眉，火勢登時小了許多。

與此同時，黑氣驟然消失，隨之不見的，還有孔雀。

東方青蒼鬆開小蘭花，神色輕蔑，「暫時饒他一命。」

小蘭花回頭看了他一眼。可以看得出，他傷勢尚未痊癒，動用魔力仍舊十分吃力。這大概也是東方青蒼不去追逐孔雀的原因。

「他怎麼會找到這兒來？」小蘭花心有餘悸地問。

「不是衝著我們來的。此地上古之時乃是本座休憩之地，本座與赤地女子一戰也是在此處。時至今日，此處仍舊有本座與赤地女子的鬥氣殘留，極有利於魔族之人養傷。這才是孔雀出現在這裡的原因。」他說著，突然皺起眉，「妳肩頭受傷了？」

「嗯，但是已經不痛了。」

「傷口處的息壤變灰了。」東方青蒼蹙眉。「傷口太大，得用新的息壤來補。」

小蘭花沉默。

東方青蒼一時也沒說話，隔了好一會兒才森然道：「下次再遇上孔雀這妖物，本座定要讓他魂飛魄散於三界之中。」

小蘭花並沒有接東方青蒼這句話，而是岔開了話題，「但是已經沒有息壤了。」

東方青蒼緩緩勾起嘴角，「本座是沒有，但總有人還有。」

小蘭花這才想起，當初在千隱山時，千隱郎君還剩了一部分不足以再捏造一具身體的息壤。

東方青蒼的意思是……他們要再去洗劫一次千隱山嗎……

小蘭花忽然覺得，千隱郎君還挺可憐的。

身懷異寶……而回護不能。

第二十五章

別保護我，別關心我，別對我這麼好。

距離上一次小蘭花與東方青蒼離開千隱山，已經有一段時日了。

小蘭花趴在東方青蒼背上，望見雲霧下方千隱山的模樣，心裡忽然起了幾分感慨。

她走到如今這個地步，還不如當初就讓東方青蒼將赤地女子的魂魄直接放進這具息壤身體裡面。她那時就該魂飛魄散的，倒省得日後折騰，受這些傷心苦楚。

東方青蒼是全然不知道小蘭花心中想法的。他立在雲頭上，不過稍加探查，眨眼便知曉了千隱郎君所在的位置。沒有半分耽擱，東方青蒼逕直俯身而下。

千隱山上依舊看得出那次翻天倒海的大戰痕跡，要完全修復，恐怕還要數年。只有千隱郎君的庭院勉強恢復了七、八分往日盛景。

「妖市的人可都趕走了？」

「上一批趕走了。」黑影人在千隱郎君身邊俯首道：「今晨又發現了幾個妖市盜賊自東岸游上來，屬下已派人去收拾了。」

千隱郎君手指在桌上敲了敲，冷冷一哼，「待我千隱山結界再成之日，定叫這些宵小之輩悔不當初！」話音剛落，千隱郎君倏爾目光一凝，「誰？」

一記殺氣隨著他的聲音震盪出去，在空無一物的空中不知撞上了何物，猛地炸開。塵埃落定後，東方青蒼的身影慢慢浮現，背上還趴著小蘭花。

小蘭花跳下來。東方青蒼的手掌一直若有似無地扶著她，直到她完全站穩，他才抬頭正視對面神色凝肅的千隱郎君。

「千隱郎君，許久不見。」東方青蒼露出惡劣的笑容。「看來你的日子過得並不太好。」

小蘭花看了東方青蒼一眼。讓千隱山如今飽受妖市之徒困擾的，應該就是東方青蒼之前畫給妖市商人的那張航海圖吧。

毀了人家的山，掀了人家房子，還讓賊時不時惦記人家家裡的寶貝，現在還要高高在上地嘲笑人家一番，待會兒估計還得搶人家東西。

東方青蒼真是壞到骨子裡去了。

小蘭花無論如何也想不明白，她到底是為什麼，又是從什麼時候開始，竟然喜歡上了這樣的壞蛋。

黑影人戒備地攔在千隱郎君身前。與之前不知道東方青蒼身分時不同，此時的千隱郎君全然沒心思在他面前裝高深、打哈哈。他上下看了東方青蒼一眼，發現他氣息虛浮。但即便如此，千隱郎君也不敢有所造次。

上一次的教訓太痛徹心扉了。

千隱郎君直奔主題，冷聲問：「不知魔尊此次前來，有何貴幹？」

東方青蒼笑話看夠了，倒也不磨嘰，逕直道：「給我剩下的息壤。」

小蘭花一愣，她肩上受的傷有這麼重？她可是記得，當初她將東方青蒼捏的那個男人身體變成女人的時候，可剩下了不少息壤的。就算不夠再造一個人，造半個也綽綽有餘了。

千隱郎君也是一愣，他看了看小蘭花，蹙眉道：「阿蘭受了什麼傷，何需那麼多息壤？」

東方青蒼漫不經心地挑起眉，「本座有必要向你說明？要麼沉島，要麼交出息壤，你選一個吧。」

那黑影人果不其然被東方青蒼的態度激怒了，「魔尊你欺人太甚！」

東方青蒼勾脣一笑，「哦，你們現在還不知道本座的作風？」

黑影人怒而拔劍，卻被千隱郎君攔住，「魔尊，並非我千隱山人小氣，而是息壤本就所剩無幾，我如今所製身體皆是以陶土混合息壤而成，若無息壤……」

東方青蒼輕蔑地看著千隱郎君，「本座可有說過想瞭解你的難處？」

千隱郎君接下來的話就說不下去了。

東方青蒼明顯失去了耐性，「息壤和千隱山，本座只給你這兩個選擇。」

看著千隱郎君青黑的臉，小蘭花心生不忍，拽了拽東方青蒼的衣袖，小聲道：「或許用不了那麼多……」

東方青蒼瞥了她一眼，「沒妳的事。」他回收了目光，周身的氣場登時變得壓抑起來，「看來這座千隱山，到底是不該繼續立於這人世間。」

黑影人身形一動，卻被千隱郎君死死攔住。

在強者的世界裡，只能按照強者的規則來生存。

千隱郎君閉上眼，深吸一口氣，終是點了頭，「我會交出息壤。」

黑影人大驚，「主上！」

千隱郎君盯著東方青蒼，「不過我有個條件。」

東方青蒼道：「講。」

「先前我布於千隱山山中海底的迷陣被魔尊所破，而後不知何方小人將千隱山航海圖賣於妖市奸人手中。」他話音一頓，看著東方青蒼。東方青蒼卻像是全然未覺千隱郎君是在罵他一樣，神色不變。千隱郎君只得接著道：「如今為防我千隱山再被宵小騷擾，懇請魔尊相助，護我千隱山不再受外界打擾。只要魔尊應我此事，我便將剩餘息壤盡數奉上。」

東方青蒼一哂，「這還不簡單。」

言罷，他咬破拇指。鮮血溢出，滴在土裡，東方青蒼手中烈焰長劍驀地現身，劍尖插入土中。烈焰燒沸土中鮮血，如蛛網一般向四周擴散。但這火焰卻不似平時那樣滿是殺氣，所經之處，草木無傷。

烈焰消失在視線當中，沒一會兒，天空中陡然出現了一個極大的法陣，映著地上火焰的光，轉了一周天之後，消失了蹤影。

「此後五百年，定不叫影妖之外的任何生靈入你千隱山。」

他語氣狂妄，可說出的話沒有人不信。

千隱郎君深深一揖，「謝過魔尊，在下這便去取息壤。阿影，你先帶魔尊與阿蘭去休息。」說完，果然轉身離開。

待得黑影人將小蘭花與東方青蒼領到房間，他一走，小蘭花便轉頭問東方青蒼，「這麼容易就把息壤給咱們了，千隱郎君會不會有什麼陰謀？」

東方青蒼轉頭看她，「腦子倒是比以前會轉了。」

小蘭花一怔，然後垂下頭，「被坑多了當然要學會轉。」

房間裡霎時靜默了一瞬。東方青蒼別開頭，不再看小蘭花的表情，只道：「他只要把息壤拿來，至於其他，有什麼本事，儘管使出來便是。」

到傍晚的時候，千隱郎君便將剩餘的息壤帶了來，比當初小蘭花走的時候看見的要少一些。這也可以理解，畢竟這段時間，千隱郎君也在依靠息壤過活。如果現在將息壤全部拿走，那千隱郎君……

小蘭花抬頭看向千隱郎君。

千隱郎君收到她的目光，只是笑了笑，轉身離去，並無他言。

其實仔細想想，千隱郎君從頭到尾也並沒有對她做什麼不好的事情。他不過也是為了更好地活下去。

小蘭花絞了一會兒手指，剛想開口說話，東方青蒼便像是已經讀懂了她的心思一樣，搶先道：「沒有息壤他也不會死。」他一邊說著，一邊捏了一團息壤下來。本來因為生氣充足而來回晃動的息壤，到了東方青蒼的手裡登時變得像麵團一樣乖巧。他手指撥了撥小蘭花的衣襟，「脫掉。」

面對東方青蒼這樣的命令，小蘭花已經能夠很坦然地接受了。她解開衣襟，露出受傷的肩膀，然後看著東方青蒼將手中的息壤貼上她的傷口。

本來已經沒有了痛感的傷口忽然有了感覺。一股灼痛感由傷口鑽入血脈，然後流經四肢百骸，最終回歸到心臟。

慢慢地，灼痛褪去，小蘭花開始感覺到東方青蒼比常人溫度更高的手掌貼在她肩頭。

「影妖本就不需依附實體而活。依千隱郎君的修為，像那黑影人一樣生活是全然沒有問題的。息壤對於他來說，不過是一個夙願罷了。用你們天界天帝的話來說，他此舉，也是違逆天命之舉。」

伴隨著東方青蒼的聲音，他掌心的溫熱像是也流進了她的心裡，卻比方才更加灼燙，灼燙得炙烤人心。

「所以，小花妖，別為無關緊要的人擔心，他們過得或許比妳好。」

小蘭花垂眼，看著窗外的陽光將她與東方青蒼的影子投射在床榻之上。他們的影子挨得這麼近、這麼親密……

「大魔頭。」她忽然開口。「害怕我胡思亂想、關心我的心情，這樣的體貼……是不是已經超過你應該關心的範疇了？」

東方青蒼眼眸微抬。

「你只要關心這個身體的健康就夠了。」小蘭花道：「你別對我……好。像之前說的那樣，我會想多的。」

東方青蒼沉默著將覆在小蘭花肩頭的手掌拿開。那處的皮膚已經恢復如初，光滑水潤得像塊白瓷。

東方青蒼自己都沒有察覺到，他的指腹在小蘭花的肩頭上留戀了一瞬間。

明明只是一塊息壤，但一旦到了這個人的身上，卻好似忽然有了吸引他的神祕力量……

「好了？」小蘭花轉頭。

東方青蒼回過神，冷淡地轉開眼，站起身來，「暫時沒問題。再過幾天，它便能完全融入妳的身體之中了。」

小蘭花點了點頭，然後看著剩餘的息壤，奇怪道：「還剩這麼多，你要拿它們做什麼？」

東方青蒼也盯著那團息壤，沒有說話。就像是……他也不知道自己要那些多餘的息壤來做什麼一樣。

小蘭花對於東方青蒼常常忽略自己的話已經習以為常了。換作前些日子，或許她還會嘟著嘴抱怨兩句，但現在她已經完全沒有這個心情了。

因為現在她常常忍不住想，她還能在這具身體裡待多久，她還能擁有多久的「自我意識」，她還能用自己的眼睛、自己的腦子注視東方青蒼多久……

或許是房間裡太寂靜，或許是東方青蒼打量息壤的眼神過於奇怪，小蘭花終於忍不住開了口：「大魔頭。」

東方青蒼轉過頭，鮮紅的眼睛裡映出她的身影。

小蘭花的衣襟忘了拉上，雪白的肩半露著，一雙忽閃忽閃的大眼睛盯著他，聲音裡帶著受傷之後尚未恢復的沙啞氣息，「大魔頭，你真的非要讓我為了你的願望死掉不可嗎？」

東方青蒼只是靜靜看著她，沒有說話。

小蘭花想了想，強撐起笑容，問：「有沒有一種可能……你有沒有想過，放下你的執念？」

東方青蒼仍舊只是看著她，眼睛裡似乎是一潭死水，從未有過波動。

小蘭花嘴角動了動，笑容終於是撐不下去了，「我知道是我想多了。」她微帶諷刺地一笑，這個笑容比剛才要自然多了，「我之前以為，我已經想通了，生死由命。但是……」小蘭花伸手，撫摸自己方才被東方青蒼觸碰過的肩頭，「但是你太溫暖了。大魔頭，我大概不是蘭花妖，我可能是飛蛾妖吧。即便到現在，你給我一點點溫暖，我也還是想往你身上撲。以前我問過主子，為什麼飛蛾要撲火？主子說，這是牠們的設定。大魔頭，遇見你，大概也是我的設定吧。」

「所以啊，你還是別對我好了，別過度地保護我，別關心我心裡想什麼。你這樣……」小蘭花苦笑。「你這樣，哪裡還有個壞人的樣子啊……你會讓我變得越來越捨不得這條命的，捨不得消失在這個世間，捨不得和你在一起的時間……」

「你這樣不行啊。」她頹然地捂住臉。「做壞人，哪能做成你這樣……」

小蘭花咬住了哭聲，但是她的眼淚還是滲過她的指縫，漏了出來，滴落下去，然後被另外一隻修長的手指接住。

淚珠在他的指腹上綻開了花。東方青蒼依舊沉默，但是他另外一隻手卻不由自主地捂住心口。

朔風劍造成的傷口已經癒合，照理說他是不會再感覺到疼痛了。但是，現在，這裡的感覺，卻又是怎麼回事……

翌日清晨，小蘭花剛醒，尚在迷迷糊糊間，便聽到屋外東方青蒼在與人說話：「千隱山可有關於息壤造肉身的書籍？」

「有是有，不過，魔尊既能以息壤直接塑造人體，想來我千隱山的書，魔尊大概都是看不上眼的。」千隱郎君的聲音傳來。「莫非，魔尊還想用剩餘的息壤，再造一具身體？」

小蘭花聞言，剛才還像漿糊一樣的腦子瞬間清醒了許多。她坐起身來，不自覺地凝神探聽屋外言語。

東方青蒼的聲音中帶著他一貫的高傲輕蔑，「本座如何行事，何須告知於你？」他道：「給你半個時辰。」

外面默了一會兒，千隱郎君倏爾輕笑一聲：「好，給你就是。」他的身影走過窗戶，側目一望，正巧從打開的窗縫中瞥見小蘭花有些呆怔的臉龐。千隱郎君腳步一頓。

小蘭花目光微轉，落到千隱郎君臉上，卻見千隱郎君眸中神色變幻，終究沉下面目，轉身對還站在門外的東方青蒼道：「要在下給書沒問題，拿走息壤也可以。魔尊你要再塑一具身體，天下無人可攔你。但魔尊須記得，息壤此物，天生帶有生氣，普通魂魄要融入我這樣三天一換的身體裡都極其艱難。息壤的比重越大，則靈魂越難以進入，輕則被排擠在外，重則……被其中生氣撕扯至魂飛魄散。」他遙遙望了小蘭花一眼，「所以，在下好心提點一句，不管魔尊造這具身體要給何人用，切記先探探那人魂魄能否承受得住這股力量。」

千隱郎君說完便轉身離開了。

小蘭花摸了摸自己的臉，心裡想，千隱郎君大抵是猜到了東方青蒼要息壤，是為了再造一具身體給她用。

這段時間魔界把東方青蒼要復活赤地女子的消息傳遍了天下。千隱郎君只消稍稍動動腦子就能知道，她這個完全用息壤捏出來的身體，一定是給赤地女子的；而另外一個只能用一半息壤摻和一半陶土捏成的身體……是打發小蘭花的。

東方青蒼能在這個時候想到打發她一個身體，其實小蘭花還是有點感動的。至少，在所有人都要她死的時候，這個魔頭，還在想辦法，讓她可以活下去。

她大概可以認為，東方青蒼是有點喜歡她的吧。

可聽千隱郎君那話裡的意思，她這個魂魄，約莫是再禁不起一次與息壤生氣的對撞了。

其實仔細想想，她這一路走來還真是經歷了不少事——

她這魂魄，從一開始能和東方青蒼搶身體，到拖著快爛掉的謝婉清屍身走了大半個月，然後搶了息壤的身體，壓制了息壤裡澎湃的牛氣，還治癒了藏在骨蘭裡面的赤地女子魂魄，最後還在誅仙臺下掙扎了一圈。到現在，她居然還能吊著命，等著自己化為這個身體裡面的一縷生機。

她本來的魂魄到底是有多強大啊，才能撐到現在！

可也僅限於現在了吧……老天爺眷顧了她，但不會總是眷顧她。

回頭就算東方青蒼用剩餘的息壤做了個身體出來，她也不能像之前那樣壓制住息壤裡面的生氣了吧，或許還會……魂飛魄散。

但，又有什麼可怕的呢。

反正，她現在也是在往魂飛魄散的路上走呢。最壞不過如此，只要有辦法，就一定得試。

東方青蒼走進屋裡，目光落在小蘭花的臉上。四目相接，小蘭花搶在他開口前道：「大魔頭，如果你能再捏一個身體，如果我還能安穩地待進去，不管那個身體能管用多久，你去哪兒都帶上我好不好？我保證不給你添麻煩。」

東方青蒼沉默。

「因為，到時候我好像只能待在你身邊了。」小蘭花道：「唔，如果不成功的話……如果不成功的話，你也別急著把那具身體毀了。雖然是個女的，但還是可以留給千隱郎君嘛，他應該不會嫌棄。他們影妖一輩子連個身體都沒有，就像下界的仙靈到九重天上打工一樣，連個住處都沒有，孤苦飄零，也挺可憐的。」

聽著小蘭花像交代遺言一樣認真地說出這些言語，東方青蒼嘴角微微抽了兩下。

他突然伸手捉住小蘭花的脖子，然後在她反應過來之前，俯身一口咬在她的脖子上。

小蘭花能感覺到東方青蒼尖銳的牙齒咬破她的皮膚，微微的刺痛感傳來。他唇齒之間像是有奇怪的熱力，順著血液慢慢流遍她的四肢百骸，最後又回到東方青蒼嘴裡。

東方青蒼舔了舔尖銳的犬齒，然後皺眉看著小蘭花。

小蘭花眨著眼回視，「怎麼了？」

「妳近來嗜睡？」

「嗯，離開誅仙臺後，我就變得有點嗜睡，但不是很嚴重。」天界誅仙臺一戰後，東方青蒼睡了三天三夜，然後打跑孔雀、馬不停蹄地趕到千隱山。東方青蒼本就不是心細之人，因此直到此時方覺出不妥。

小蘭花有些忐忑，「你這樣的表情，是在說，我沒救了？我沒多少時間了，對嗎？」

東方青蒼岔開話題，向小蘭花伸出手，「骨蘭給我，今後也別戴了。」

小蘭花一愣，「可是骨蘭裡有赤地女子的魂魄。她的魂魄在誅仙臺下也受了重創，到現在為止都沒有和我說過一句話。我得用氣息養著她。」

東方青蒼皺起眉頭，顯得有些不耐煩，「給我。」

小蘭花卻對這個問題異常執著，像是能通過這個問題，得到一個什麼答案一樣，「你不要我養她了嗎……」

話音未落，東方青蒼逕直上手去搶。然而這邊手還沒有抓到小蘭花，忽然大地一晃，小蘭花抬頭望著東方青蒼，「你又要沉島？」

東方青蒼眉頭微蹙，望向窗外。只見半空中東方青蒼立的結界正在閃閃發光。

東方青蒼冷冷地勾了勾脣，「敢對本座的法陣下手。魔界這群後輩，真是蠢到了極致。」

「魔界？」

小蘭花稍一動腦子，便明白過來。先前孔雀跑了，但是他知道東方青蒼有傷在身啊，對於魔界的人來說，這是除掉東方青蒼的好機會，他們怎麼會放過？

小蘭花望向東方青蒼的心口，「你的傷……」

東方青蒼目光輕蔑，對於小蘭花的話根本懶得回答，只道：「待在這兒別動。」

他拂袖而去，跨出房門後，房門前忽然紅光一閃。小蘭花知道，是東方青蒼在屋子周圍布下了結界。

看著東方青蒼挺拔的背影，小蘭花心裡不知為何，忽然莫名地一緊，好像東方青蒼走了就再也不會回來了一樣。她喚了一聲：「大魔頭！」

東方青蒼不知是沒聽到還是懶得搭理，頭也不回地離開了。

小蘭花盤腿坐在床上，望向窗外，眼看著外面的結界在不停地遭受撞擊，大地也跟著震顫不止。

小蘭花憂心忡忡地嘆了口氣。

便在這時，屋子裡忽然飄來一股奇異的花草香。小蘭花眨巴了一下眼，就見撐開的窗戶忽然啪地合上，房門的門閂也莫名其妙鎖好了。

床前白光一閃，緊接著，一個人出現在了小蘭花面前。

「你是……」小蘭花瞪大眼睛看著他。「妖市主……」

坐在輪椅上的男子望著小蘭花，目光溫柔，「蘭花仙子，我來接妳。」

「接我？為什麼？」小蘭花往窗外望。「你怎麼能進這裡？」

「東方青蒼的結界是攔不住我的。」忽然間，大地又是猛烈一顫，妖市主卻像是感覺不到一樣，對小蘭花伸出了手，「在魔尊身邊總是免不了打打殺殺。蘭花仙靈，與我走吧。」

小蘭花直往床角縮，「我還是……想待在這兒。」

妖市主望著小蘭花，他的目光中流露出執著，甚至是……偏執，「我這可不是在與妳商量。」話音一落，小蘭花陡覺身體一緊，竟被一股無形的力量拉拽到了妖市主身邊。

小蘭花驚駭道：「你到底要做什麼？」

「我要妳陪在我身邊。」

伴隨著他這句話語，小蘭花只覺四周一黑。她的身體宛如被拽入了萬丈深淵一樣不停地往下墜，然後她就什麼都不知道了……

黑暗，無邊無際的黑暗。奇怪的是，這樣的黑暗並不讓小蘭花感覺到冰冷，相反，她周身像是被柔軟的棉被包裹住了一樣，暖暖的，讓她忍不住沉溺其中。

如果一直都這樣，也沒什麼不好的。沒有爭執，沒有威脅，沒有恐懼和害怕，她就這樣一直飄著……

「小蘭花。」

可是有人在叫她，聲音模糊而遙遠，但語氣中的擔憂，她能感覺得到。

「別沉睡。」

「誰？」
「小蘭花……別睡……」
聲音越來越近，小蘭花終於分辨出來，這是赤地女子的聲音。
「我好累，妳別說話，讓我再睡一會兒。」小蘭花和她打商量。「我什麼事都不想知道，也不想思考，讓我睡下去……」
「再睡下去，妳就醒不過來了。」
一句話像是一記重錘一樣砸在小蘭花的腦袋上。她一個激靈，猛地睜開雙眼。刺目的陽光登時照進她的眼瞳當中，讓她下意識地用手擋住雙眼。被陽光刺激出來的眼淚從眼角滑落。除了眼睛的刺痛外，小蘭花還感覺到身體裡有一股奇怪的疼痛。
明明只是從一場夢裡面醒過來，但是她的心跳卻格外地快，呼吸也急促得不同尋常。
好半天後，她才平穩了呼吸，慢慢適應了外面的陽光。她嗅到空氣中的花草香，然後看到了眼前翩然飛舞的蝴蝶。
小蘭花坐起身來，只一個動作，卻讓她渾身乏力。
不對，不是乏力，而是……她對這個身體的操控，變得有點僵硬困難。
大概是因為剛才睡得太久了？
小蘭花想站起來，但掙扎了半天也沒能成功，正無奈之際，旁邊忽然響起了骨碌碌的木輪聲。小蘭花一轉頭，妖市主坐著輪椅，在她面前停下。

他看著她，眸光中帶著小蘭花看不懂的期待。

小蘭花眨了眨眼，這才想起來，她在千隱山被妖市主擄走了。這裡……小蘭花上下左右一看，如果她沒記錯，這裡便是在妖市湖底，妖市主造出的幻境裡面。

「已經過去五天了，妳竟還有自我意識。」妖市主的聲音中有難掩的失落。

小蘭花一驚。

五天……她明明感覺自己只是昏睡了一會兒，竟然已有五天了嗎？難怪她會覺得這般氣虛無力，本來離她消散在這個身體裡的時間已經近了，這五天一耽擱，她約莫是沒幾日可活了。

也難怪剛才在夢裡，赤地女子會對她說，再睡下去就永遠醒不過來了。

不過……等等！

這個妖市主怎麼會知道她的身體狀況？

「你……到底是什麼人？你捉我來，想幹什麼？」小蘭花開口，聲音綿軟無力，不過情緒激動地說了兩句話，她便有點控制不住地胸悶心慌。

妖市主笑了笑，一抬手，一隻紫色蝴蝶停在了他的指尖。他盯著蝴蝶，悠悠然開口：「我現如今是崑崙妖市之主，曾經……」妖市主指尖微顫，蝴蝶翩翩飛去，「曾經是赤地女子的徒弟。」

小蘭花呆住。

「赤地女子有徒弟？」她覺得不可思議。在天界，赤地女子的一生是所有仙人傳頌的傳奇，可從來沒有誰說過赤地女子有個徒弟。

別家仙人不知道就算了，她那號稱通天曉地的主子司命都不知道，這可真是說不過去。

妖市主輕笑，「當然有，不過，天界不許這事流傳下來罷了。畢竟……」妖市主目光追著在花叢間翩然而舞的蝴蝶，漫不經心道：「我與師父之間的關係，在天界眾人看來，是十足的大逆不道。」

「你……喜歡赤地女子？」

「喜歡？」妖市主笑得咳了起來，過了好一會兒，才停下來，「從師父收我為徒至今，我所執著的任何事物，都是因為她。陽光清風、春草野花，她是讓我愛這些東西的唯一緣由。蘭花仙靈，妳將我這樣的感情，稱為喜歡？」妖市主頓了頓，自己道：「我對師父，是病態的偏執。」

小蘭花默了默，由衷道：「你對自己認識得很深刻。」

妖市主對小蘭花的話毫不在意，只道：「所以妳也別期望東方青蒼能找到妳，將妳帶走。我不會讓任何人，再將我與師父分開。」

小蘭花愣了一下，然後忍不住嘀咕：「東方青蒼也是想將這具身體變成赤地女子的。你都等了這麼久，何必在乎這幾天呢……」

妖市主轉過頭，意味不明地道：「妳再待在東方青蒼身邊，這具身體，就指不定會變成誰的了。」

小蘭花一呆，「什麼意思？」

妖市主不再理會她，推動輪椅要走。小蘭花撲過去想抓住他，讓他把話說清楚。但是在小蘭花碰到他輪椅之前，便被一股力量禁錮在了地上。
妖市主頭也不回地往遠處而去，聲音隨著他的背影漸行漸遠，「妳最好什麼主意也不要打，我不想因為妳，傷了師父的身體。」
待得妖市主的身影徹底消失，束縛住小蘭花的力量登時撤走。她摔坐在地上，飛花落了她滿身。
妖市主就這樣把她拋在這裡了……
小蘭花舉目四望，除了漫山遍野的花草，這裡什麼也沒有。此地看起來生機勃勃，卻讓小蘭花感覺格外空寂。
她垂下頭看著手心裡的花瓣，腦海裡陡然滑過一個畫面，是她之前夢到的，在簡樸小院裡，一個男子親吻著樹下沉睡的女子。夢裡面的男子面容與方才的妖市主的臉重合，小蘭花揉了揉額頭，原來是他。
原來他就是夢裡的那個「阿昊」。但好奇怪，如果說他是阿昊，那小蘭花夢裡的那個女子就應該是赤地女子才對。但為何，夢中女子的模樣，卻與她之前在崑崙山裡看到的那個冰雕的模樣不一樣……
不過，現在也不是在乎這些事情的時候吧……她已經是命不久矣的人，想想怎麼過好剩下的日子吧，想想東方青蒼能不能在最後這段時間，找到她……
小蘭花垂頭看著自己的手，她動了動手指，感覺五指詭異地僵硬。她嘆息著仰頭躺下，看著天上白雲朵朵飄過，眼皮漸重。理智提醒她，現在不能睡，如果再睡過去，指不定醒過來就是多少天後了，更甚者，她根本就不會再有醒過來的那一天。

但撇開理智，在小蘭花心底卻有個強烈的聲音在對她說：睡吧，反正已經這樣了。

終於，小蘭花閉上了眼睛。

夢中的黑暗還是那麼溫暖，小蘭花在黑暗中飄著，不知過了多久，她倏爾看見星星點點的光芒。小蘭花歪著腦袋一打量，發現那可不就是赤地女子嗎？她又出現在自己夢中了，用這樣完整的模樣。想來是赤地女子的魂魄已經恢復得差不多了吧，而她現在……

小蘭花伸出手，看了看自己的手掌，透明且蒼白。

「妳可以再見到妳徒弟了。」小蘭花對赤地女子說，卻見赤地女子眉頭皺得更緊。小蘭花奇怪，「之前赤鱗說妳不想重回三界，看來是真的，為什麼呢？」

「我的劫數，還沒歷完。」

「劫數？」

赤地女子猶豫了一會兒，道：「上古與東方青蒼一戰，為了求勝，我以祕法改造自己的身體，使得自己的面容、身形皆換了模樣。祕法使我的力量能在短時內與東方青蒼匹敵，代價卻是我的生命……那一戰，若無阿昊偷襲東方青蒼，我本打算與東方青蒼同歸於盡，但是……」赤地女子眉目微垂，「阿昊偷襲東方青蒼成功，卻也被他重創。我無心再戰，救下了阿昊，卻也讓東方青蒼逃脫。」

她說的，小蘭花當初在千隱山的幻陣裡面都看見過。當時赤地女子刺傷東方青蒼之後追隨著阿昊的身影而去，而東方青蒼則趁機逃跑，雖然之後，諸天神佛還是趁他重傷，將他誅殺……

「阿昊受了東方青蒼一擊，周身筋脈盡斷，魂魄渙散，幾近灰飛煙滅。我強行禁錮住阿昊的殘魂，取蘭草煉藥為他修補魂魄。但蘭草畏生氣，我嘗試多年而無果，眼看著便要留不住他，這時妳出現了。」

小蘭花面色悵然。

「彼時妳尚且稚嫩，我不敢貿然使用，便將妳養在阿昊床頭。日復一日，阿昊魂魄漸全，只待妳成熟，便可入藥助阿昊服下，但彼時天帝卻知曉了我的舉動，為此震怒。」

小蘭花點頭，「能猜到。」回憶起在天宮那一幕，小蘭花仍舊有點心涼，「當時的天帝一定是說妳逆天行事。」

赤地女子頷首，「天帝令我即刻毀了妳，並打散阿昊的魂魄。可花費了如此多的心思，我怎捨得……當時我的身體被祕法改造之後又與東方青蒼一戰，早已大不如前。若是天帝動強，我根本無法護阿昊周全，於是我將妳隱於人界荒野，藏阿昊於崑崙冰窟，立朔風劍於他身邊，以劍氣護他身體不毀不滅。再之後……天帝捉住了我，命我交代阿昊以及妳的下落，我不肯，天帝便責令我歷萬世苦難劫數，讓我世世皆為至親至愛背叛。」

「啊……」小蘭花恍悟。「所以謝婉清被那個男子殺了……」

每一世都被至親至愛背叛，這還真是……

小蘭花道：「天帝這一家子，從古至今，都沒出過什麼好人。」

赤地女子笑了笑，繼續道：「赤鱗為我不平，卻被逼墮魔，最終落得囚於昊天塔之中的結果。」

赤地女子說著這些舊事，面上沒什麼表情，但是小蘭花卻聽得心驚。明明是和她有關的事，但她卻半點也不記得了。

赤地女子說將她隱於人界荒野，也不知是如何在機緣巧合之下，司命才得了她，將她帶回天界。所以，司命也是不知道她的真正用處的，難怪動不動就威脅她要拔了她去餵豬……

「如果是這樣。」小蘭花盯著赤地女子。「那現在阿昊能讓妳活過來了，妳應該高興才對啊，為什麼不想再見到他呢？」

「小蘭花，現在離這些上古舊事已經很久遠了，久遠得能讓阿昊自己從崑崙冰窟裡面醒過來，然後獨自一人在這人世間走過了漫長的時光。我歷的劫數，也已經數不清到底過了多少，還有多少了。在這樣漫長的歲月裡，他卻一直沒有找到我，也探不到我的魂魄，找不到我的蹤跡，妳可知是為何？」

小蘭花搖頭。

「天帝其實沒有說錯，我的確是逆改了天命，所以，這是天罰。除開東方青蒼這個天地間的異數，沒有誰，能讓我和他的命運再次串聯起來。我和他註定生生世世都錯過，在我萬世劫難歷完之前，即便再相遇，也註定沒有好下場。我吃過違逆天命的苦了，實在沒有勇氣再去面對那未知的後果。不如就這樣吧，我繼續歷劫，他繼續在人世間尋找。找著找著，便總有死心的一天，總有開始新生活的一天。我不想……再讓他陷入危險之中。」

「可他……已經招惹了東方青蒼了。」

「妳是在千隱山消失的，彼時攻擊千隱山的全是魔界之人，東方青蒼不會猜到是阿昊動的手。」

小蘭花想了想，好像的確是這麼回事，「但是如果妳用這具息壤的身體重新活過來，那東方青蒼不是早晚會知道，是妖市主陰了他一把嗎……」

「所以……」赤地女子神情嚴肅。「我不能活過來。」

小蘭花沉默下來，怎麼琢磨怎麼奇怪。別人都是搶著活，怎麼到了她這兒，好像大家都搶著死呢……

這感覺很微妙啊……

在被推下誅仙臺之前，小蘭花是無論如何都想活下去的。因為那時她心中還有掛念，還有主子、有天界，還期待著過完了這段苦日子，生活就會變得好起來。

但是生活並沒有好起來。

她失去了主子、被天界拋棄，這段苦日子過完了是下一段苦日子。唯一能讓她安心的地方是東方青蒼的身邊，但是東方青蒼騙了她太多次了，她沒辦法再相信他。

大魔頭之所以還留著她，只是因為還沒到時間讓她死。就算他偶爾善心大發想讓她活下去，那也只是偶爾。到了要犧牲她的時候，東方青蒼一定二話不說地將她踢出去。

所以，這樣讓人沒有期待的人生，過一天是一天吧。赤地女子說她不想重回三界，那她就聽她的，再努力多活些日子，但是……

「我的意願並不重要。無論我求生還是求死，我的魂魄遲早都是要消散在這息壞的身體之中的。」

「去冥界。」赤地女子道：「將我的魂魄送去輪迴。而只要一踏入冥界地界，妳的魂魄就可脫離息壞身體，妳亦可隨我輪迴往生。」

輪迴往生……

聽起來倒是個不錯的提議。三生姑姑以前和她說過，一碗孟婆湯，可以洗掉所有的記憶，那時她覺得孟婆湯挺可怕，但現在想想，忘了這些破事兒也沒什麼不好。

「好，我們去地府。」小蘭花乾脆地答應下來，然後眨著眼睛問：「可我現在被困在妖市主的幻境裡面，妳有辦法幫我出去嗎？」

赤地女子微微一笑，「自是有的。阿昊的法術，可都是我教的。」

赤地女子的身影漸消，周遭的黑暗退卻，小蘭花再次嗅到了花香。她睜開雙眼，捂住自己的胸口，心跳又變快了。她抹了一把頭上的虛汗，撐著身體坐了起來。

骨蘭在她胸口輕輕地扎了一下，小蘭花將骨蘭取出來，它長出藤枝，纏在小蘭花手上，然後向前伸出一條長長的枝椏。小蘭花跟著枝椏所指的方向，邁步而去。

簡樸的小院前，妖市主靜靜地看著身邊飛舞的蝴蝶。一個紫衣女子緩步而來，妖市主沒有回頭，只淡淡道：「蝶衣，妳說，待師父醒來，她會怎麼看待妳們的存在？會不高興吧？」

蝶衣微微一怔，沒有說話。妖市主倏爾冷下眉目，在虛空中一揮袖，微風被揚起，隨即毫無預兆地化為風刃，摧枯拉朽地將空中翩然飛舞的蝴蝶盡數撕碎，徒留一聲聲淒厲的慘叫在空中迴響。

沒一會兒，連這些聲嘶力竭的慘叫，也消失不見了。蝴蝶殘破的翅膀散落在地上，宛如顏色詭異的飛花。

明明是在遍野花草之中，但空氣裡卻盡是肅殺與死寂。

蝶衣站在妖市主的身後，看著地上的蝴蝶殘肢，眉眼空洞，毫無情緒波動。妖市主轉頭看向蝶衣，然後向她伸出了手。蝶衣俯下身子，讓妖市主撫摸到了她的臉頰。

「蝶衣，妳倒讓我有點捨不得。」

她跟了他數千年，卻只能換一句捨不得……

蝶衣垂下眉眼，沒有任何情緒，「蝶衣有幸。」

妖市主鬆開了她，「先說說吧，什麼事？」

蝶衣站直了身子，「東方青蒼為尋蘭花仙靈，已掀了整個魔界，如今殺到天界去了。」

妖市主笑開，「他的身體倒是禁得起折騰。這幾天幾夜打打殺殺的，都沒個消停。」妖市主眸光微涼，「朔風劍的傷，還沒好全吧。這樣的情況下貿然衝上天界，無非兩個可能，一是想死極了，二是……」妖市主的手指在輪椅上輕輕敲了兩下，「他是去尋天眼了。」他輕笑，「想開天眼看看那天到底是誰帶走了蘭花仙靈嗎……」

蝶衣眉頭微皺，「主子，若是被東方青蒼找到天眼……」

「無妨。」妖市主擺了擺手。「我籌備多年，妖市結界，不至於如此沒用。讓東方青蒼來便是。」他垂下眼眸，語調詭譎，「待他到時，師父已回來了，他又能如何。」

妖市主說著，掌心一轉，一朵白色的花自他掌心出現，而花蕊中心赫然藏著一個世界。

漫山遍野的飛花，無邊無際的草原。

小蘭花正邁步向前。

妖市主沉默地看著花中的畫面，突然眸色一沉，「她……見到師父了……」

蝶衣立在妖市主身後，聽到這聲呢喃，不由一愣——

可不等她有別的反應，妖市主的身影忽然消失，輪椅上只落下了那朵白色的花。

蝶衣在旁邊靜靜站了一會兒，然後上前捧起白花，護在胸前。她坐在妖市主的輪椅上，閉上眼睛，發出一聲長長的嘆息。

在白花之中的世界裡。

妖市主的忽然出現讓小蘭花一驚。在她反應過來之前，妖市主已經撲上來，抓住了小蘭花的手，「妳見到她了是不是？」他眼中神色近乎狂亂。

小蘭花被他這模樣嚇得不輕，想往後退，卻被妖市主死死抓住。他手指用力得幾乎要將她的手腕折斷，「妳見到她了，她出現了嗎？她現在能看見我嗎？」

「你放……你先放開我！」

小蘭花甩手，但哪裡甩得開，妖市主非但沒放手，反將小蘭花一把拉進懷裡，緊緊地抱住，「我不會讓妳再離開的。」他聲色幾近痴狂，「師父，師父……」

「我不是你師父！」小蘭花大喊，雙手撐在妖市主胸口上大力一推。與此同時，小蘭花手腕上的骨蘭猛地長出尖銳的藤枝，刺入妖市主的胸膛之中。

妖市主悶哼一聲，放開了手。

小蘭花趁機掙脫，赤地女子的聲音在腦海中迴響：「跑！小蘭花快跑！」她聲音中帶著幾分不穩。

小蘭花跟著骨蘭指出的方向撒腿狂奔。

心臟狂跳得好像不是她自己的。小蘭花根本不敢回頭，忽然，她猛地撞在了虛空中！

骨蘭在虛無一物的空中一劃，登時周遭空間宛如坍塌。在一陣失重感之後，小蘭花猛地摔在了地上。

她抬頭一看，面前是妖市主的那個簡樸小院，一旁是妖市主的輪椅和……一個紫衣女子。

是妖市主的人！

小蘭花拔腿要跑，但是蝶衣卻已回過神來，哪能容得了小蘭花在眼皮子底下逃走。

只見她一揮手，地上的花草登時將小蘭花的腿腳纏住。

小蘭花一下子便摔在了地上。一陣風過，妖市主重新出現在輪椅上，他的胸膛上被骨蘭扎出了幾道血痕。

蝶衣見狀，眸光顫動，「主子……」

妖市主擺手，「無妨。」他看向地上的小蘭花，接著目光微微一轉，落在骨蘭上。

「東方青蒼將她的魂魄放在那東西上了嗎？」妖市主道：「它引著妳離開，所以，是師父也想……離開我嗎？」妖市主捂著胸口上的傷，面色灰白，「也是師父，傷了我嗎？」

小蘭花盯著他，不知他還要做出什麼舉動。

這個妖市主已經瘋了。在這麼多年的等待裡，偏執得發了瘋。

「可是，我不會讓妳離開的。」他道：「蝶衣，把她關起來。」

小蘭花被地上的花纏繞著托了起來，她喘著粗氣對妖市主說：「我是見到赤地女子了，我見了她很多面。她不想見你，她不想重回三界。你要讓她活過來，你怎麼不問問她願不願意？你這叫喜歡她嗎，你這……」小蘭花再開不了口，因為花枝纏上了她的脖子，將她的嘴綁住。

妖市主盯著小蘭花，「所以說，我這不叫喜歡。我這是執著。」他擺了擺手，「把她好好關起來。」

蒼蘭訣

第二十六章

我卻喜歡你。

樸素的小屋，小蘭花的目光透過窗戶看著外面的春草野花。空氣中飄散著令人愉悅的花草香氣，想開些的話，這裡倒是一個適合靜靜享受最後時光的好地方。

妖市主說得沒錯，跟在東方青蒼身邊時幾乎天天都要面對打打殺殺，在你死我活的危險境地裡摸爬滾打。但此刻躺在床上，小蘭花望著窗外的閒雲，卻忽然有點想念東方青蒼了，想他黑著臉奚落她真沒出息，然後又會在彈指一揮間，輕而易舉地破解她的困境。

小蘭花覺得，她大概是做東方青蒼的囚徒做慣了，所以換了一個看守牢頭，她倒有點不習慣這樣溫和的行事作風……

將頭往柔軟的被子裡一埋，小蘭花深深嘆了一口氣。

這口氣嘆得太長了一些，小蘭花只覺心跳忽然亂了起來，她穩住氣息，卻聽到屋中響起骨碌碌的輪椅滾動聲。

小蘭花對這個聲音充滿戒備。她抬頭望向床邊，下意識地往床裡面縮。只是這樣一個簡單的動作做起來卻花費了她不少力氣。小蘭花只覺腦袋嗡嗡作響，她看見妖市主的嘴在一開一合地說話，卻怎麼也聽不清他的聲音。

隔了好一會兒，妖市主的聲音才進入她的腦子裡，「還有意識？」

從昨天到現在，他已經問過三、四次了，一次比一次急。

小蘭花喘了兩口氣，沒有答話。

妖市主伸手抓起一綹小蘭花的頭髮，在手中摩挲，「妳這蘭花仙靈也是讓人不解，都這種時候了，妳還堅持什麼呢？難道，妳還想著等東方青蒼來救妳？」

小蘭花心頭一空，像是被妖市主這句話捅出了一個窟窿。是啊，連她自己都不想承認，她就是在等東方青蒼啊。

「東方青蒼確實來了。」妖市主看著小蘭花微微一亮的目光，淡淡地說：「不過我這地方，千變萬化，幻境之中更有幻境，便是東方青蒼也找不到此處來。我讓蝶衣幻化為我的模樣與他在另一重幻境裡周旋。妳猜他是來救妳的？」

小蘭花不說話。

「沒有，他來找我要師父呢。」妖市主放開了小蘭花的頭髮。「這具身體，他說是他的，讓我還給他。雖然很殘酷，但他不是來救妳的。」妖市主手指在空中輕輕一點，小蘭花看見了另外一個幻境裡，東方青蒼正對著另一個輪椅上的妖市主道：「那身體本座養了多日，爾等宵小，卻敢盜本座的東西？」

東方青蒼面色陰沉，一身黑袍在地上拖出了長長的血色痕跡，也不知是染了別人的血，還是被他自己的血浸溼。

這個大魔頭，就沒有一天安生的時候。

小蘭花望著畫面裡的東方青蒼，不知為何竟笑了起來。

「將本座的東西還來，或留你幾縷殘魂。」

還了東西還是要殺人的啊……果然是大魔頭的作風。

小蘭花的笑越發大了，連眼睛都笑彎了起來。妖市主卻沒看小蘭花的表情，只看著畫面道：「東方青蒼真正想做的事，他一刻也沒忘呢。」

是啊，這個大魔頭從來都是目的明確的。他要做的事，怎麼會忘掉呢。

他想復活赤地女子，他想彌補他上古時的遺憾。在對待這具息壤身體的態度上，他和妖市主是一致的。他們都希望赤地女子活過來。

而她這朵蘭花，是藥品。

很早之前，她就知道的……

心臟猛地一縮。小蘭花恍覺有一股力量從骨髓深處蔓延出來，擒住她的靈魂，將她撕裂。

這個身體，正在吞噬她。

小蘭花如此清晰地感覺到了那股疼痛。宛如一開始進入這個息壤身體之時，她與息壤之中的生氣爭鬥。然而這次除了疼痛，她還覺得前所未有的心涼。

兜兜轉轉，她依舊只是一味藥材。

畫面中蝶衣所幻化而成的妖市主並不接東方青蒼的話，只道：「魔尊要找的東西，我這裡沒有。」

東方青蒼眉目一凜，冷冷一笑，「不交麼……」他不再多言，手中烈焰長劍對著「妖市主」便砍了過去。烈焰所到之處萬物盡毀，蝶衣的身影消失在空中，她所坐的輪椅連帶著身後的一片花草霎時被燒為灰燼，方才還生機勃勃的土地登時化為了一片焦土。

紫色蝴蝶騰空而起，東方青蒼哂笑，「雕蟲小技。」他五指成爪，將那紫色蝴蝶抓在手心裡。蝴蝶翅膀被東方青蒼揉碎，不過眨眼之間，蝴蝶之形破碎，東方青蒼手中捏著的正是蝶衣的脖子。

他冷聲道：「交人。」

蝶衣像是感覺不到東方青蒼的威脅一樣，只道：「魔尊何必急於一時，你總有見到她的一天，用你最想見到的模樣……」

東方青蒼眸色森冷，「本座想見什麼，要何時見，不用妳來打算。」他話音一落，手中烈焰升騰而起，頓時將蝶衣整個包裹在其中。

蝶衣沒有絲毫掙扎，她宛如感覺不到疼痛般，任由東方青蒼的火焰將她整個人包裹在裡面。烈焰灼燒掉了她的皮膚，讓她的面容迅速乾枯衰老，東方青蒼半點不在意地丟開她。

蝶衣倒在地上，身上的烈焰依舊在燃燒，她望著簡樸小院的方向，就這樣靜靜看著，然後化為了灰燼。

妖市主在畫面中看見這個場景，眸光沒有絲毫波動，只是淡淡道：「可惜了……」

小蘭花此時已被身體裡的疼痛折磨得苦不堪言，也不知道他是在可惜個什麼。而那方的東方青蒼對於喪命在自己手下的人，更是不會有半點憐惜。他環顧四周，神情森冷。心口處一直未曾癒合的傷口被藍色冰晶徐徐覆蓋，他不甚在意地用手揮去。

只聽東方青蒼揚聲道：「你以為千重幻境可攔本座幾時？」

妖市主笑笑，看了眼小蘭花，「片刻足矣。」此言還未落地，就見東方青蒼忽然衣袖一揮，將面前的小院夷為平地。

他邁步上前，踢了踢腳下的焦土，然後用烈焰長劍在掌心劃了一刀。掌心鮮血染紅了烈焰長劍的劍刃，使得長劍上的火焰更加鮮紅灼目。

下一瞬，東方青蒼將劍刃狠狠地插進腳下的土地。

大地震顫了一下。

妖市主眸光一沉。四周的花草藤蔓像是接到什麼命令一樣，猛地騰起，竄向東方青蒼，意圖纏繞住他的長劍，但是統統在貼上去的瞬間便被火焰灼燒了個乾淨。

劍刃上，東方青蒼的鮮血流入土地之中。

登時，方才還在東方青蒼身旁蠢蠢欲動的藤蔓，立即如同被掐住了七寸的蛇，盡數癱軟於地。東方青蒼握住長劍，手上的血液順著長劍的劍柄、劍刃，一路流進了土地裡。

他微啟雙脣，咒詞輕吟而出。

大地開始劇烈顫動。

就連小蘭花也感覺到了這份顫動。

東方青蒼在趕來救她……

小蘭花咬牙，努力睜著眼睛想去看清畫面裡的東方青蒼，偏偏視線越來越模糊。

妖市主五指一收，讓那畫面消失。他看著小蘭花，臉色正陰沉得緊，忽然之間，轟的一聲，大地震顫陡然停止。妖市主下意識地伸手，欲去抓床上的小蘭花。不承想，在他伸手那一刻，小蘭花竟用手上的骨蘭絞斷了束縛住她行動的藤蔓。

她跌跌撞撞地下床要跑，妖市主再一次伸手，小蘭花被他抓住了手臂，拚命掙脫。就在這時，她另外一隻手被猛地拉住，而妖市主的輪椅則忽然被猛地往旁邊一踹。輪椅逕直被這股大力踹翻，妖市主措手不及，滾在地上。

小蘭花則被一雙溫暖非常的手握住了手臂，支撐住了她幾乎快摔在地上的身體。

周遭場景轉變，房屋消失，小蘭花發現，自己竟然站在了剛才在畫面裡看到的東方青蒼所在的地方。

烈焰長劍立於身旁。

是東方青蒼找到了陣眼，將千重幻境重合在一起了。

小蘭花抬起頭，注視著這張漂亮得過分的臉。

東方青蒼有一雙能看破世上所有陣法的眼睛。便是這雙鮮紅的雙眼，讓她望進去後，就再也沒法出來。

如果可以，她想自己大概是願意睡在他眼睛裡面的。

「大魔頭……」這三個字，說得無比吃力。

東方青蒼也看著她，皺緊了眉頭，「我帶妳……」

沒說出走字。

小蘭花像是用盡了最後的力氣，抱住了他的脖子，將自己的嘴唇印到了他的嘴脣上。

東方青蒼呆怔。

上古至今，東方青蒼獨自一人踏過三界五行，飲過無數潤喉鮮血，冷漠了那麼多刀光劍影。他無論如何也沒有想過，有一天他會在戰場上，當著敵人的面被人親吻。

他微微睜大雙眼。

然後，出人意料地，他沒有推開小蘭花，而是在這敵人的老巢裡，在這危險重重的地方，彈出了一個結界。隔開危險後，他幾乎是迫不及待地扣住了小蘭花的腰，鎖住了她的後腦杓，將她控制住，揉在自己的懷裡親吻。

親吻，是脣舌交戰，是他控制不了的奪取。

他想把懷裡這個人揉進身體裡，關起來、鎖起來，不要那麼輕而易舉地就被人拐走了。

這些天，他找夠了。

從此以後，他再也不想這樣找一個人了。

小蘭花先停止了這個吻，她貼著東方青蒼的臉頰，聽著他紊亂的呼吸，然後感覺遠處的山和花在無限放大。她聽到自己的心跳已經快得連成了一片，她已經察覺不到身體裡詭異的疼痛。

最後，她眼前變成了一片亮晃晃的慘白。耳邊的聲音消失，也再嗅不到空氣中的花草清香。

小蘭花只有死死抱著東方青蒼，如同抱著最後的浮木。她貼著他的臉頰，蹭在他耳邊說：「大魔頭你那麼討人厭……」

她不知道東方青蒼會有什麼回應，她甚至不知道東方青蒼這個時候是否還在她的身邊，因為她的指尖和臉頰已經沒有了感覺。

「……我卻喜歡你。」

她感覺自己把話說完了。

與此同時，她的世界好像全部消失了。

或者說，她在這個世界上……

消失了。

蒼蘭訣

第二十七章

爾等骨髓，皆是本座磨刀之石。

小蘭花說的「喜歡」二字仍在耳邊縈繞，但懷中的身體卻驀地癱軟了下去。呼吸靜止，心跳停息。

猝不及防間，東方青蒼只覺心隨之一落，他的手幾乎是下意識地用力抱住小蘭花，好像這樣就能把他的心一起撈起來一樣。

但小蘭花並沒有因為他的支撐而醒過來。

「小花妖。」他喚，沒人應答：「小蘭花。」

東方青蒼想嚴肅地喚小蘭花的名字將她喚醒，但直至此刻，東方青蒼才發現，這個傢伙，連名字都取得如此隨便，所以怪不得他先前那麼隨便地對待她。

萬事有因果，先前他那樣隨便地對待小蘭花，此刻內心突然而至的失落感幾乎要令他發狂。

他扒開小蘭花的眼皮，探看她是否在裝模作樣。下一瞬，東方青蒼陡然回神，然後驚覺自己的行為真是可笑至極。

他在做什麼……

他想讓這個小花妖醒過來，他竟然想要無所不用其極地讓她睜開眼睛，瞪著他，然後撇嘴抱怨：「大魔頭，你怎麼來得這麼晚！」

可是沒有。這個小花妖再也醒不過來。這是東方青蒼謀劃已久的事，所以他比誰都清楚。

縱使此後上窮碧落下黃泉，這個小花妖，再也找不到了……

心口猛地縮緊，東方青蒼胸口裡跳動的心臟宛如被人狠狠扯出來，踩碎了一樣疼痛。

這樣的難受讓他猝不及防，他呼吸微重，胸口卻依然有窒息感。

忽然之間！懷中人睫羽微顫。

東方青蒼不由自主地屏住呼吸，他攬住她肩頭的手不自覺地收緊。

雙眼睜開，這個身體的眼眸依舊閃亮，但帶著小蘭花從未有過的沉著。她沉默地看了東方青蒼一眼，隨即揮手推開東方青蒼，向後退了兩步，站穩。

她看了看自己的手，將五指握成拳又鬆開，然後她嗤笑一聲，神色中帶著冷意。

東方青蒼看著這具熟悉的身體露出他不熟悉的神色，他知道，這個身體裡，已經換了一個主人。

赤地女子抬頭，打量著東方青蒼，「高興嗎，魔尊？」

不高興。東方青蒼望著赤地女子，靜默不言，但他心裡的聲音卻那麼清晰。他不僅不高興，他甚至心痛和難過。

「你的目的達到了。」

是啊，他的目的達到了。這是他復生以來唯一的目的，此時此刻，他多年夙願終得償，但東方青蒼僵硬的嘴角連半點計謀得逞的微笑都拉不起來。

「你喚醒我，不就是為了了結你的執念嗎？來吧，打敗我。」沒等到東方青蒼的回應，赤地女子忽而腰間一緊，一隻溫熱的手臂攬住她。她只覺眼前一花，緊接著便消失了蹤跡。

最後一眼，赤地女子的目光落在東方青蒼臉上，只見東方青蒼眼睜睜地看著這具身體被人帶走。

他沒有動，他在失神發呆。

待得周邊景物再次停下來，赤地女子看見四周又是一片春草地。

腰間溫熱的手臂仍在，赤地女子微微側頭，就見妖市主正以法術支撐著雙腿，站在她的身後，「師父……」

赤地女子沉默了許久，然後開口：「放開，我還有話與東方青蒼說。」

妖市主非但不放手，反而越發收緊手臂。他的臉緊緊貼著赤地女子的臉頰，用盡一切去感受她的存在，就像自己只要稍微一鬆手，她就會跑掉一樣，「我知道妳不想回來，也知道妳不想見我。但師父，我什麼都可以聽妳的，唯獨尋妳、見妳，此二願，不受我控制。我知道，妳想見東方青蒼，是想借他之力再次避開我。我不答應。」

赤地女子沉默地看著遠處飛花，許久之後，垂在身側的手抬起來，放到了妖市主的手背上，拍了拍，「你讓我見他。交代完事之後，我隨你走。」

妖市主一愣，眉目柔和下來，「師父怎麼知道，我要帶妳離開這裡？」

「以你的行事作風，籌備多年，怎麼允許達到目的之後，獵物被他人奪走。這千重幻境不過是個噱頭罷了。要擺脫東方青蒼，你必定還有祕地可去。」

「師父。」妖市主輕笑。「唯有妳最瞭解我。」

「阿昊，時間。」

這個名字對妖市主來說好像魔咒一樣，他挪開了臉，手一寸一寸地從赤地女子的腰間挪開，極盡不捨。待放開赤地女子之後，他將她護到身後，然後平空一揮，東方青蒼的身影出現在畫面之中。

他仍舊沒有挪地方，不聲不響地立在烈焰長劍旁。沒有殺氣也沒有執念，他只是站在那裡，好像是茫然，又好像是在沉思他到底做了什麼，到底……失去了什麼。

「師父，魔尊之力難測，為免他追來，我們須盡快。」

「現在的魔尊，或許壓根沒心思追我們。」

妖市主望著赤地女子，「師父是說，魔尊也動了真心？」他似乎對這個猜測感到好笑至極，「他？東方青蒼？」

「誰知道呢。」赤地女子吩咐妖市主：「讓他也看見我。」

妖市主順從地在畫面上一點。畫面波動，赤地女子開口便道：「東方青蒼，你可後悔？」

畫面裡的東方青蒼抬起頭來，猩紅的眼睛盯著赤地女子，眸中帶著幾分想極力掩蓋，卻仍舊掩蓋不住的落寞與頹然，「本座最煩你們天界之人這副高高在上的說教嘴臉。」他一雙眼珠子好似要滴出血來。「後悔是什麼東西，本座行事，從不後悔。以前沒有，現在沒有，以後，也不可能有。」

他說著，周身的殺氣越來越重，「本座要的只是殺，不管是妳或者天界追兵、魔界宵小，也不管是千重幻境抑或天庭地獄。爾等骨髓，皆是本座磨刀之石。」

插在土地中的烈焰長劍燃起了滔天巨焰，頃刻間將整個幻境燒得瀕臨破碎。

妖市主眉頭緊皺，眼看著在東方青蒼胸膛前肆虐的冰晶飛快地覆滿他的胸腹。妖市主攬了赤地女子要走，「東方青蒼瘋了。」

赤地女子格開他的手臂，將手上的骨蘭取了下來，「你若無悔，那小蘭花這縷最後的殘魂，我也沒必要替誰留著了。」她道：「她離開這世間，也是好事。至少沒有爾虞我詐，也沒有心愛之人時時刻刻的算計與背叛。」

東方青蒼死死地盯著骨蘭，因殺氣而胡亂飛舞的銀色髮絲慢慢垂落，他神色之中帶了些許不敢置信，「殘魂？」

「小蘭花彌留之際，我以魂魄之力強行留下的殘魂。」赤地女子摘下骨蘭，骨蘭之上微光閃爍。「或許連殘魂也算不上，不過是一縷虛弱氣息罷了。」

妖市主亦是一驚，緊張道：「師父怎能如此胡來！若有什麼意外，妳……」

赤地女子止住他再說下去，「無妨，這是我欠她的。」她盯著東方青蒼，「只是若魔尊毫無悔意，這縷殘魂我強留亦是無用，不如且讓它散了吧。左右小蘭花到最後，也是心死如灰了。」

言罷，赤地女子退了一步，倚在妖市主懷中。妖市主一怔，立時會意，伸手攬住赤地女子。

赤地女子一甩手，將骨蘭扔在了花叢中。畫面中的東方青蒼赤瞳睜大，一句「妳敢……」尚未落地，妖市主周身倏爾捲起一股飀風。青草與野花登時被捲得漫天飛舞，連同方才赤地女子扔下的骨蘭，不知被狂風拖拽著扔到了幻境裡的哪個地方。

待狂風平息，赤地女子與妖市主早不見了蹤跡。

東方青蒼心裡是遏制不住的憤怒，赤紅的火焰直沖天際，逕直將妖市主這千重幻境燒出了一個窟窿，露出了幻境之外的天外天。

半空中的妖市主向下望去，與東方青蒼四目相接。妖市主頭也不轉地離去，而東方青蒼並未追上來。

「他竟當真未追。我本以為這世上誰都有心，唯獨東方青蒼沒有，看來竟是我想錯了。」妖市主道：「師父妳既然想幫那小蘭花，卻為何不將骨蘭直接交給他？」

赤地女子低聲道：「只是想讓他知道，失去的東西想要再得到，就不那麼容易了。」

妖市主聞言，默了一瞬，「這個道理……我比誰都明白。」

幻境震顫，幾欲崩塌。然而，在千重幻境完全崩塌之前，東方青蒼卻驀地收了手。他沉著臉色，眺望著遠處無邊無際的青草地，然後隱忍著情緒，輕輕閉上雙眼。

幾束火焰平地而起，化成火龍呼嘯著沖上天際。

然後像巨大的柱子一樣支撐住了這搖搖欲墜的幻境。

東方青蒼胸前的冰晶幾乎將他半身包裹，東方青蒼卻毫不在意。他踏出一步，腳下金光一閃，烈焰如湖中漣漪一般，一圈一圈在他腳下燒開，滌蕩而去。眼看著燒了一些距離，東方青蒼卻猛地頓住。赤地女子所說的「最後一點殘留的氣息」在他腦海裡一閃而過。

地上火焰頓熄，東方青蒼皺著眉頭，壓抑住心頭的焦躁，再次邁步上前，用他最不擅長的方式，一點一點，慢慢找尋。

青草地漫無邊際，千重幻境沒了妖市主的法力，全靠東方青蒼的法力支撐。時間一久，火焰將整個幻境燒得一片火紅，然而與熾熱的環境相反的是東方青蒼一身的寒氣愈重。

他呼出的氣息在空中凝結成白霧，他每走一步，便留下一個結著薄霜的腳印，在春花遍野的遼闊幻境之中畫出了一道冰雪的痕跡。

忽然間幻境一顫，支撐幻境的火焰巨柱陡然熄了一根，東方青蒼身後的千重幻境立時坍塌了一角，變成了一無所有的漆黑。東方青蒼頭也沒回，只因他確定坍塌的地方是他已經尋找過的地方。他繼續往前走，口中吐出的寒氣更甚，冰晶已經爬上了他的脖子，在他的頸項上勾勒出血脈的形狀。

東方青蒼腳步不停。

然而不過兩、三步間，幻境又是一顫，火焰巨柱又熄滅了一根。

東方青蒼左方的幻境消失，他向左邊一望，方才還真實的場景此時變得如同被撕碎的布一樣簌簌落進空無的黑暗之中。

若是不在火焰全部熄滅完之前出去，他會被埋在崩塌的幻境之中……

以前的東方青蒼無所畏懼，然而現在……

東方青蒼看看自己的手掌。掌心一團烏黑，是寒毒已重的表現。他握緊五指，看手上凝結的冰晶片片掉落。他抬頭，繼續向前。

眼見著又有一根火焰柱要熄滅，幻境零落而下，東方青蒼一咬牙，將那火焰再次燃燒起來。那方……他還沒有找完，要是那個小花妖就在那兒，就在那兒……

抱著膝蓋哭呢……

胸腔裡猛地傳來一陣撕裂般的疼痛，東方青蒼一個氣短，火焰柱陡然熄滅。右方幻境近乎無情地轟然崩塌。

東方青蒼心底陡生一股無力感，還有恐懼，像細小的針一樣鑽進他的骨髓裡，在他身體裡面遊走，扎穿他的五臟六腑。

面前還有一片他還沒尋過的青草地，最後一根火焰柱在劇烈顫抖著，就要熄滅。東方青蒼邁步上前，忽然間，腳下被一絆，他竟然一個踉蹌，險些摔倒在地。然而便是這一個分神的工夫，最後一根火焰柱陡然熄滅，面前的道路登時灰飛煙滅。

東方青蒼只來得及望著眼前陡然降臨的黑暗發呆。

赤瞳之中光芒隱沒。

四周一片黑暗，東方青蒼一時竟描繪不出心裡的感受。他在這樣的黑暗之中飄蕩了千萬年的時間，若說這世上最令他厭惡之物，莫此為甚。

但現在，處在這樣的黑暗之中，他竟然覺得沒什麼大不了。

反正……

出去也沒什麼值得期待和追求的東西。

東方青蒼垂下眼眸，卻被一絲微弱的光芒點亮了雙瞳。就在他腳下，還踩著一片青草地。而方才，絆倒他的東西，便是他一直苦尋而不得的骨蘭。

四周是一片黑暗，骨蘭上的白色微光越發醒目。

東方青蒼一時竟然不敢伸手去拾，他怕一動，這最後的光芒也消失不見。

他看了骨蘭許久，終於按捺住心裡的顫抖，將骨蘭撿起，放在手心。

原來，有的東西，要絕望之後才能得到。

東方青蒼看著手中骨蘭倏爾失笑。笑聲中三分嘆息，三分感慨，還有更多的五味雜陳。這滋味除他以外，沒人能品得清楚。

待笑聲罷了，東方青蒼閉上眼睛，深吸了一口氣。待再睜眼時，雙目鮮紅，一如往初。他將骨蘭戴在手上，隨即一揮手，烈焰長劍自黑暗深淵之中急速而來，落在東方青蒼手中。

東方青蒼劍刃直刺腳下僅剩的青草地，口中吟咒。一陣震顫之後，最後的青草地倏爾破碎消失，東方青蒼的身影徹底消失在黑暗之中。

陸上妖市裡，叫賣聲不絕於耳。妖市主幻境的崩塌並未影響到這裡。擔著貨挑子的賣藥翁正叫賣著走過，忽然之間，周遭氣息猛地一炙，緊接著又霎時冷了下來。

在所有人都愣神之際，便見黑衣魔尊忽然持劍落在道路中央。他腳下一個踉蹌，好在用劍堪堪撐了一下地，才勉強站住了腳步。

妖市熱鬧的聲音一頓，所有人的目光都落在了東方青蒼身上。他胸前覆著冰晶，眸光帶著殺氣，倏爾一回頭，賣藥翁被東方青蒼鮮紅的眼瞳嚇得一屁股摔坐在地上，貨挑子散落一地。

東方青蒼目光在貨挑子裡一轉，鼻翼微動，然後逕直邁步上前，在挑子裡一陣翻找，取出了一個白玉藥瓶。

賣藥翁大驚失色，「這這這，這是我……」

話沒說完，東方青蒼挑開瓶蓋，一口將一瓶子藥全倒進了嘴裡，然後隨手摳下胸前一大塊冰晶丟到貨挑子裡。

賣藥翁看著那一大塊冰晶，「祖傳祕藥」四個字便噎進了肚子裡。

東方青蒼再不管他人眼光，向天上一望，大庾正在雲中游動著。

在來妖市之前，東方青蒼曾去魔界找過小蘭花，順道放出了被困的大庾，又領著大庾上了天界，找到天眼，看到了妖市主拐走小蘭花的場景。這才踩著大庾趕了過來。

現在東方青蒼真是無比感謝自己當時放出大庾的「多此一舉」。

他輕喚一聲：「大庾。」

在天上飛得正歡的大庾一聲嘶鳴，俯身而下，飛到東方青蒼身邊。

東方青蒼躍上大庾的後背，淡淡道：「去鄴城。」

大庾聞言再次游上雲端，身形如龍一般在雲裡穿梭。

看著頭上的日光和身邊掠過的流雲，東方青蒼摸了摸手腕上的骨蘭，閉上眼睛。
大庾速度不慢，不過一個時辰便行至鄴城。
東方青蒼站在陰氣沉重的小院門口，望著小院裡常年盤踞的魑魅魍魎，面色冷漠。
他如今氣息極弱，照理說，本不該來這黃泉極陰之地。但他所能想到的讓小蘭花重新活過來的辦法，也只有如此了。
東方青蒼令大庾候在外面，一步踏入小院之中。魑魅魍魎在角落裡蠢蠢欲動，東方青蒼並不搭理。他行至牆前，擺下陣法，藉助陣法之力，輕而易舉地撕開了冥府結界。
他邁入其中。但，撕開結界容易，當東方青蒼越往冥府深處行走的時候，便越是能感覺到一股拉扯的力量在分裂他的靈魂與身體。
是冥府自然的力量。
以前……他從未感到的力量。
是弱小的人類，踏入冥府之時才會有的困擾。如今，他為了手上這個小花妖，倒是將這些從來未曾嘗過的無能感覺，都嘗了個遍……
東方青蒼穩住心神，一路行至閻王殿。
路上鬼差驚見東方青蒼，無不嚇得臉無鬼色。跑得快的便已傳了消息去閻王殿了。

待得東方青蒼到了閻王殿時，閻王正往桌子下面躲。東方青蒼上前，老實不客氣地一巴掌拍裂了閻王的桌子。

閻王被碎木桌板砸得哎唷哎唷地叫個不停，抖抖索索地爬到了角落，無辜地望著東方青蒼，「魔尊大人啊！大人您怎麼又來了，不是都說您已經找到赤地女子的轉世了嗎？」

東方青蒼將骨蘭遞給閻王，「這縷魂魄，讓她去投胎。」

閻王小眼睛在骨蘭上一轉，登時苦了臉，「大人哎！您這是難為我呀！這哪裡是魂魄，分明就是一縷氣息嘛。三魂七魄，連一魄都湊不全，您讓我怎麼送她去投胎呀？這要是入了輪迴井，不得直接消散在裡面……再說了，這天地輪迴，咱們是有秩序的啊！少了一魂一魄都是不行的，不然多少魂飛魄散的妖魔鬼怪得藉著咱們輪迴井重回人世啊，何況您這連殘魂都算不上……」

閻王絮絮叨叨地說著，每說一句東方青蒼的臉色便越黑一分。到了最後，閻王自己覺出不對，停了下來，一邊打量東方青蒼的神色一邊小心翼翼地說：「依我看，您還不如把這縷氣息放咯，給她個……」

看著東方青蒼唇角往下一拉，閻王立即擺手，「啊不不不，我是說，您要是不肯放的話，這樣一直用寶物靈氣養著她也是可以的。就當留個念想嘛……我看您這寶貝還是很有些靈氣的。」

「念想？放？」東方青蒼神色難看。「偏不，本座要她活。」

閻王欲哭無淚，「那我哪有轍啊……」忽然間，閻王眸光一亮，揣摩了一會兒東方青蒼的表情，「聽聞天上的司命星君無所不知、無所不曉。這殘留氣息重凝魂魄的辦法，或許她那兒能有出路。要不……您直接找她去？」

聽聞「司命星君」四字，東方青蒼眉梢微微動了一下。他轉過目光，看了一眼骨蘭，而後臉色微妙地問：「司命在哪兒？」

「聽說前段時間，被關進萬天之墟啦。入口在天界呢。」

閻王心裡打著算盤。他不是看不出東方青蒼重傷在身，他只是有所顧慮……倘若在冥界和東方青蒼動了手，他冥府會損傷慘重，但若能誆得東方青蒼上天界，落到陌溪神君的手中，扒他皮還不是燒點紙的工夫……

閻王小心地打量著東方青蒼的神色。

東方青蒼血色瞳孔一轉，閻王就覺脖子一緊，竟是被掐住了脖子。東方青蒼將他貼著牆壁舉了起來，閻王的兩條腿在空中胡亂蹬著，東方青蒼眯眼看他，「你在和本座玩心眼？」

閻王瞪大著眼，艱難地搖頭。他越過東方青蒼的肩膀看見閻王殿外的牛頭馬面和黑白無常。他們都想進來，但東方青蒼竟不知什麼時候在門口設了結界！

東方青蒼瞇眼，危險地看著閻王，「本座傷重，腦袋卻沒壞。你使如此拙劣的計謀，是不想要這腦袋了，還是也想試試魂飛魄散的味道？」他周身邪氣四溢，更甚過冥府濁氣。

閻王連連掙扎。終於，東方青蒼手上的力道鬆了些許，閻王喘息著答話：「沒……不、不敢騙大人啊……那、那萬天之墟和無極荒城本是三界外之所，三界生靈有進無出。前些日子，無極荒城垮了，萬天之墟也垮了。但是萬天之墟只垮了一半，被天界的人修好了。司命星君犯了錯，便被囚進了萬天之墟中。但天界修好的萬天之墟到底不再是天生之物，它呀，在天界最後修好的地方有個弱點，雖算不上出入口，但那處卻是這三界裡能見得萬天之墟的唯一地方了。所以我、我……」

東方青蒼鬆開了閻王，他知道，閻王算計他不假，但他此時，說的也是真話了。

那萬天之墟，他是非去不可了。

忘川水靜靜流淌，奈何橋邊的孟婆還在照常發湯，只是旁邊工作的小鬼們有點心不在焉。有兩隻小鬼甚至偷了閒，躲在被圈起來做文物的三生石旁，你一言我一語地嘀咕。

獨角鬼語帶憂愁，「你說這大魔頭要是不肯走了咋辦，從今往後，咱們還不得伺候著他啊。那又是個喜怒難辨、動不動就打散鬼魂的性子，咱們要怎麼過唷……」

另一個獠牙鬼則好言寬慰，「不會的，咱們冥府一窮二黑的，大魔頭留在這裡也沒什麼好處啊，他一定很快就會走的。退一萬步說，就算大魔頭現在留在這裡也沒什麼，他來冥府時你可注意看了，這個魔頭啊……」獠牙鬼在胸前畫了畫，「受的傷可不淺呢。讓他留在這裡，戰神陌溪遲早來收了他。」

「聽說前段日子那魔頭把誅仙臺給捅了。誅仙臺下的戾氣翻湧上來，致使整個天界一片混亂，現在都還沒好呢。戰神每天忙著那事兒，會來咱們冥府？」

「你可別忘了，三生姑姑可是咱們冥府出去的。戰神是出了名地心疼自家娘子，怎麼會不管她的故鄉。」

「喔？還有這事？」

「是呀！再說了，咱們三生姑姑現在可給戰神生了個小戰神，那地位可是不一樣的……」

「如此，這最是難收拾的人，倒也有了對付的法子。」

背後突然傳來一個冷淡的聲音。

交談中的兩隻小鬼僵硬地回過頭，就見銀髮魔尊正站在他們身後。他倨傲地瞥了兩鬼一眼，「算你們倆給本座立了功。」

場面一時寂靜，旁邊鬼魂的目光都投了過來。

倆小鬼徹底傻眼。

他……他們不想給魔尊立功啊！

但哪還由得他們分說，東方青蒼一如來時一般，比鬼魅更神祕地不見了身影。徒留忘川河邊冥府的工作人員們面面相覷。

出了冥府，東方青蒼讓大庾自行離去，自己則拈了道隱身訣，眨眼間便化作一道長風，直向九重天上而去。

看守南天門的將士威武地站在門前，只感覺到一陣風颳亂了頭盔上的紅纓，其餘便什麼也沒察覺到了。

天界雖在短時間內迅速修好了誅仙臺，暫壓住了臺下戾氣，但仍有不少地方受到煞氣侵蝕。四方天嘈雜的聲音不絕於耳，但是這些喧鬧卻被戰神所在的常勝天盡數隔絕在外。

戰神府邸外永不衰敗的紅梅開成了一片海，隔了老遠便能嗅到迷人的紅梅花香。院裡，穿著紅梅長裙的女子哼著曲，一手搖著搖籃，一手捧著話本，一邊看還一邊撇嘴，針對劇情嘀咕兩句。

忽然之間，透窗落在搖籃上的陽光一閃。女子心裡剛起警惕之意，便覺喉間一熱。抬眼一看，卻是黑袍銀髮的東方青蒼站在了她面前，血色眼瞳帶著天生的輕蔑，從上而下地俯視著她，「戰神妻？」

三生瞥了一眼烈焰長劍，目光轉了一圈，又落在東方青蒼臉上，「如果我說你指錯人了，你會放過我嗎？」

東方青蒼瞇起眼。

「看來不會。」三生將搖籃往後面拉了拉，讓東方青蒼的劍盡量離孩子遠一點。「沒錯，我就是戰神妻。不知魔尊來找我，有何貴幹。」

「做人質。」東方青蒼聲音冷淡。「起來。」

「哦，好。」三生乾脆地應了，然後將翻到的那頁話本折了一下，合上書，放到椅子上，隨即站起來拍了拍衣服，又將搖籃推遠了點。看了眼還在熟睡的孩子，三生眨著眼盯著東方青蒼道：「你要我做人質，想來暫時是沒打算殺我了，可否容我問你幾句話？你若滿足了我的好奇心，接下來的一路，我都好好配合你，怎麼樣？」

見此人竟是如此秉性，東方青蒼也不由得挑了挑眉，卻道：「本座從不回答他人疑問。」

「那就挑幾個你想回答的說唄。」三生態度很自然。「就算不說別的，可你要麻煩我做人質，總得告訴我，你要我做人質是為甚？你若是要去謀財害命，那這人質我是不做的。若有別的能說得過去的理由，說不定我會通融一下，認真配合你。」

做人質還來打商量？

東方青蒼覺得現在的戰神大概是娶了個腦子有毛病的夫人。

他腳步一轉，烈焰長劍的劍尖轉至三生身後，抵住了她的脊梁骨，脅迫著三生往前走，「去萬天之墟入口。」

三生眨了兩下眼，一邊往前走，一邊還轉頭來看東方青蒼，「你要去萬天之墟？去救人？還是去救了人出來搗亂？」

東方青蒼不回答，三生自己嘀嘀咕咕，「說來，你之前還去誅仙臺下救了小蘭花……小蘭花呢，怎不見她與你在一起？她現在身分尷尬，若是被天帝逮著了，可就活不了了。你將她從誅仙臺救走後，可有好好待她？那具身體也不是她的長留之地，你有給她找別的身體嗎？再不找可能就晚了……哦！」三生恍然省悟地點點頭，「我懂了！你是要去萬天之墟找司命啊，是不是要看看她有沒有救小蘭花的辦法？對對對，雖然不想承認，但司命向來知道得比誰都多，問她是個好辦法。看來你對小蘭花還不錯……」

三生兀自喋喋不休地往前走，恍覺後面沒有烈焰長劍的殺氣抵著了。她轉頭一看，東方青蒼已不知何時停住了腳步，呆呆地看著手中物什，神色頹然。

真是個不敬業的綁匪。三生心裡嘀咕，目光在他手中一轉，隨即呆住。

她是冥府出來的靈物，雖然從嚴格意義上來說現在已經不是冥府的人了，但是對於魂魄的探知能力還是要高過不少仙人的。是以，三生一眼便看出來東方青蒼手裡那東西不對勁。她走過去，盯著骨蘭道：「這是……小蘭花的氣息怎麼在這上面？」

東方青蒼沉默不言。

三生抬頭望他，「你沒保護好她？」

他不是沒保護好她，他是……根本就沒有保護她。三生的話像針，扎得東方青蒼心尖一陣瑟縮。他冷了目光，道：「閉嘴。」

三生看著東方青蒼的神色愣了一會兒，「難不成……小蘭花是被你給玩死的？」

東方青蒼沒說話，似是默認。

三生想到了之前在大殿上聽過的、小蘭花訴說的她那一段與東方青蒼一起走過的路。當時小蘭花每當說到東方青蒼時神色都很奇怪，後來東方青蒼又奮不顧身地來救她，還遷怒天界眾人……

結合這些事件，三生本以為他們這是一段盪氣迴腸的仙魔戀，沒想到，原來好像是一段過程曲折的虐戀情深啊……

「好啊，你把小蘭花折騰死了，現在還要去找司命幫忙。司命可寶貝她的蘭花了，被你給弄成這樣，不折騰你才怪……」

東方青蒼目光一凜，「若當真寶貝她，卻又為何拋下她，不告而別？」

聽得這話，三生一默，心裡了然，這位魔尊約莫是心裡在吃司命的醋呢，但是……

司命的醋，有什麼好吃的？

「唔，既然你是為了救小蘭花……」三生點點頭，岔開話題，「當初在誅仙臺上沒能救下她，我一直心中愧疚。今日，我便領你去萬天之墟入口好了。」

東方青蒼眸光微動，「妳知曉萬天之墟入口？」

三生點頭，「當然，當初司命入萬天之墟還是我去送的呢。走吧。」

東方青蒼沉默了一會兒，跟了上去。這個戰神妻的眼中，沒有算計。而且，就算有算計，他也無所畏懼。

三生倒是當真盡心盡力，領著東方青蒼一路挑人少的地兒走。路上只遇到了一個小仙娥，還是三生自己動手將小仙娥給打暈了……

有了三生的幫助，東方青蒼一路無阻地行至萬天之墟入口。

黑色的漩渦立在空中，將所有的光與溫暖都吸走了一樣，裡面的天地，外人一絲一毫也看不見。

三生退開兩步，「這便是萬天之墟的入口了。」她指了指東方青蒼手中的骨蘭，

「裡面什麼狀況我也不知道，你且將她護好些。」頓了頓又道：「你到底是怎麼把小蘭花害成這樣的啊？我記得這小姑娘最過人的天賦就是有個強大的魂魄，一般事兒還不能把她傷成這樣的。」

東方青蒼目光微垂，「本座自有打算。」他這話說得和平時沒有兩樣，但語調卻要低沉許多。

他有自己的打算，是他的打算一點一點地將小蘭花變成了現在這個樣子。

三生沉默下來，便在這時，天邊倏爾閃過一道白光。三生抬頭望去，「哎呀，陌溪來了。」她道：「別的我不多說，只想問問，魔尊，你既知道你是怎麼害的她，那你可知如今你為何又要想方設法地讓小蘭花活過來嗎？」

東方青蒼眸色冷淡，「本座行事，何需緣由。」

「但一定是有緣由的。」三生指了指天邊正向這邊急速而來的光道：「我不知道你怎麼想的，但就像今天我被你綁了，陌溪一定會來救我一樣；如果有一天陌溪身臨險境，就算是刀林劍雨，我也會到他身邊去。因為他喜歡我，我喜歡他，這不過是情之所至，理所當然的事。」

因為喜歡，所以情之所至，所以理所當然……

因為，他……喜歡小蘭花？

「你快走吧。」

隨著三生話音落下，白光行至眼前。陌溪攜著一臉冷怒，揮手便對東方青蒼一劍斬去。東方青蒼揮劍來擋，但如今他傷勢沉重，堪堪受了戰神怒氣沖天的一劍，臉色便有幾分難看。胸前的冰晶如同春天的花一樣霎時又開了一片，有的甚至爬上了東方青蒼的臉頰，漫上了太陽穴……

東方青蒼咬牙，只聞他一聲低喝，爆裂的火焰逕直將陌溪逼開，再一轉身，在烈焰隔出的牆中，東方青蒼吟誦咒語，天生魔氣自額間鮮紅的印記中溢出。與魔氣一同溢出的，還有一滴滴鮮血，從那眉心印記之中淌下，在他臉上滑出了一道道血痕。

咒語念罷，萬天之墟的封印倏爾一抖，微微掀開一個縫隙，封印之中的風透出來。

東方青蒼身影一斜，消失在了萬天之墟的黑暗之中。

外面，陌溪轉頭焦急看向三生的場面，徹底消失在他視線裡。

萬天之墟中，明月光正亮。司命倏爾睜開雙眼，一雙漆黑的雙眸裡映入了透過窗戶的月光。身側床榻上，共枕人已不見了身影。

司命坐起身來愣了一會兒，突然聽聞門外有細微的響動。她隨即披上外衣，起身出門。推開門的剎那，她愣了一瞬。

銀白月光灑了滿園，門扉處，黑袍銀髮、一身魔氣的男子靜靜佇立。他眉心流下的血在過分美麗的臉上爬出蜿蜒而妖異的形狀，手中的長劍撐在地上，執劍的手掌已被藍色的冰晶徹底封住。

長淵正站在東方青蒼對面，見司命出來，默不作聲地擋在了她面前，「你先回房。」

東方青蒼邁出一步，他的口中呼出白氣繚繞的形狀，在月光照耀下一如他的面容一樣透著邪氣的美。他伸出另一隻手，相比那隻持劍的手，這個手掌乾燥而溫暖，掌中物什正散發著微微的光亮，是他渾身上下看起來最完好的一樣東西了。

「司命。」他盯著長淵，血色眼瞳之中神色不明。「小花妖……」東方青蒼脣色烏青，白霜已染上他的眉梢，「救好了……還給本座。」冰霜徹底封住了他的面容。冰晶像棺材一樣將他關在了裡面，連帶著他手中的長劍一起。唯有捧著骨蘭的手，還露在外面。

司命與長淵面面相覷。

司命，「這是什麼情況？」

長淵摸了摸司命的腦袋，「別怕，我去看。」他上前細細打量了一番已化作冰雕的東方青蒼，登時皺起眉頭，「魔尊？」

司命大驚，「難怪如此重的魔氣。長淵你看看他手中的東西，他剛說什麼花妖來著？」

長淵將骨蘭自東方青蒼掌心拿走。在骨蘭離開東方青蒼掌心的瞬間，遍布他全身的冰晶便立時將他的手掌也覆蓋住了。

長淵打量著骨蘭，隨即微微詫異地望向司命，「這裡，有魂魄的氣息。」

司命走上前來，細細一探，大驚失色，「小、小蘭花？」

蒼蘭訣

第二十八章

你後悔嗎？

淡淡的香氣縈繞鼻端，他烏黑濃密的睫毛微微顫動，睜開了眼睛。

四方小院中擺了一盆盆生機勃勃的花草，其中最多的便是蘭草。長身玉立的男子此時正拿著水壺，給其中一盆蘭草澆水，神態好不悠閒。

東方青蒼皺起眉頭，他想動，但卻發現自己的身體一點也動不了。他本以為是冰晶絆住了他的腳步，但垂頭一看，周身的冰晶已經全然不見蹤影，是一層閃著金光的結界將他的行動束縛住了。

將他困住的這個舉動並沒有讓東方青蒼不高興，讓他不高興的是這人現在的行為。

東方青蒼面色不豫道：「你還有心思澆花？」語氣不由自主地帶著一股一直藏在心底的奇怪態度。

他費了那般大的工夫把小蘭花送到這人面前，不為其他，只為賭一個他或許能救得了她的可能。但如今，這傢伙非但沒有半分著急，還能散散漫漫地在這裡澆花？

澆……別的蘭花？

想到小蘭花平時總嘀咕自己主子有多好，然而在她命在旦夕之際，這個人非但不著急，反而悠閒地養著別的蘭花，一時間，在心底酸氣翻湧之際，東方青蒼更生出了些許他也讀不明白的怒氣。

「司命……」東方青蒼張口喚道。一直沒搭理他的白衣男子微微一怔，轉過身來。

朗朗白日下兩人對望，東方青蒼心下了然。怪不得那小花妖如此忠心耿耿……原來是這張臉生得還不錯。

東方青蒼冷哼，心頭不屑，直道小蘭花膚淺。他隱忍著，強迫自己冷聲道：「你若不盡心救治那小花妖，本座今日定叫你……」

長淵一挑眉，「你待叫我如何？」

「哦？」東方青蒼勾起唇，血瞳中卻是一片冰冷。「敢與本座挑釁？司命星君倒是大膽。」他暗暗探尋體內氣息，立時便知曉他暈過去了約莫有三日，身體已經自行恢復了不少，雖暫時無法驅逐寒氣，但好歹比之前強上許多。此時他仍舊不宜強行驅動體內氣息，但顯然，他並沒有珍惜自己身體的打算。

烈焰在周身燒起，金色的結界發出喀喀的破裂聲。

長淵眉頭微蹙，指尖法力一動。

便在這時，屋內房門倏爾打開，女子忍無可忍地怒叱，「都別吵了！還嫌不夠亂！」

長淵心神一分，東方青蒼徹底撕碎結界。

長淵立即回身將司命護住，輕聲道：「司命，妳先回房，他要害妳。」

那邊正殺氣騰騰的東方青蒼聞言，登時周身氣焰一歇，望著女子，頓了好久，才遲疑問：「司命？」

司命是女的？

那個讓小花妖如此迷戀、依賴、念念不忘的主子，居然是……女的？

東方青蒼有點發愣。

司命從長淵懷裡掙了出來，盯著東方青蒼，上上下下地打量他，「醒了？」她語氣不太好，「醒了便與我說說，我家好好的一朵小蘭花，怎麼變成這樣了。是不是你對她做了什麼？」她一副拷問的模樣，猶如丈母娘見了欺負了自家女兒的負心漢，「你要是說不清楚，我打斷你的腿！」

東方青蒼兀自愣了一會兒，然後清醒過來，下意識地道：「妳可是將小花妖救活了？」他說著急切地走上前兩步。

長淵攔在司命面前，手中結起法印，化出一道屏障將他擋住。

東方青蒼頓時又急又怒，場面正僵持之際，司命道：「沒救活。」她聲音中有藏不住的頹然。

東方青蒼一愣。

「只是將她的氣息吊著。」司命望著東方青蒼，正色道：「所以我要你告訴我，她到底是怎麼變成這樣的。知道受傷的原因，或許還能找到補救之法。」

場面沉默了許久。

「是我……」東方青蒼道：「以她魂魄之力，給另外一個人造了一具身軀。致使她在那具身體之中魂飛魄散，只餘殘留氣息。」

司命聞言，半晌沒有反應，然後指了東方青蒼的鼻子，一字一句道：「長淵，給我揍他。」

長淵轉頭看了司命一眼，見她神色不似玩笑，指尖金色法力轉瞬穿透面前的金色屏障，撞在東方青蒼胸前。

東方青蒼絲毫沒有抵擋，任由長淵的法力擊打在身上，混著體內的寒氣，將他周身經絡撕扯得寸寸劇痛。喉頭翻滾湧上一口腥甜的血，被他死死壓住。

見東方青蒼竟當真不躲不避，生生受了這一擊，司命與長淵都有幾分愣怔。兩人對視一眼後，司命轉頭往屋裡望了一眼。

桌上，骨蘭被放置在一邊，司命用栽種在盆裡的蘭草代替了骨蘭，成了小蘭花殘魂的棲息之地，讓小蘭花得以在泥土中安身。此時蘭草草葉無風自動，輕輕搖曳著，像是在顫抖。

司命閉上眼，深吸一口氣，平靜了心緒。她看著門前面色蒼白的東方青蒼，道：「也罷，不管你現在是抱著什麼心思找來的，當務之急是將小蘭花的魂魄穩住。你來，咱們一起商量一下，看有沒有法子救她。」

長淵撤了屏障，卻寸步不離地守在司命身邊。

東方青蒼進了屋，看見盆中蘭草，微微一怔，「骨蘭是法寶，有靈氣……」

「是有靈氣。」司命跟在後面解釋：「但這法寶是嗜殺之物，殺氣太足，對小蘭花而言並非好事。」司命拿起桌上的筆，在空中一畫，一把水壺出現在她手中，「這萬天之墟裡，本是一片黑暗，有幸得友人所贈，有此筆在手，我能在這一方天地中畫出日月山河、造萬物。我筆下所成之物，靈氣雖少了點，但貴在純粹乾淨，這是她現在最需要的。」

東方青蒼靜默。

司命桌上胡亂鋪著一遝遝紙，上面布滿了她寫的東西。她翻找了一下，然後抓出其中一張，「我這幾天想了不少辦法，意圖修補她的魂魄。但小蘭花傷得太厲害了，我只能以自身仙力護得她氣息更穩固，這樣下去，將她這縷氣息吊個千兒八百年的不是問題，但卻永遠也補不了她的魂。」

「補魂之物早在上古時便已消失得差不多了。」司命咬著筆桿子道：「這是我以前在古書上見過的可能還倖存下來的補魂之物。但這些東西都已經久遠得成了傳說，如今外面世間還有沒有我也說不清楚。」

東方青蒼接過司命所畫的圖細細一看，一共八種物什，有五種在他活著的時候便知道是虛傳之物，另外三種則是他親眼看著消失在世間的。東方青蒼皺眉想了一會兒，倏爾眸光一亮，「上古蘭草。」「上古蘭草妳怎未畫進去？」

他這一問倒將司命問住了，「上古蘭草有補魂作用？」

原來，司命竟是不知的。

東方青蒼點頭，「有，這小花妖原身便是上古蘭草。」

司命更是大驚，「什麼？小蘭花原身是上古蘭草！」

屋內默了下來。

司命眨著眼看著桌上的蘭草，心中嘀咕不已，乖乖，這險些在氣極的時候拿去餵豬的蘭花，竟然有這等身分……不過，等等……

「小蘭花若是上古蘭草，她自己便有修補魂魄的力量，你……」

東方青蒼血色眼瞳只看著蘭草，靜默不言。

司命咬了咬牙，「若尋得機會讓小蘭花醒了，我定叫她再不遇上你這樣的傢伙。」

東方青蒼只道：「上古蘭草畏懼生氣，如今下界……」

司命沒好氣地轉過頭，將桌上蘭草抱了起來，「下界沒有，我知道有地方有。你且讓讓，我有救她的法子了，魔尊這便請自行離去吧。」

東方青蒼伸手要攔司命，卻在碰到司命之前被一道金光猛地彈開。

長淵伸手攬住司命的腰，回頭盯著東方青蒼。司命則看也沒看他一眼，只道：「長淵，咱們走。」話音一落，兩人身影登時化為流光，消失在屋內。

東方青蒼咬牙，一雙紅瞳之中血色大盛，細細捕捉著空中兩人留下的氣息，隨即也化形而去。

流轉的混沌之中，司命與長淵看似並未行走，然而周遭的光影卻流轉得極快。長淵往後望了一眼，「魔尊到底有點本事，重傷至此還能追上妳我。不過想來他那身體，應當吃力至極，不過面上不露罷了。」

司命抱著蘭花哼了一聲：「讓他追，不收拾他，他還真以為咱們小蘭花娘家沒人了。」

長淵聞言輕笑，「如此，妳是這小蘭花的什麼人，娘親？」

「一日為主，終身為娘。」司命義正詞嚴地道：「長淵，你認不認這個女兒？」

長淵失笑，柔聲道：「妳認了，我自也是認的。」

穿過混沌，前方終於有了些許亮光。刺目的光芒之後，一片空茫的大地出現在了兩人眼前。

緊隨兩人而來的，是臉色蒼白的東方青蒼。

乍看此處景色，東方青蒼有點愣神。茫茫無邊的土地上基本沒有其他生物，只有幾根零星的草。東方青蒼盯著那幾根草，在遙遠的記憶裡尋找到了與之相對的名字……

上古蘭草。

不過愣神之間，司命與長淵已經走遠，眺目望去，只見司命正施法將小蘭花的氣息與蘭草剝離出來。

她的氣息是軟綿綿的、白花花的一團，一如小蘭花素日裡給人的感覺。東方青蒼望著那白絨絨的一團，這些天身體裡肆虐的寒意也好，掙扎的疼痛也好，好似瞬間便被安撫下來了一樣。光是看著她，便好似有一股詭異的溫暖盤踞在心裡，融進他的血液當中。

為什麼以前沒感覺到呢……

或許以前，也是感覺到了的吧。只是以前，他想要的不是這個。

小蘭花的氣息被司命推到了一片相對茂密的蘭草叢間。她的氣息登時像找到了歸屬一樣，很快依附上去，藏在毛茸茸的蘭草之中。若不是本身發著微弱的光芒，東方青蒼幾乎要尋不見她的身影。

司命與長淵在那處站了一會兒，方才往東方青蒼這邊走來。

司命看了一眼東方青蒼，沒好氣地道：「你還要待在這裡？」

「這是什麼地方？」東方青蒼不答反問：「為何此處還有上古蘭草？」

「萬天之墟和無極荒城。」司命回頭望了一眼遼闊的大地。「這兩個地方是天地自成的陣法，只要是陣法就必定有陣眼。這便是那兩處的陣眼。以前這裡還有更多的蘭草，只是……」她看了長淵一眼，「因為某些事，我把無極荒城毀了，同時也讓這裡的蘭草毀壞了許多。不過還好，萬天之墟並沒有消失，這裡也保留了下來。上古蘭草嬌弱，但凡有一點生氣在它周邊出現，它便會化為灰燼，所以從上古至今，也只有在這個陣眼裡，它才能得以保存，因為這裡最為純粹乾淨。我一直以為這麼嬌弱的東西，除了看起來可愛，大概沒有別的存在的理由，也是今日才知道，它竟有修補魂魄之力。」

司命看了東方青蒼一眼，「和想像中的不太一樣呢。最柔弱的東西，卻可以修補世間最難以癒合的傷。這大概便是天地之力最厲害也最溫柔的安排吧。」

東方青蒼沉默。

司命道：「你同我們一起離開。你在這裡，或許會影響到上古蘭草對小蘭花的治療。」

東方青蒼不動。

司命盯著他，「你還想傷害小蘭花嗎？」

血色眼瞳中盡是暗淡。「我會離她遠遠的。」東方青蒼道：「但是我要在這裡守著她。」

司命頓了頓，「隨你便吧。」與長淵踏出陣眼之前，司命轉頭問東方青蒼，「魔尊大人，將小蘭花害成這樣，你可曾後悔過？」

東方青蒼一怔。

赤地女子先前在千重幻境裡問他的話與司命的話重合。

「後悔過嗎？」

當時他是怎麼回答的？他說他行事，從來不會後悔。他千萬年來，便從來沒有後悔過。因為對東方青蒼而言，他沒有是非觀，自然從來不會出錯。

但現在……

東方青蒼垂下眼眸。

後悔嗎？

等不到東方青蒼的答案，司命便攙著長淵一同離去了。

再次踏入混沌之中，長淵問司命，「妳現在是如何打算的？竟把傷害自己女兒的薄情人，留在了可以再次傷害她的地方。」

司命笑了笑，「東方青蒼應該不會再傷害小蘭花了。」

「何以如此篤定？」

「唔……」司命歪著腦袋想了想。「感覺？他就像一個不懂珍惜的霸道小孩，被現實狠狠痛打一頓後，大概會明白些東西。」

「那妳現在是在……」

司命輕笑，「沒看出來，我這是在痛打落水狗嗎？」

長淵笑了起來，「司命以為……魔尊當真是動了真心？」

「長淵啊，魔尊看小蘭花的眼神，我可熟悉了。」司命牽住長淵的手。「就是你看我的眼神。你說，你是真心的嗎？」

長淵垂下頭，輕輕在司命眉心印上一吻，「如此，定當是真心的。」

蒼蘭訣

第二十九章

東方青蒼，你為什麼老是跟著我啊？

天色沒有變過。

與上古時東方青蒼飄流在漫長無涯的黑暗之中不一樣，這裡永遠都沒有黑夜，但這裡與他在漫長的飄流裡感受到的卻是一樣的孤獨以及……無聊。

但總歸是好於那個時候的。要說為什麼的話……每當東方青蒼的目光落在那片毛茸茸的蘭草地時，他心裡總會隱隱地生出幾分期待。

期待有個活蹦亂跳的身影從裡面鑽出來，然後生氣勃勃地喚他，「大魔頭。」

每當想到這些，東方青蒼便覺得這裡的無聊還是可以忍受的。甚至，他還可以忍受更久。

不知時間過去了多久，四周景色絲毫沒有變化。東方青蒼的感覺變得模糊，唯一清晰的，是他胸前的傷口，慢慢好了起來。

傷口結痂脫落的那一日，東方青蒼竟忽然有點捨不得這個傷痊癒。因為沒有了傷口，他便連時間的流逝也感覺不到了。

遠處那團毛茸茸的蘭草依舊沒有動靜，時光好像停滯了一樣。慢慢地，東方青蒼也已經說不清楚，執意在這裡等待守候，到底是因為期待著小蘭花醒來，還是因為這已經變成了他的執念。就像上古之時，他敗在赤地女子手上，於是赤地女子便變成了他的執念一樣……

然而就是在這樣連時光都模糊的時候，忽然有一日，東方青蒼在一次長眠之後睜開眼，下意識地望向小蘭花所在的蘭草地。然後他本還睡意朦朧的眼睛慢慢睜大，血色眼瞳裡，映出了那方景色的變化——

在毛茸茸的蘭草地上，一團白色的光影在上面滾來滾去，好不開心。

東方青蒼不由自主地屏住呼吸，像是害怕喘息聲稍微大一點，便會把這樣的「夢」吹散了一樣。

白色的光影本身也是毛乎乎的一團，她在那片蘭草上從左滾到右，又從右邊滾回去，像個頑皮的孩子。

東方青蒼目不轉睛地盯著她，半天也不眨眼睛。

他想過去摸摸她、碰碰她，甚至惡作劇地捏她一下。這樣的欲望在他心裡膨脹著，撓得他心癢，讓他著急，讓他像少不更事的少年一樣沉不住氣。

若是以前的東方青蒼，他定是早就過去了，掐住她、握在掌心，他才能心安。

但現在，不知為何，依舊自詡無所畏懼的東方青蒼，竟然會有一點畏懼。

怕他的觸碰會傷害她，怕自己靠得近了，她便又消失了蹤影。

這樣脆弱的魂魄，是他曾經最不屑的「弱者」，是他從來不放在眼裡的卑微螻蟻。但現在，東方青蒼卻情不自禁地為了這樣的東西，控制、壓抑，甚至畏懼。

畏懼如此得來不易的東西會因為他不經意的莽撞，又斑駁破碎。

於是，東方青蒼自己也沒想到，看見小蘭花在那方重新凝魂的時候，他第一個反應，竟然是往後退了退，然後又退了退。

那方的小蘭花滾了一陣，好似累了，於是又在蘭草叢中安靜下來，沒了動靜。

東方青蒼盯著那方，一動不動。不知過了多長時間，小蘭花又開始動了起來。

一次又一次，東方青蒼摸準了小蘭花的規律，他立了一塊石頭，隨手扔了個火球圍著石頭規律地旋轉。當火球繞石頭一周，小蘭花便會清醒一次。

小蘭花便成了他的時間。

他與她一同清醒，然後又一同睡去。他看著她周身的白光日益變強，然後慢慢有了形狀，是一個小孩的模樣。

東方青蒼感覺自己變成了一個只會用眼睛生活的人。他用眼睛記錄下了小蘭花每一天的變化。閒下時，東方青蒼看著面前旋轉不停的火球，忽然瞇起了眼睛。他現在……為什麼能安於過這樣的生活？

但沒多久，像是要印證東方青蒼的想法一樣，他的生活，在又一次清醒過來之時，陡然發生了變化。

那片蘭草地……消失不見了！

睜眼之時沒有看見那片蘭草地，東方青蒼難得不自信地認為是自己眼睛花了。待得仔細一看，確認之後，東方青蒼只覺一股寒意猛地襲上心頭，比朔風劍造成的傷口更甚。

他轉瞬便行至蘭草曾在的地方，眼中的驚惶未來得及褪去，他便看見正趴在地上蜷著身子睡覺的小孩。

三、四歲大小，柔軟的長髮，周身被籠罩在一片白光之中。她還是魂體，還沒有身體，但她身上，已經有了生氣。

是上古蘭草觸到生氣，所以消失了嗎？

上。

東方青蒼俯下身，伸出手，在小蘭花臉頰旁邊停了許久，終於貼到了她的臉上。

沉睡的孩子感受到了溫暖，圓圓的臉蛋在他掌心裡蹭了蹭。

這一蹭便像是要將東方青蒼的心都蹭化了一樣，他的神色是從來未有的柔軟。

小手伸上來抓住他一根手指，然後圓臉上的眉頭皺了皺，小蘭花醒了過來。

一雙清亮而黑白分明的眼睛望著他，她沒有說話，或許也不會說話。她望著他的眼睛裡寫滿了好奇與探究。

這是自然的，因為於小蘭花而言，這是一次新生。

東方青蒼也希望如此。以前的事，他不希望她再記起了。

萬天之墟裡，司命與長淵正在對弈。司命正執子斟酌，一個七、八歲的小女孩跑了過來，往司命身上一撲，「娘親，有個從沒見過的好凶的人來了。」

司命只看著棋盤，「嗯嗯，妳又偷我的筆拿去畫人了是不是？妳畫出來的人，妳可得對人家負責。」

「不是長生畫的。」女孩辯解。「那人白頭髮、黑衣服、紅眼睛，抱著一個白娃娃。」

司命聞言，微微一愣，抬頭與長淵相視一眼，忍不住嘀咕：「養了十餘年，小蘭花真給養活了。」

小女孩在旁邊問：「小蘭花是誰？」

司命把長生推到長淵懷裡，「問妳爹。」

長淵老實接住女兒，看著司命急急忙忙往前院而去，他低頭寬慰長生，「那是妳阿姨……唔，妳姊姊。」

司命趕到前院，便見兒子長命正攔在東方青蒼面前。

長命才十來歲，沒長多高，性子卻比妹妹要沉穩許多。東方青蒼雖然沒說話，但一身氣勢也是駭人，長命卻不卑不亢，只道：「妹妹已去通知了，家母家父稍後便……」

「到了到了。」司命疾步上前，看見東方青蒼懷裡的小蘭花，一時喜上心頭。「竟當真活了，當真活了！」她轉頭吩咐兒子，「長命，快去將娘的筆拿來。」

長命乖乖應了，只是離開的時候目光好奇地往東方青蒼懷裡瞥。東方青蒼察覺到了他的目光，眼睛一瞇，將小蘭花往懷裡藏得更深了些。

長命只得快步離去。

司命將小蘭花看夠了，又抬頭望向東方青蒼，「十數載時間不見，魔尊倒絲毫未變。」

聽聞這個時間，東方青蒼並沒有什麼反應。十數載時間，於他而言，本無甚稀奇。能守得這小花妖再次結靈，這時間很划算。

「她只是重結魂魄，並無身體。」東方青蒼道：「出了那處，她還得需要個身體，才方便生活。」

「要身體，在我這萬天之墟裡還不簡單。」司命說著，便見長命已捧了筆回來，她執筆在空中對著小蘭花一勾勒，東方青蒼抱在懷裡的人立即沉了許多，「只要不出萬天之墟，她要什麼樣的身體，我便給她什麼樣的身體。只是魔尊，我這萬天之墟，怕是留不下你。」

東方青蒼不語。

他還未作答，懷裡的小蘭花卻忽然伸出了手，一把抓住了司命的筆頭，然後順桿揪住了司命的手指，拚命往司命懷裡爬去。

東方青蒼皺眉，欲將小蘭花抓回來，哪想剛用了點力，小蘭花便癟了嘴，嚶的一聲哭了出來。東方青蒼只道自己抓疼了她，連忙鬆了力氣。

司命卻不和他客氣，趁機一把撈過白白胖胖的小蘭花，將她摟在懷中，「看來她更喜歡我一些。」司命示威地笑笑，「聽聞魔尊有撕裂三界封印的本事，那天界對萬天之墟的封印必定也是攔不住你的。魔尊自便吧。」言罷，她轉身往旁邊廂房走，「長命，幫我把這屋子收拾一下。」

東方青蒼拳頭緊了緊，周身的氣息變得危險起來。

小蘭花趴在司命的肩頭，司命在前面指揮著長命忙活，她就歪著腦袋望著站在原地的東方青蒼。

清澈的眼睛看得東方青蒼無法動用半點暴力手段將她搶回來。

他骨子裡仍舊是一個十惡不赦的壞人，但唯獨在這個什麼都不記得的人面前，他想變得好一些。

小蘭花在司命的院子裡安了家，東方青蒼毫不客氣地也隨之住進了小蘭花的屋子裡。

司命趕他走，他便似沒聽到一樣，拿著筷子沾了桌上的糖給小蘭花舔著玩。看著東方青蒼這模樣，司命瞇著眼睛揶揄，「不曾想，傳說裡令天下人聞之色變的魔尊，也有這麼厚臉皮的時候啊。」

東方青蒼權當司命不存在。這邊白糖被小蘭花舔得落在東方青蒼的手指上，小蘭花一嘟嘴，將東方青蒼的手指給含了進去，連吮帶吸，末了還咬上幾口。

東方青蒼看著她，唇角竟不由自主地帶了笑。

司命見狀，便不再多言，轉身離去。

過了兩、三天，這一家子心大的人便也習慣了忽然多出來的胖娃娃和煞氣魔頭。

小蘭花格外黏司命，只要不是東方青蒼將她抱走，她都是跟在司命的腳後跟轉悠的。而且，她也不喜歡東方青蒼將她抱走。每一次東方青蒼抱她，她都要掙扎許久。

時間一久，東方青蒼心底壓抑的不痛快隱隱多了起來。

小蘭花長得也快，沒半個月時間便能跟著長生、長命一起說話了。於是司命便給她畫了個大點的身體。又過了半個月，小蘭花竟然會變著法兒地誆長生把自己的吃食給她了。

知道小蘭花心智長得異常快，於是司命一琢磨，乾脆給她畫了個十六、七歲的少女身體。身體變大了，小蘭花很高興，但是走路卻有點不適應。

她在屋子裡練習走路，東方青蒼便在旁邊坐著，閒閒地看著她。

看著小蘭花歪歪倒倒的模樣，東方青蒼倏爾想到了很久之前，千隱山中，他剛捏好了那具息壤身體，就被小蘭花搶了過去。當時她不適應息壤的身體，走路也和現在一樣，歪歪倒倒、踉踉蹌蹌……

忽然間，東方青蒼腦海裡閃過了一個念頭——小蘭花不能一直待在萬天之墟裡面。

或者說，小蘭花可以一直待在這裡，但他不願意。

這裡有小蘭花喜歡的司命，還有喜歡小蘭花的……

東方青蒼目光一轉，看見了躲在房門外、正探著腦袋往裡面看的長命。

觸及東方青蒼的目光，長命感覺到了在這萬天之墟裡從未有過的凜冽殺氣。他不由得愣了愣神，然後強作鎮定地默默離去。

東方青蒼回過頭，看了看那方依舊圍著桌子走路、而全然不知的小蘭花，更下定決心，自己不能放任她繼續待在這裡。

得到了期待的東西，便想得到更多。他是魔，所以這些人類擁有的欲望他都有，甚至更強烈。以前他的欲望在於追求力量的強大和勝利的快感，而現在……他大概是把心中所有的期待、盼望以及欲求，都放在了小蘭花身上了吧。

因為他想要全部占有，所以容不得他人半點覬覦。

小蘭花腳下一個踉蹌，身體一斜，東方青蒼小施法術，將她膝蓋撐住，避免了她摔倒，「小花妖，別老看著腳下。目光放遠一點，更好走。」

小蘭花沒有吭聲，又邁出一步，卻又是一腿軟，整個人往前撲倒。東方青蒼身形一閃，眨眼間便行至小蘭花面前，將她抱了個滿懷。

他將小蘭花抱住了，就一直沒有鬆手，直到小蘭花在他懷裡掙來掙去，他才稍微鬆了點力氣。

小蘭花在他懷裡擠出腦袋來，「東方青蒼，你為什麼老是跟著我啊？」

東方青蒼眉梢一挑，「妳說呢？」

「司命說你這叫陰魂不散。」

東方青蒼額上青筋一跳，更加堅定了要帶她離開萬天之墟的想法，「哪來的陰魂，會如此護著妳？」

「那你為什麼跟著我？」

東方青蒼抬起手，手指貼著小蘭花的臉頰，然後挪到了她的下巴。

「因為妳是我的。」

他俯身含住小蘭花的唇，滿意地看見小蘭花忘記了掙扎。

東方青蒼若是要魅惑人，是件很容易的事。

鼻端和脣齒間皆是東方青蒼的氣息，小蘭花不懂這叫親吻，也不知道要多麼親密才能做這樣的事，她只是遵循著自己的感覺閉上眼睛。

在世界黑下來的一瞬間，她恍惚嗅到了青草與花的味道，她聽見有人說「你那麼討厭，我卻喜歡你」。

唇齒裡的感覺不再甜蜜，反而變得有幾分苦澀。

她聽見有人說：「我活著，不是為了被當成藥物的。」喉嚨發緊，她感覺到自己的靈魂好像在被什麼東西強力地撕扯著，要將她碾成碎片。

紛亂的畫面走馬觀花一樣在她腦海裡旋轉。

「大魔頭，你又騙我！」

忽然間，這一句指責像是箭一樣扎進小蘭花心頭，疼得她一個激靈，猛地睜開眼。

小蘭花一把將東方青蒼推開。

但東方青蒼沒有被小蘭花推動，她自己摔倒在了地上。

小蘭花抬頭望著東方青蒼，神色裡有點倉皇。

房間裡靜悄悄的。東方青蒼望著摔坐在地上的小蘭花。她眼角滴滴答答地往下落著淚珠，她像毫無知覺一樣，就這樣呆呆地看著他。

無言之際，東方青蒼上前一步，俯身想要將小蘭花從地上拉起來，但小蘭花卻在他伸手的時候，身體開始顫抖。

她在怕他。

「我不是你的。」小蘭花手撐著地往後挪，滿眼驚惶懼怕。「我不是你的。」她拿手臂抹了抹嘴，「我……我不想見到你。」

東方青蒼以為，朔風劍在他心上捅出的傷已經完全好了。但現在，不知為什麼，他心尖最柔軟的地方，卻像是被最鈍的刀拉出了一道口子，狠狠一疼，又酸又澀。道不出、說不明，痛楚難言。

「我不想見到你。」

東方青蒼伸出的手在空中無措地僵著。最終，他收回了手，控制住神情，如往常一樣，沉默地轉身離開。

出了屋子，合上房門，東方青蒼閉上眼，然而神識卻四散開去。不用眼睛，他能看到這個世界最真實的東西。司命畫的房間消失，花草不在，只有小蘭花一個人抱著膝蓋縮在地上。

她臉上的神色除了茫然便是無措。

她或許是想起了點什麼吧，或許是很多不開心的東西……

以前沒有捨不得，但現在東方青蒼看到小蘭花這個樣子，卻覺得捨不得。他想陪在她身邊，如果可以，他想用法力抹掉她眉心的褶皺，滌去她眼中的無助。

直至此時，東方青蒼捫心自問，後悔了嗎？

是啊，他後悔了。

做錯了嗎？

是的，他做錯了。

若是再來一次，從頭開始，他不會再那樣利用她、欺騙她，又自以為是地將她玩弄於股掌之間了。

閉上神識，東方青蒼倚在門外，一動不動，宛如一尊俊美的雕像。

當天夜裡，小蘭花作了很長的夢。夢裡的她不停地叫著：「大魔頭，大魔頭。」她看見許多人，夢見了許多事，昊天塔、冥界、謝婉清、千隱山、九幽魔都，還有誅仙臺……

她夢見自己在不停地掙扎，她一直在哭，乞求「大魔頭」不要讓她像一味藥材一樣消失。但最後，她還是消失了，消失在一片黑暗之中……

不知過了多久，世界又慢慢亮了起來。在一片亮晃晃的白晝裡，小蘭花看見在遠遠的山頭上，有個黑衣人一直靜靜地守在那兒，不管她什麼時候看他，他都在那兒，像山石，像老松，從來未曾變過。

他也看著她，一雙鮮紅的眼睛裡沒了殺氣，只餘默默的溫柔。

大夢驚醒，小蘭花睜開雙眼，看見了頭頂房梁。

更多的記憶紛沓而至。小蘭花默默地忍了一會兒，翻湧的記憶終於平息了下來。她沉默了許久，然後下了床。來不及披上衣服，也沒有穿鞋，她走到門口，逕直將房門拉開。

日光傾斜，門口銀髮黑袍的背影還靜靜站著，聽見開門聲，東方青蒼回過頭來，鮮紅的眼睛裡映出了她的面容。

小蘭花望著他，沒有說話。

東方青蒼也跟著沉默，半晌方道：「怎麼，今天還是不想看見我？」語氣難得地帶了三分自嘲。

小蘭花脣角動了動，未及言語，那方大門忽然被推開，司命與長淵踏了進來。

司命轉頭往他們這方一看，「怎麼？大清早的，這是吵架了……」話沒說完，小蘭花忽然光著腳咚咚咚地跑了過去，然後一把抱住司命，嚶嚶地哭了起來。

司命愣住，旁邊的長淵也愣住。

隔了好一會兒，司命才抬手拍了拍小蘭花的背，然後轉頭對東方青蒼怒目而視，「好啊，你個負心漢！又欺負她！」

東方青蒼只是望著小蘭花的身影，微微皺起眉頭。

這天之後，小蘭花好像和之前沒什麼區別。要認真說有什麼不對的話，她離東方青蒼更遠了。只要東方青蒼在，小蘭花便會表現得非常木訥，不說話也不笑。

於是東方青蒼便整日都在司命畫出來的小院上面飄著，遠遠地看著小蘭花。

他本以為現在的自己只要可以這樣看著小蘭花就好，因為她想要這樣，他便陪著她過這樣的生活。但東方青蒼高估了自己的忍耐力。

某日長命教小蘭花畫畫，站在她身後，握著她的手，在她耳邊輕聲說話。小蘭花一抬頭，長命的嘴脣就不小心碰到了小蘭花的臉。

長命登時漲紅了臉，卻仍舊強作鎮定，而小蘭花則沒心沒肺地笑著打趣他。

司命畫的房子自是有房頂的，卻攔不住東方青蒼的神識。

見此畫面，他怒火中燒，再也忍不下去。當天晚上，小蘭花正在睡覺，東方青蒼一腳踹開房門，在小蘭花驚愕的眼神當中，一個咒術甩上她的臉，小蘭花立時暈了過去。

東方青蒼歸根結柢……還是一個壞人啊。

司命與長淵在房間裡聽到動靜追出來，空中早已沒了東方青蒼的氣息。

只有小蘭花的屋裡桌上留了一張紙條，「叨擾多時，人已帶走。」

司命將紙條都捏得皺了起來，然後拍桌子大罵，「混帳東西！聘禮都不給我留一個！沒禮貌！」

蒼蘭訣

終章

我每一次路過三生石，都刻過他的名字。

東方青蒼的法術沒有在小蘭花身上作用許久，因為當小蘭花離開萬天之墟時，她那司命畫出來的身體便開始慢慢消失。隨著身體一同消失的，自然還有東方青蒼的咒術。

小蘭花只覺周身一輕，待睜開眼，東方青蒼已在流雲的那一端，小蘭花的突然消失好似也讓他有點回不過神來。

看著在白雲裡若隱若現的魂體，東方青蒼表情僵硬。

一無所依的空茫感讓小蘭花下意識地對東方青蒼伸出了手，「大魔……」話還未說完，風一來，小蘭花便覺自己要被這股大風颳走了。

魂體一晃，小蘭花正無措之際，便被一股溫暖的力量牽引住。小蘭花那麼明顯地感覺到，她正在被那股力量拉著往前飄。

白雲在眼前飄散開去，小蘭花猛地撞進一個胸膛之中。

然而她卻並沒有止步於東方青蒼胸膛前。那股力量牽引著她，讓她慢慢融進了東方青蒼的身體裡。

眼前一黑，待再回過神時，小蘭花只覺左邊身體一沉，而右邊身體依舊輕飄飄的沒有實感。

這感覺……

小蘭花嘗試著動了動左手，感覺自己左手抬了起來。垂頭一看，纖長的手指、鋒利的指甲，小蘭花有些呆滯。

穿著黑色長袍的平坦胸膛，垂到胸前的招風銀毛……

「我！」一開口，果然是東方青蒼的聲音！

小蘭花大驚，「東方青蒼！你為什麼又要和我共用一個身體！」身體的右手動了動，將肩頭銀髮撩到身後，「喔？為何要用『又』字？」小蘭花猛地靜了下來，她能感覺到眼睛不受她控制地微微瞇了起來，「小花妖，妳不是什麼都不記得了嗎，嗯？」

小蘭花五指緊了又鬆，鬆了又緊，然後咬牙道：「你不是早就看出來了嗎？」現如今，她對東方青蒼的瞭解，並不比東方青蒼瞭解她少。「你不是也默許了嗎？」小蘭花道：「放我回去，我要和主子在一起。」

「不放。」東方青蒼這兩個字蹦得生硬又果決。

小蘭花生氣道：「我要和主子在一起！這一次，我不要再跟著你走了，你也休想再玩弄我！我不會再被你騙，也不想再被你拿去當藥材。」小蘭花說著，聲音微微低了下去，「只有主子不會害我。」

「本座……也不會害妳。」

東方青蒼這話說得低沉，像是在承諾。小蘭花一怔，沉默下來。

東方青蒼重新開口：「妳而今也做不成藥材了。魂魄重塑，豈能恢復妳原來的力量，不過勉強做個普通魂魄罷了。」

「那你復活我幹什麼？」

小蘭花脫口而出的話讓東方青蒼沉默了許久。直到小蘭花以為他都不會開口回答了，東方青蒼才道：「情之所至，理所當然。」

小蘭花驚呆，一瞬間以為自己耳朵是出了什麼問題。如果她還有身體，一定會拍拍東方青蒼的臉，讓他清醒一下。呆了許久，沒等到東方青蒼再開口，小蘭花咬了咬嘴唇，「你又騙我。」

「信與不信隨妳，總之，妳得待在本座身邊。」

小蘭花很無奈，「你為什麼非和我過不去？」

「本座說了，因為喜歡。」

「……」

在小蘭花愣神之際，東方青蒼的身影化為白光，向下方飛去。小蘭花不安地道：「你到底要做什麼？」

「幫妳找一個身體。」

找她的身體……這是之前她千求百求，都求不來的事。但現在，他卻自然而然地在幫她做了。

小蘭花呆呆地杵在東方青蒼的身體之中，一動也不動。東方青蒼拖著殘廢了一樣的一半身體，闖進魔界結界，頂著魔界眾人看瘋子一樣的目光，拖著半條腿，一路氣勢洶洶地踏上魔界大道。

十餘年時間，被東方青蒼弄得一塌糊塗的魔界已恢復秩序。九幽魔都中央大道的盡頭處，又建立起了一所高高大大的宮殿。

孔雀和觴闕聽聞消息，領著重兵攔在了東方青蒼前進的路上。

孔雀衣著妖豔，臉色卻有點難看，「東方青蒼。」

一旁的丞相觴闕也是神色凝重，但還是控制著情緒，沉聲問：「時隔十數年，不知魔尊而今重回魔界，有何貴幹？」

東方青蒼眉毛挑了挑，「本座不該來魔界？」問到最後一字，他聲調微微一沉。被挑戰了威嚴，讓他有些不開心，「爾等後輩，竟比上古魔寵更加不如。」話音一落，威壓震懾開去。

重重魔兵盡數下跪。孔雀與觴闕兩人臉色極為難看地與東方青蒼對視，那雙猩紅的眼瞳好像一把鉤子，鑽進了他們心裡，然後勾出了他們內心的恐懼。觴闕腿一彎，跪在了地上。

孔雀咬牙支撐，東方青蒼勾脣一笑，滿是嘲諷之意。他右手一抬，五指一收，孔雀便被東方青蒼隔空抓了去。他捏著孔雀的脖子，神色裡滿是殺氣。

「倒是險些忘了你算計本座之事。」

東方青蒼掌心裡漫出黑氣，侵蝕了孔雀的脖子。孔雀眼睛睜大，雙腿在空中亂蹬。

觴闕大驚，連聲乞求，「求尊上放過軍師！」

東方青蒼哪裡理他。手中魔氣溢出更多，爬滿了孔雀的臉，讓他變得面目可怖。

左邊眼睛猛地閉上。東方青蒼恍然意識到，小蘭花也和他一起眼睜睜地看著這些事。東方青蒼眉頭一皺，隨手將只剩一口氣的孔雀丟開。

「今日不想髒了手，算你運氣好。」東方青蒼一拂袖，揚聲道：「無論何時，無論何地，本座若是出現，爾等只需記住一件事便好了。」東方青蒼神色淡淡地，「臣服。」

他邁出一步，小蘭花故意不配合他，左腿定在地上不動。東方青蒼跛了下腳，地上的影子跟著他滑稽地崴了下。即便是跪著，但依舊有魔界的人看見了。

沒人吭聲。

東方青蒼面不改色地提自己的要求，「本座此來，只為尋人。集魔界之力，尋妖市主與其身邊女子一名。何時找到，本座何時離開。在那之前，那處，便是本座的寢殿。」

言罷，他沒有半分停留，眨眼間便行至魔界最高的那處宮殿。

魔尊離開，壓力頓減。士兵們站了起來，竊竊私語。觴闕連忙上前將孔雀扶起，孔雀恨得咬牙。復活魔尊，望其復興魔界，大概是他此生做得最可笑的一個決定！

這哪裡是什麼魔神，簡直是瘟神！

到了宮殿，小蘭花道：「大魔頭，魔界的人都會以為你有毛病……」

「隨他們。左右從遇見妳開始，本座在他們眼裡，就沒有正常過。」東方青蒼腳步停了下來，「好好走路。」

小蘭花嘀咕了兩句，倒還是聽了他的話，配合著他走進了宮殿之中。

到了晚上，小蘭花怎麼也睡不著覺。她睜著左眼，東方青蒼也陪著她一樣睜著右眼。兩人誰也沒說話，在安靜的黑暗中，一直沉默著。

其實這感覺很奇妙，小蘭花想，明明在同一個身體裡面，但依舊不知道對方在思索什麼樣的事情。

「想法」這樣抽象的東西，大概是所有人身體裡最隱祕的部分吧，別說其他人，連自己或許都看不完全……

小蘭花覺得，她現在大概也是看不清自己的內心的。唯有一點，她很清楚，她不相信東方青蒼了。

或者說……

不願意相信東方青蒼了。

所以東方青蒼對她說喜歡也好，要幫她找身體也罷，小蘭花都在絞盡腦汁地思考著，他幫她做了這些，會要她做什麼？她還有什麼可以給東方青蒼……

一夜靜謐。當窗外開始有了些許光芒，小蘭花才恍然意識到天亮了，而她和東方青蒼就這樣躺著睜眼到天明，還一句話沒講……

「大魔頭。」

「嗯。」

「沒事……你一夜沒睡啊？」

「在等妳說話。」

小蘭花心頭一動，她按捺住心思，「我沒什麼話說。天都快亮了，我睡會兒。」

東方青蒼無言，在小蘭花以為他不會說話的時候，他卻又開了口：「小花妖，妳不是說，本座很壞，但妳卻喜歡嗎？」

是啊，她說過。

「大魔頭……」小蘭花輕聲道：「我死過一次了。」她頓了頓，「死了一次，很多事情都變了。」

所以……現在是不喜歡了嗎？

東方青蒼右手不自覺地握成了拳，然後在沉默中鬆開。

東方青蒼住在魔界，孔雀與觴闕寢食難安，無奈實力擺在那裡，兩人只好像急著送瘟神一樣，催促下屬賣力尋找妖市主的蹤跡。

半月之後，終是有了消息。

「花草甸？」東方青蒼指尖在王座的扶手上敲了敲。「十餘年前，赤鱗躲藏的地方？」

下方前來稟報的將領頷首稱是。

東方青蒼想了一會兒，「除妖市主，可有探到與他在一起的女子的消息？」

「這……並沒有女子與妖市主在一起。」

東方青蒼脣角揚起了一個陰險的弧度，「藏起來了嗎……」他呢喃，「先前讓你將人從本座手裡搶走了，這次，本座毀了你整個世界。」

沒與任何人打過招呼，東方青蒼如入魔界時一樣，一晃便不見了身影。只是將領一抬頭，看見王座左邊供著的糕點，少了兩塊。

東方青蒼身法極快，出了魔界，行至花草甸不過片刻間的事。

到了花草甸，小蘭花看著面前的景色，忽然間覺得有幾分氣悶。這處景色與妖市主以前的千重幻境一模一樣，她之前被困在那裡，而後死在那裡，自是對那處沒什麼好的印象。

感覺到小蘭花的緊張，東方青蒼倏爾開口：「誰也傷不了妳。」

是啊，這次，誰也傷不了她了。她在東方青蒼的身體裡，他是這個世上最厲害最囂張的大魔頭。所以，他就是這世上最安全的地方。

花草依舊帶著香氣，然而與之前在那息壤身體裡不同，這次在東方青蒼的身體裡，小蘭花能清晰地嗅到空氣中法力的味道，還有結界的布置，甚至連陣眼都看得一清二楚。

魔尊的身體，便是如此方便。

東方青蒼一路目不斜視，逕直向陣眼而去。

花草甸上有一座一模一樣的古樸小院，要說有什麼不同的話，大抵是之前陣眼便在這小院之中，而如今，陣眼卻被妖市主深深地藏在了地下。

東方青蒼在紅瞳裡略施法力，地下十丈深的構造他看得清清楚楚。錯綜複雜的結構、遍布機關的山洞隧道，還有無數掩人耳目的石室。但所有的偽裝都被東方青蒼一眼看穿，他找到了自己想要找的東西。

最底層的石室裡坐著一人。

東方青蒼閉上眼，神識往下一探，隨即笑了，「小花妖，妳還不知道本座的本事？」

小蘭花一直知道的。

在他只憑陣法之力撕開昊天塔的時候，在他揮手間便讓八萬人馬消失蹤跡的時候，在他默不作聲便沉了千隱山的時候，小蘭花一直都知道他的強大。於是此刻，即便待在東方青蒼的身體裡面，小蘭花也有幾分害怕。

她嚥了口口水，「你想幹什麼？」

東方青蒼一笑，「託這妖市主的福，本座現在，可是憋屈得很。」他說著，手中烈焰凝聚，凝出了長劍的模樣，「偷來本座的成果，這小人定是沾沾自喜了許久吧。」東方青蒼的聲音越來越危險，「本座便讓他一夕之間，一無所有。」

東方青蒼從來就不是個以德報怨的人。

烈焰長劍凝聚法力，宛如盤古的開天斧，一劍斬下。腳下花草登時被燒為灰燼，力量滌蕩開去，別說花草，遍地沙石翻飛。一道裂痕自大地中裂開，越來越深，越來越大，逕直向下，如分水術一般，將大地分成了兩半。

耀目的光芒之中，小蘭花忽聽有人在身後咬牙切齒地嘶聲大喊：「東方青蒼！」背後傳來殺氣，東方青蒼卻頭也沒回。周身蕩出一個烈焰結界，將那人攔在了外面。

與此同時，東方青蒼一躍跳進了腳下裂縫之中。下落的過程裡，小蘭花回頭一望，看見裂縫之上，被東方青蒼結界擋住的人。

「是妖市主！」

「來得好。」東方青蒼道：「便讓他親眼看著這具身體，如何被本座搶走。」眼看著便要落到最底層的石室，一層透明的結界卻將東方青蒼擋住了。東方青蒼眉頭一皺，揮劍便要將結界斬開。此時，石室內的赤地女子卻忽然走了過來。讓人驚異的是，赤地女子的腳上，竟然戴著沉重的精鋼腳鍊！

「魔尊。」赤地女子看著東方青蒼，半點沒有被囚禁的狼狽，依舊背脊挺直地道：「你是來取這具身體的吧。」她指了指東方青蒼手裡的劍，「那你就不能用它。這個結界一壞，整個山便會坍塌而下。」

東方青蒼倒也不急，從容收劍。

赤地女子坦然指揮，「我出不去，但你可以聽我的，在結界上寫下八字咒言，以你的血，便可解此結界。」

東方青蒼挑了挑眉，氣息往體內探了探。小蘭花的靈魂在他的身體裡被養得生龍活虎的，沒有大礙，於是東方青蒼依言在結界上畫下了咒語，加上一滴血。結界果然應聲而破。

結界外的妖市主心急欲狂，東方青蒼他們在下面都能感覺到他在瘋狂地對結界施加法術。

小蘭花看了看上面，又看了看赤地女子，「他不是喜歡妳嗎，為什麼要這樣對妳？」

聽到這個語氣，赤地女子愣了愣，「小蘭花？」

「是我。」

赤地女子看著東方青蒼笑了起來，「放在外面不放心，索性就放在身體裡面了嗎……魔尊，你也有今天。」

東方青蒼冷笑一聲，指了指赤地女子腳上的精鋼鐵鍊，「天地戰神不也是如此，妳也有今天。」

兩個千古宿敵，到如今，卻在這個石室內互相調侃了起來。赤地女子不由笑出了聲，但笑著笑著，聲音卻變得有些無奈，「他怕我跑了，這鍊子上，還有縛魂咒呢。我這徒弟等我等得太久了，他生病了。」

小蘭花猶豫著問出了口，「他……囚了妳十幾年？」

「嗯。」赤地女子點頭。「但他卻將自己囚了千萬年。」她動了動腳踝，聽著鐵鍊的響動，笑道：「妳看，天道果然不曾饒過誰。」

聽得這句話，東方青蒼冷哼一聲，手一揮，火焰化為利刃飛了出去，碰撞上了精鋼鐵鍊。然而鐵鍊並沒有被熔化。

東方青蒼眉頭一皺。不過瞬間，火焰的熱量便通過鐵鍊傳到了赤地女子的腳踝之上，腳踝皮膚開始泛紅。赤地女子卻連眉頭也沒皺一下。

又是兩股烈焰跟上，鐵鍊終於被割開。

東方青蒼輕蔑地道：「天道算什麼？」

「天道算什麼……這十餘年時間，你還不曾知曉天道是什麼嗎？」赤地女子看著東方青蒼。「魔尊，你如今，可是依舊毫無畏懼？」

東方青蒼不語。他有畏懼的東西了。

以前的無畏無懼，是因為對任何生命都不在乎，但他現在，有在乎的、想要守護的東西了。

土地一顫，仰頭一望，東方青蒼的結界竟然被妖市主撕出了一條口子。

東方青蒼挑了挑眉，「別廢話了，把身體給本座讓出來。」

「自然，我等這天，也等了許久了。」

小蘭花聞言，心裡忽然閃過了一個想法。難道之前，赤地女子保下她一縷氣息，就是為了等今日，東方青蒼來「救」她，拿回這個身體，換她重入輪迴嗎？

若真是如此，赤地女子的謀算，雖是厲害，卻也有些無情呢……

但沒有給小蘭花詢問的機會，赤地女子慢慢閉上眼睛，「東方青蒼，我最後請求你，殺了阿昊。只是別讓他魂飛魄散，讓他到忘川，來找我吧。」她輕輕揚起唇角，「那塊三生石，以前可以隨意刻劃的時候，我每一次路過，都寫過他的名字。」

白色的魂魄飛離息壤身體。

頭頂東方青蒼的結界破裂，妖市主近乎聲嘶力竭的聲音傳來，「師父！」

東方青蒼低喝一聲：「進去！」隨即小蘭花便被東方青蒼擠出了身體，但她倒是將東方青蒼的意思領悟得快，立即一頭扎進了息壤的身體之中。

息壤的身體經過這十來年的磨練，早已不再有生氣排斥小蘭花的魂魄了。她的靈魂完美地嵌合入了身體的每一個角落，然後，她動了動手指，睜開眼，用自己的雙眼看見了東方青蒼。

經過了那麼多事情，她終於又回到這具身體裡了。

然而此時此刻，並沒有給小蘭花太多時間欣喜。只見妖市主瘋了一般撲向東方青蒼，挾帶著要噬咬他血肉的痛恨，「東方青蒼！你竟敢！」

他五指在虛空中一抓，朔風長劍登時出現在他手中！

小蘭花大驚，對於這把劍兩次給東方青蒼造成的傷害，她可是記得清清楚楚。

妖市主一劍砍向東方青蒼，烈焰與寒冰碰撞，巨大的衝力幾乎將小蘭花掀翻。一擊之後，東方青蒼卻未戀戰，身形一閃，抱住小蘭花，在她脖子上飛快地印下了一個血印，「保護好妳自己。」

緊接著，小蘭花只覺眼前一花，待得她再回過神來，四周場景卻早已經發生了變化。

小溪在她面前叮咚流過，四周是茂密的樹木。哪裡還有剛才的石室和滿是殺氣的妖市主。

是東方青蒼用瞬移之術將她送出來了，但是東方青蒼……

像是要應和小蘭花的想法一樣，遠處忽然飛起大片驚鳥，轟鳴聲傳來，小蘭花眼睜睜地看著遠處覆雪的山體慢慢坍塌。

那是……她剛才所在的地方……

「大魔頭……」回憶起妖市主血紅的眼、滿身的殺氣、似瘋似狂的神情，還有那把朔風劍和東方青蒼最後說的那句「保護好妳自己」，小蘭花心中的不安慢慢擴大。腳上還有方才被鐵鍊灼燒之後的疼痛感，但小蘭花此時已顧不上這些了，她踉踡著腳步，往山塌的那方奔去。
而這一方，東方青蒼面對已近瘋狂的妖市主，依舊神色閒適，「你師父讓你去忘川。」
「什麼忘川！」妖市主怒紅著眼。「千萬年前的記憶，還有這千萬年的記憶，關於師父的，我一絲一毫也不想忘！我等了如此久、盼了如此久，你卻毀了她……像你這種傢伙，怎麼會明白！東方青蒼，若是沒有你，若是沒有你……」他瘋了一樣嘶吼著，恍似要燃盡所有精元之力一樣，只知曉瘋狂地廝殺。
他劍來勢極快，甚至出乎東方青蒼的意料。東方青蒼抽劍來擋，不想妖市主那劍竟是虛晃一招。朔風劍眨眼便向他心房刺來……
遠處受爭鬥之力緩緩坍塌的山忽然轟然崩塌，山獸嘶鳴，驚鳥騰飛的聲音不絕於耳。
然而，山塌下之後，四周卻都安靜下來。那邊再沒有法力碰撞的光芒。小蘭花停下腳步，僵立在遠處等了許久，但一直沒等到東方青蒼從那方過來。
她心裡的不安越積越多，終於邁步往那方走，爬過落下來的碎石，踩過沒有路的泥濘。她一直往那方趕。
「大魔頭……大魔頭……」
她喊著東方青蒼，直到暮色四合，東方青蒼也沒有從那山石之間出來。終於，小蘭花走到了坍塌下來的山石之上，她的腳已是一片血肉模糊。她左顧右盼，嘴裡呢喃著東方青蒼的名字，像走丟的小孩一樣徬徨又無助。

「大魔頭！」她喊出了聲。卻沒人回應她。

忽然之間，小蘭花猛地在堆積的山石裡看見了東方青蒼的那把烈焰長劍。

小蘭花立時撲了過去，刨開山石。她本以為可以看見石頭下面東方青蒼的手，但是什麼都沒有！

東方青蒼不在，這裡只有他的劍！

小蘭花撿起了長劍。劍柄上殘留的溫度讓她眼睛熱了一圈又一圈，鼻頭酸了一次又一次。

誰說死過一次之後，感情就會變的？對東方青蒼，小蘭花的感情怎麼會變。還有哪個人，能和她一起經歷這麼多生生死死？他雖然害過她，但還有哪個人，會救她那麼多次。她是懷疑東方青蒼，是不相信他，但是，她願意用漫長的時間去和東方青蒼磨合啊！走到今天這步，她的心裡，哪還住得進其他人呢。還有誰，能打敗她心裡的東方青蒼呢……

「東方青蒼！」小蘭花哭出了聲，一邊哭，一邊在山石間無助地翻找。「大魔頭！」

她找得幾乎都快絕望了，忽然間，腳下一絆，她猛地摔在山石上。手劃破了，額頭也擦傷了，小蘭花掙扎著要站起來的時候，一道黑色的影子在她面前蹲下。

銀髮垂落在地上，血紅色的眼瞳裡映著小蘭花哭髒了的一張臉。

東方青蒼抬起手，摸著她的臉頰，然後用拇指將她臉上的淚痕擦去。他看著小蘭花，微微皺起了眉頭，表情有無奈，有苦澀，還有一些說不清道不明的欣慰，挾帶著幾分試探，幾分不安，「不是說，變了嗎？」

原來，懷疑的，不只是她，不安的不只是她，想要知道對方心裡在想什麼的，也不只是她。

小蘭花一瞬間像被抽乾了渾身力氣一樣，毫無形象地坐在地上，「大混蛋！你又騙我！」她號啕大哭。

東方青蒼也不說話，只看著她哭。待她哭累了，自己停了下來，東方青蒼才道：「這是最後一次。」

「我才不相信你！」小蘭花生氣地大聲說道：「我也要騙你！我不喜歡你！我不喜歡你！我不想見到你！」

東方青蒼沒再和小蘭花廢話，勾過她的腦袋，毫不客氣地吻上她的嘴脣。深入，一直深入，占有，完全地占有，這個身體是她的，也是他的。

從此以後，其他人，連碰也不許碰。

夕陽落山，東方青蒼背著小蘭花從碎石山上往下走。小蘭花腦袋搭在東方青蒼肩上，歪著頭問他：「接下來去哪兒？」

「妳想去哪兒？」

「我要去找主子。」

東方青蒼黑了臉，「這個不行。」

「你不講道理！」

「魔尊與人講道理，小花妖，妳在與本座說笑話？」

小蘭花氣極，拔了他兩根頭髮。她趴在他背上，任由東方青蒼背著她走了一會兒，又道：「前幾天，你說要給我找身體，我就每天晚上琢磨，你是不是又在圖我什麼。給我找到了身體，你又要我做什麼事。」

東方青蒼沉默片刻。

「自是有所圖謀。」

小蘭花一驚，「你果然又在算計我！你又算計我什麼？」

「除了以身相許，小花妖，妳還有別的什麼拿得出手嗎？」

「你！我要回萬天之墟去找我主子！」

「不行。」

「你不講道理！」

「……」

夕陽將兩人的影子在碎石上拉得老長，兩人打鬧的聲音終於漸行漸遠。

番外

番外一　被遺棄的寶物們之骨蘭

小蘭花和東方青蒼離開萬天之墟後，長命失落了好些日子。

某日不經意間，長命看見司命和長淵正在研究那兩人忘在萬天之墟的骨蘭。長淵笑司命，「先前妳不是還愁沒有聘禮嗎，這便也算一個吧。」

司命撇著嘴，「這玩意兒是個寶貝，護主護得緊，但在咱們萬天之墟，完全不需要啊。頂多算留了個念想，哪是什麼聘禮。」

長命聽了這番話，兀自想了好幾天，終於有一日跑到司命面前，猶豫了好久，開口：「娘親，我想要骨蘭。」

司命奇怪，「你要骨蘭做什麼？」她歪著腦袋想了想，「等你妹妹欺負你的時候折騰她？這可不行，骨蘭殺氣重，會傷了你妹妹的。」

「不是。」長命頓了頓，「我只是想要它。」

長命始終沒有說出口，他想要它，做個念想。

司命哪會不瞭解自己兒子的心思。她想了想，便將骨蘭給他了。司命覺得，兒子大概是在萬天之墟裡從沒見過外人，忽然有天見了小蘭花，所以心生歡喜之意，可過不了多久，這朦朦朧朧的喜歡也就淡了。骨蘭到底只是個物什，他拿去也變不出什麼花來，反是藏著掖著，更容易讓長命走向偏執。

長命將骨蘭要去後，便戴在了手上。一開始還常常看著發呆，時間久了，倒真和司命想的一樣，也就把骨蘭當成了身上的一個配飾，沒什麼稀奇了。

但無論兒子還是娘，他們都沒想到，骨蘭並不僅僅是一個死物啊。

時間久了，它也是會化靈的。

當長命長成二十來歲的青年模樣之後，在某個陽光明媚的清晨，他自朦朧的睡意之中醒來，忽覺有個涼涼的東西放在他的臉上。他閉著眼睛將臉上的東西拂去，只道是妹妹長生在與他玩鬧。他嘀咕了一句，「長生，乖乖的。」

沒人吭聲，那東西又放到了他臉上。這下長命感覺出來了，這東西，約莫是一隻手，而且，不只是臉上，另一隻涼涼的手還在觸碰他的胸膛，而他的腿，也被另外一隻腿壓著……

長命猛地睜開眼。

面前，是一張他從沒見過的女人的臉。女人閉著眼睛，似有點不舒服地哼哼了兩聲，然後往他懷裡擠了擠，被子裡的腿還在他腿上蹭了蹭。

什……

什麼情況！

長命猛地掀開被子，拚命往角落裡縮。

女子被吵醒，揉了揉眼睛，有點不耐煩，「怎麼了……不好好睡覺。」

「妳是誰？」長命問出口後，自己頓了頓，然後沉下臉色，一邊翻身下床，一邊穿上衣服氣沖沖地往外走。拉開房門，長命便大聲叱問：「長生，妳這畫的是什麼東西？真是越來越沒分寸了！」

長生正在院子裡啃著玉米畫陣法，聽到長命的喝斥，莫名其妙地看他，「我就畫畫陣法，怎麼了？」

「陣法！那是陣法？」長命指著屋子裡命令長生，「快些將她收了。」

長生完全摸不著頭腦，「收什麼呀？」她走過來，往屋子裡一望，就見那女子正從長命床上坐起來，迷迷糊糊地揉著眼睛。被子從她肩頭上滑下來，被她懶懶地提住。

長生見此香豔場景，倒抽口冷氣，轉頭望向長命一臉曖昧，「哥哥，深藏不露啊。」

「沒個正經！」長命大怒。「還不將她收了！」

長生嘛嘴，「這不是我畫的嘛，我怎麼收啊。」

「不是妳還有誰？這萬天之墟裡還能突然間來個外人不成？」長命話音剛落，那邊的少女忽然開口：「我不是外人。」她的聲音還帶著初醒的沙啞，但思路卻很清晰，「我是你的人。」

「你的人」這三個字讓長命黑了臉，而長生嘴角的笑則更加猥瑣曖昧了，「哎唷，我向來一本正經的哥哥果然深藏不露啊。說說，你是什麼時候偷了娘的筆去畫的美人兒？」

手串，已經不見了蹤影。

長命額上青筋直跳。

少女直勾勾地盯著長命，「我不是畫出來的，我是骨蘭。」

長命愕然，「骨……蘭？」他垂頭看向自己的手，果然，常年戴著的那個骨蘭手串，已經不見了蹤影。

骨蘭化了靈，這讓長命在萬天之墟裡一成不變的生活瞬間起了波瀾。不說其他，單只睡覺這一件事，就足夠讓長命頭痛了。

「把衣服穿上……」長命揉著額頭，隱忍道：「這已是我第三次提醒妳不要光著身子爬到我床上來。事不過三，沒有下次了。」

骨蘭在床上望著他，表情有些無辜，「可是主人，我們都已經一起睡了這麼多年。」

「那如何能算！」長命咬牙，將脾氣壓了下去，拽了一件骨蘭的衣服扔到床上，「換好了出來。」

他說著，自己先出了房間。

骨蘭抓著衣服，嘆息一聲，終究是規規矩矩地穿了衣服出了門。

見骨蘭出來，長命便一聲不吭地回了房間，將骨蘭關在門外之後，才道：「回妳屋裡睡。」隨即房間裡燭火熄滅。

骨蘭拿手指戳了戳房門，倒也不敢再弄出聲音吵醒長命。她轉身就地一坐，歪著腦袋靠在門扉上，望著天上司命畫出來的月亮深深一嘆。

主人的脾氣，怎麼忽然就變怪了呢？不過沒關係，怪就怪點吧，她會讓著他的。

骨蘭靠著門扉閉上眼睛，慢慢也睡著了。

她不知道，待她呼吸勻暢，夜深之際，房門倏爾拉開了一條縫。長命自屋中走出來，停在骨蘭面前，看著她睡著的模樣無奈地搖了搖頭。長命抬起手，指尖光華流轉，白光飄向骨蘭，如同絲綢一樣將她包裹住。這樣的舉動明顯讓骨蘭睡得舒服了些，她腦袋蹭了蹭牆壁，調整了一下睡姿，繼續沉浸在熟睡之中，絲毫不知長命對自己做的事。

長命靜靜看了她一會兒，便又回了屋。

如此過了幾天，待得長命開始慢慢適應骨蘭的存在的時候，長生忽然又生出了事端……

她離開了萬天之墟。

「她是怎麼出去的？」司命一邊咬著雞腿一邊問長命，「昨天我還在睡覺呢，咚的一聲就出去了，小丫頭動作挺快啊。」

長淵輕笑，「那丫頭性子急起來的時候與妳一樣。」

「她一直在研究魔尊的陣法。」相比於父母兩人坦然的態度，長命則顯得擔憂焦躁許多。「之前一直沒有成功，這幾日不知為何突飛猛進起來……」

他話音未落，旁邊傳來一道聲音：「是我告訴她的。」

長命一愣，回頭看骨蘭。

骨蘭幾乎是貼著長命站著，「她是主人的妹妹，有什麼事我自然得幫襯著她。我曾和魔尊朝夕相對，知道些許他的法術，便將方法告訴她了。」

長命微怒，「妳怎麼能告訴她這些？她自小法術不好好學，盡學了些歪門邪道，現在離開萬天之墟，外面世道險惡，若是出了什麼事該如何是好！」

骨蘭愣了愣，隨即垂下腦袋，「主人說得是，骨蘭錯了。」

聽得骨蘭如此說，長命一時也覺不好意思。他聲色稍緩，「我並非怪罪妳……」

司命的眼神兒在兩人之間來回轉了轉，隨即扔下啃乾淨的雞骨頭，道：「唔，長生那丫頭是有點讓人不放心。不如這樣吧——」司命站起來，拍了拍長命的肩，「你也去外面，照看住長生吧。」

長命一愣，「娘？」

司命並不看他，只回頭望長淵，「長淵你覺得呢？」

長淵只溫溫和和地笑，「聽妳的。」

長命還待說話，司命便將他連趕帶攆地推了出去，「讓骨蘭教你出去的法子啊。你妹妹能跑，你本事比她大，一定也能跑的。外面的世界要是好看，就別念著我和你爹了。慢走，不送啦。」

院門一關，長命哭笑不得地被關在了院子外面。

他敲了兩下門，不見司命開門，便揚聲道：「娘，我會把長生帶回來的。」

「可別。」司命在裡面連忙道：「你要想回，你自己回來也成。你妹妹不想回，你就別禍害她了。」

長命張了張嘴，他知道司命的脾氣，當即不再說什麼，回頭一看，骨蘭仍舊緊緊貼著站著。長命無奈，「妳知道長生出去的陣法是怎麼畫的嗎？」

骨蘭點頭。

「走吧。」

看著院子外的長命化作一縷白光消失在萬天之墟的天際之中，司命回身走到院子裡坐下，「真不知道這小兔崽子到底像誰，怎麼就學得這麼一板一眼的模樣。」

長淵笑著抿了口茶，「就這樣讓他們倆出去，妳放心？」

「唯一要擔心的便是天帝找他們麻煩，但陌溪定不會讓天帝對他倆下殺手的。再者說，小蘭花不是在外面嗎，她現在定是與魔尊好上了。有戰神和魔尊給我孩子撐腰，或許該替天帝擔心擔心才是。」司命頓了頓，「說來，你這個當爹的，可是心裡不踏實了？」

「能有本事從這萬天之墟裡出去，他們比我當年有本事。」

司命默了默，問：「長淵，你想出去看看嗎？」

長淵放下茶杯，揉了揉司命的頭髮，「我有妳就足夠了。」

這方長命與骨蘭出了萬天之墟，長命先用氣息在天界探了一圈。他與長生身上都帶著神龍氣息，即便相隔萬里也能有所察覺。

然而天界探不到絲毫長生的氣息。思及她或許下了界，長命眉頭皺了起來。

他向前邁了一步，身後的骨蘭亦步亦趨地跟了一步。

長命微微一頓，轉頭望骨蘭，「如今既已出了萬天之墟，妳也並非再是一個單純法器，既然化了靈，妳便自行去吧。」

骨蘭聽得他這話有些愣神，「主人不要我了？」

「這不是要與不要……」看著骨蘭晶瑩剔透的眼中慢慢泛起些許難過，長命忽然有點說不下去了。他頓了頓，緩和了語氣道：「妳既然已經化靈，有了自己的腿腳，自然該去自己想去的地方。認真算起來，我也並非妳主子，妳沒必要守在我的身邊。」

「你在的地方，就是我想去的地方。」

骨蘭說得堅定，長命一時沉默不語。可還沒待兩人將這事捋清楚，天邊倏爾傳來天兵的聲音：「萬天之墟中，又有人出來了！」

「快去稟明天帝！」

長命眉頭一皺，一個「走」字還沒出口，就見骨蘭發出兩道殺氣，逕直沖向空中的天兵。一人中招，掉了下來；另一人見狀，大驚失色。骨蘭眸中殺氣湧動，還待出手，長命將她手腕一拽，化為一道白光，逕直向下界而去。

長命行得極快，不過半刻時間便落了地。四周草木蔥蘢，溪水潺潺，儼然是已到了人界。

「怎能如此輕易動手？」剛一站穩，長命便對骨蘭道：「妳我自萬天之墟中出來，不能太過張狂。」

骨蘭目光直勾勾地落在長命握著她手腕的手上。她的目光像是釘子一樣，沒一會兒，長命便反應過來，立即放開了骨蘭的手，輕咳了兩聲。

骨蘭一抬頭，衝著長命彎了眉眼，「骨蘭喜歡主人的觸碰，會有溫暖的力量傳到身體裡。」

這話將長命鬧了個紅臉，他又咳了兩聲，剛才指責的話便全然忘到腦袋後面了。他往後退了退，想拉開與骨蘭的距離，但是他往後退幾步，骨蘭便往前走幾步。到最後長命的後背抵到了一棵樹上，退無可退，他終於伸出手，將骨蘭推開了兩步的距離，「別、別靠那麼近。」

聽到這句話，骨蘭明顯有點失落，她眉眼微微垂下來，但還是乖乖應了，「好的。」

長命倒是鬆了口氣，他邁步往前走，不過走了兩丈的距離，手臂便在走動間又貼到了一個肩膀。是骨蘭走著走著就不自覺地蹭了過來。

長命腳步一頓，回頭看她。骨蘭又可憐巴巴地退遠，眼神中隱隱藏著的委屈看得長命心裡很不是滋味……

但是！他為什麼要不是滋味啊！

出了小樹林，長命進了一個小村莊。一路走過，長命與骨蘭受到了不少注目。看著這些活生生的人，長命心中忽然起了點不一樣的情緒。

這些都是真的人，天生天長，血肉之軀，能入冥府，會食五穀。與司命畫出來的，不一樣的人。

見長命在院子外面看人家背著孩子晾衣服的婦人看了許久，骨蘭不由奇怪，「主人？」

長命這才回神，「走吧。」

長命隱約探到了長生所在的方向。這丫頭是往北邊去了。他想也沒想，立即動身北上。

沿途長命打聽到消息，北邊正在鬧饑荒，路上流民不少，整個北邊一片混亂，妖怪也混跡其中。還有魔族的人在其中挑撥難民情緒，藉此收集凡人心中的陰暗力量。

長命倒是不擔心長生會被這些妖魔欺負，他怕只怕長生性子單純，受了他們的蠱惑……

他皺著眉頭，想得出神。路上有個衣衫襤褸的人直衝衝地向長命奔來，長命尚未反應過來，他身後的骨蘭便已動了手。只見地上猛地穿出一根藤枝，利箭一般從下至上，瞬間將那人穿了個透，釘死在了長命面前。

長命愕然。

「骨蘭！」他厲聲喝斥。骨蘭被他嚇得一呆，不知所措地看著他。

「妳為何……」話沒說完，長命倏爾察覺到了身前屍體傳來的隱隱妖氣。是妖怪……

骨蘭囁嚅著開口：「他來時有殺氣，他要害你……」骨蘭本就對殺氣極為敏感，又是極為護主的寶物。一切皆是她的本能，他不該怪她的。

長命嘴角動了動，在道歉之前，骨蘭已經退開兩步，不再蹭著長命的胳膊了。她垂頭看著地，一言不發，眼眶微微泛紅，像是委屈得快要哭出來。

「我……」

「主人，趕路吧。」

長命再不知該說什麼好。

晚上的時候兩人已經到了北方。如今北方的幾個大城皆空如鬼城，城中魔氣妖氣皆重，兩人便在城郊尋了個破廟，點上柴火，打算在此將就一夜。

骨蘭給火堆加了柴火，然後就獨自去了門口，在門檻上坐下，抱著膝蓋，獨自發呆望著黑黝黝的天色。

長命琢磨了很久，組織了無數語言，到底還是走到骨蘭身邊。他看了骨蘭一眼，骨蘭難得地沒搭理他，長命摸了摸鼻子，有些厚臉皮地也在門檻上坐下。

「唔……今天我不該凶妳，對不起。」

骨蘭仍舊沒有搭理他。她本來也不是大氣的寶貝，她都已經讓了他那麼多了，結果到現在，他還當她是個會隨便傷人的壞蛋。

明明……她只是想保護他，不想讓他受一點傷。

長命本就不太會道歉安慰人，得到如此冷淡的待遇，一時就有點詞窮了。他心裡也是苦笑，骨蘭平日裡一口一個主人地喊，但哪有被凶了一句就要自家主人擰著來道歉的侍從啊！

他嘆息一聲，又道：「妳若是實在氣我，明天就離開吧。我還是那句話，妳是自由身……」

話音未落，骨蘭終於轉頭看他了。

只是眼睛裡卻含滿了淚水，「你凶了我，還要趕我走嗎？」

長命看著一顆一顆的淚珠子往下滴，就覺得良心受到了指責一樣，讓他十分無措又慌張。可他又找不到任何無措和慌張的緣由。

「我我我……」除了小時候在小蘭花面前時，長命已經很久沒有結巴過了。「我……」甚至在小蘭花面前，他也沒有這麼慌張和不知所措過，「我不是那個意思。」

骨蘭沒有哭出聲音，她反應過來在長命面前哭成這樣好像是件丟人的事，於是她默默地轉過頭，拿袖子抹了眼淚。這樣一抹，眼圈反而更紅了。

長命見狀，心裡亂得不行。

他突然想起先前骨蘭與他說過，主人的觸碰會讓她高興，因為會有溫暖的力量傳到身體裡。長命身形一動，蹲在了骨蘭面前，然後伸出手。手掌在空中猶豫了一瞬，最後到底還是放到了骨蘭臉上。他用拇指細細抹去了骨蘭無聲落下的眼淚。

長命苦笑，「是我說錯話了。妳說，要我做什麼，我都答應妳。」

骨蘭抬頭望著長命，長命也緊緊盯著她。

「我要和主人一起睡。」

長命的手就這樣僵在了骨蘭的臉上。

「這……」

「不行嗎？」

長命唯有連聲苦笑，「行……」他認命地點頭，「行。」

這天晚上，長命當真就和骨蘭一起睡了。她握著他的手掌，貼在自己胸膛上，像護著最心愛的珍寶，呼吸勻暢地在長命耳邊響起。長命看著骨蘭的睡顏，心道，其實讓她和自己一起睡，也不是什麼大事。

以後，都這樣幹吧……

還有今日之事……

長命想到那個被骨蘭刺穿的妖怪，心想，他看過不少司命寫的書，但到底還是對外面的世界，少了很多瞭解。

他想多看看外面的人，多見見外面的事，多瞭解瞭解這個他未曾來過的，真正的世界。

第二天，長命更加細緻地探查長生的氣息，但長生像是也察覺到他找來了似的，一會兒東一會兒西地跑。

可這些並不能混淆長命的視聽。畢竟長生的道行和他比起來，還是淺了許多。

於是當日傍晚，長命便帶著骨蘭，在滿是難民的官道上堵住了長生。

是時，長生正用黑布捂住頭，權當自己沒看見長命一樣往旁邊躲。長命不客氣地一把揪住她的衣領，「跟我回去。」

長生掙了一會兒，終究放棄了，她轉過身來，先讓長命放了手，而後道：「我好不容易才出來，不回去。」

長命皺眉，還待說話，骨蘭明顯和長生是有點友誼的，她道：「主人，我不背叛你，但事實不能磨滅。司命說的原話可不是讓長生回去。」她轉頭對長生道：「妳母親說，妳不想回去就可以不回去的，別被妳哥哥禍害。」

長生一聽，立即兩眼泛光，「我就知道娘親最是通情達理！我走啦！」

「站住。」

長命一喝，長生雖然嘴裡嘀咕個不停，但到底還是停住了腳步，「咱們一家就你最死板。」

「一鱗劍可是隨身帶著了？」

長生拍了拍腰間的百寶袋，「帶著的。」

「掛外邊。妳身上的神龍氣息易招妖魔覬覦，一鱗劍乃是父親所煉，有父親的氣息，或可幫妳擋掉許多麻煩。」長命道：「我再給妳三道符。若有棘手之時，燒符求救。」他說著，三道金光落在了長生手上。

長生愣愣地接過符，抬頭看著長命，「哥，你挨誰打啦？」

長命不客氣地抽了一下長生的腦袋，「行事切忌張狂，戒驕戒躁，未到必要時不可出手傷人。記住了？」

長生呆呆地點頭。

長命揉了揉她的腦袋，「走吧。」
長生還是有點反應不過來，「你來，就是給我送符的？」
長命不說話。
「你不管我啦？我走咯，真走咯？」
「走吧。」
長生遲疑地問：「那你呢？」
「我也得四處走走。」
長生又呆立了一會兒，然後揚起了一個大大的笑容，再無別的話。抱手行了一個彆彆扭扭的禮，「青山不改綠水長流，哥哥，妹妹走啦！」她說完，再不回頭，蹦蹦躂躂地混進了難民隊伍，慢慢走遠了。
骨蘭在長命背後靜靜地站著。長命轉過頭來，對骨蘭道：「我們也走吧。」
「好。」
長命腳步微微一頓，「妳也不問問我去哪兒？」
「你去哪兒我自然便去哪兒。」骨蘭說完，像是回味過來了似的，抬頭看長命，「你難不成……又要趕我走？」
長命失笑，「不趕，以後妳不說要走，我便不趕妳走。」
骨蘭搖頭，「我說了要走，你也不能趕我走。」
長命笑出了聲：「好。」
出來一趟，他才明白了母親的用意。

司命是想讓他用自己的腳去走過這些旅途，想讓他的眼親自看看這個世界，想讓他的心去體會什麼才是真正的人生。

然後過他自己的生活。

不受制於任何人的，自己選擇的生活。

番外二　被遺棄的寶物們之朔風劍

朔風劍靈很心塞。

自打魔尊東方青蒼與妖市主一戰之後，朔風劍被埋在了花草甸坍塌下來的山體之中。魔尊顯然對它沒了興趣，一點挖它的念頭都沒有，背著自己拐到手的媳婦兒打打鬧鬧地走了。

朔風劍就這樣被埋在了泥土之下，不見天日。

不知人世歲月過了多久，忽然一次地牛翻身將花草甸坍塌的山體抖了抖，再連著兩天大雨一沖，朔風劍順著石頭泥漿乒裡乒啷一陣滾，就這樣狼狽地躺在石灘上，重見了太陽。

朔風劍靈在石灘上靜靜躺了許久，躺到天放晴了、水退了、身邊的草都長起來了，朔風劍靈終於有了想法。他覺得，他不能再這樣沉默度日了。

赤地女子轉世了，妖市主也沒有了，魔尊和小媳婦早不知道到世間哪個地方逍遙去了。天界沒人管他，魔界沒人撿他，連隻野狗跑過來也不叼他一口。他感覺自己一代名劍的尊嚴，受到了深深的傷害。

朔風劍靈下定決心，要給自己再找一個主子。

他打算明日就化身為一個青年人，去人世間流浪。

然而便是在他動身前的這個傍晚，一個少女從山下爬了上來。看見靜臥於草叢之中的朔風劍，少女一愣，「刀？」

胡說八道！他明明是劍！

朔風劍靈氣呼呼地冷哼一聲。寒氣紛飛而出，少女冷得微微一抖。但她並沒有半分退縮，一步上前，將朔風劍柄握了起來。朔風劍靈並不想傷人，當即收斂了寒氣。他本以為少女拎不起他，下一秒就得鬆手，但想不到，這姑娘小小年紀……臂力還挺大的……

少女提了他就走，沒一會兒就看見一個老人背著背簍在栽草藥，「爺爺，我撿了把刀。」

都說了他是劍！

「能用嗎？」

「能，看起來挺新的。」說著，少女一掄胳膊，一劍砍在旁邊的小樹上。只見刷的一聲，樹身上白光一閃，一條斜口子劃過，被切斷的上半截樹幹慢慢倒了下去。

老頭驚愕非常，隔了好半天，才回過神來，「寶芝丫頭，妳這是上哪兒撿的刀啊？」

是劍！朔風劍靈十分生氣。

「山上。」寶芝倒是沒多驚訝的模樣，坦然道：「家裡砍柴刀正好該換了，用這個劈好。」

朔風劍靈愕然，劈……什麼玩意兒……

夜裡，只聞一聲聲砍柴聲自破爛小院裡傳出。

每一劍下去，朔風劍都感覺自己無比的心塞。

他本是打算今晚趁這兩人睡著之後偷偷跑掉，但哪想到這丫頭精神這麼好，回到家之後，拾掇拾掇，居然立馬提了他到後院劈柴去了！

他堂堂朔風劍靈！

朔風劍靈一怒，寒氣噴湧而出。寶芝忽然手一抖，朔風劍噹啷一聲，落在地上。寶芝搓了搓手，也不廢話，彎腰將朔風劍撿了起來，繼續面無表情地劈柴。

朔風劍靈有些驚詫。區區一個凡人，受了他的寒氣，居然還能好好地站在這裡，還能抬起胳膊揮舞他，還能繼續用他劈柴！

這委實是奇事一件啊！

他按捺住驚訝，往寶芝身上一探，只覺她體內熱氣充盈，確實比其他凡人強上許多。這……可是天生異數，可遇而不可求的人啊！若是從現在便開始修煉，假以時日，成為他下一任主子，繼續使朔風長劍威震三界也不是不可能的。

朔風劍靈起了心思。他心知如此體質的人少之又少，過了這個村，說不定就沒有這個店了。雖然這丫頭一開始拿他劈柴是有點大不敬，但回頭好好調教調教，待得她知曉了他的真正厲害之處，這丫頭必定對他仰慕不已、供奉有加。那時，他再對這丫頭教導教導，修得仙身，也不過十來年間的事。

他不打算走了。

第二天別家的雞一鳴早，老頭就喊：「丫頭，起了。」寶芝半點不偷懶地起了床，吃過早餐，拿起朔風劍便隨老頭上山去了。

到了山上，老頭獨自去採藥，寶芝背著背簍去砍柴。朔風劍存了顯擺的心思，當寶芝一揮劍，忽然之間，面前的一片樹林嘩啦啦地全部倒了下去。

寶芝微微一愣，看向朔風劍。

朔風劍看著她的表情，滿心得意。但寶芝看得久了，朔風劍靈忽然心裡有點詭異的感覺冒了出來，好像……這丫頭能看見他這個劍靈似的……

還沒來得及確認，寶芝就已經提劍上前。該削枝椏的削枝椏，該砍斷的砍斷，半點不稀奇地用朔風劍把木柴全部剔乾淨了，放進背簍裡，然後和老頭打了個招呼，自己先回家了。

這……這丫頭，半點沒感覺到他的厲害？朔風劍靈怒從心生。

罷了罷了，他安慰自己，凡人嘛，總是眼光淺薄的。他正想著，寶芝路過一家農戶後院，有幾個人正追著一條狗從小路另一頭跑來，大喊：「那是條瘋狗！躲開躲開！」

寶芝握著朔風劍劍柄的手一緊。朔風劍靈立時心頭一喜，表現的機會又來……

還沒想完，朔風劍靈只覺周身一輕，他看見旋轉的天地和越來越近的瘋狗……

竟是寶芝將他扔了出去……

扔、了、出、去！

咚！他的劍柄準確地砸在狗頭上，瘋狗嗷嗚一聲，暈了過去，倒在田坎上抽搐。

朔風劍砸到狗後，彈到一邊，順著田坎，滾進了旁邊的骯髒泥地裡。

朔風劍靈隔著泥，望著天。沒一會兒，寶芝便來撿他了。看見寶芝毫無歉意的臉，朔風劍靈的心境是從未有過的滄桑。

寶芝撿了劍，隨手摘了兩片草葉子，抹巴抹巴，將他和柴一起放進背簍裡。被周圍的木柴擠著，朔風劍靈的內心流滿了淚水，他堂堂朔風長劍……竟然落得如此境地……

寶芝回了家，將背簍裡的柴都倒了出來，但左看右看都沒看見朔風劍的影子。寶芝心道是不是在回來的路上掉了，於是又沿著回來的路找了出去。

經過路邊酒館，恍見一個酒瘋子被酒家丟出了門。他一臉頹敗，嘴裡還大喊：「你們別這樣對我！你們這群凡人！竟敢小瞧我！我握過戰神的手，打過仙人的臉，我餓了削過妖怪的肉，我渴了飲過魔尊的血。我是上古劍靈，我是上古……神劍……」腳下一滑，酒瘋子摔在了寶芝面前。

寶芝面無表情地看著他。

朔風劍靈躺在地上，指責她，「妳這小孩從來也不笑一下，想嚇死誰啊！」他語氣委屈中帶著幾分憤怒，「我待妳這般好，妳就是這麼對本神劍的？沒心沒肺，狼心狗肺。」

寶芝看了他一會兒，嘆了口氣，「別鬧，家裡還有柴沒劈。」
「誰要幫妳劈柴，誰准妳扔我去打狗！」朔風劍靈委屈道：「我這等神物，妳竟如此對待，他日定有報應！」
寶芝蹲下了身，「就劈十天。」
「為什麼？」
「你留在我身邊，還這麼可勁兒地表現，一定是對我有所圖謀吧？我在這裡還要待十天，十天之後，便和你走。」寶芝的話說得清晰又直白，聽得朔風劍靈一愣一愣的。他眨著眼睛看了寶芝許久，酒也有點醒了，然後眼睛越睜越大、越睜越大，「妳……妳妳妳，妳這丫頭，妳居然……」
她居然知道他的身分！看出了他的真身！
「妳不是凡人！」
「我是。」寶芝道：「只是從小就能看見很多稀奇古怪的東西，看多了也就習慣了。」她的眼睛裡沒什麼波瀾，只道：「我的提議，你答應嗎？」
朔風劍靈說不出話。
為什麼……區區一個小丫頭，竟能在對話當中，搶走他的主動權……
回到小院，朔風劍飄在空中，寶芝把柴堆好，朔風劍就一下劈砍下去。二者合作得很是默契。朔風劍靈也不嘀咕了，只是一邊砍，一邊問寶芝，「妳一開始就知道我的身分？」

「不知道你是誰。」寶芝道：「只是能看見你住在劍裡。」
「那妳現在可知我是誰？」
「你剛才喝醉酒說過了。」
「妳相信我？」
「你沒理由撒謊。」
「……」
朔風劍靈汗顏，不管是對話間的邏輯還是氣勢，這個小丫頭平淡語氣中的從容風度，都讓朔風劍感到了一股久違的被掌控的……安全感。
是的，安全感。就是這樣的壓制，才讓他有臣服的欲望。
朔風劍砍柴砍得更賣力了，「那，為何妳先前說，只在這個地方待十天呢？」
提到這個，寶芝的目光暗淡了一瞬，「爺爺身邊有了不好的氣息。我以前在父母身上看見過，不消十日，父母便去世了。」她說這話的語氣依舊平淡，但仍隱隱流露出幾分小孩難免的害怕。
朔風劍靈愣了愣，他沒想到這小姑娘的眼睛竟如此厲害。若有探查生死之氣的本事，以後修煉，提取天地靈氣想來也是信手拈來的事吧。
當真天縱奇才。
「這個……」看著寶芝沉默的神色，朔風劍靈琢磨了一下語句，「生老病死天道輪迴，這誰也避免不了。」
「嗯。」

朔風劍的安慰並沒有起什麼作用，她只是認命地點點頭，「大家都會離開的。」

朔風劍靈默了一瞬，倏爾身形一轉，化為白衣青年，落在寶芝面前。黑髮及腰，廣袖長袍，一身泛著微微藍光的寒氣像燈一樣點亮了寶芝的眼睛。

他在寶芝面前單膝跪下，望著寶芝遠比同齡人要成熟得多的眼睛道：「妳若願做我朔風劍的主人，朔風劍靈勢必誓死追隨吾主，永不棄離。」

他雙手捧起朔風長劍，奉到寶芝面前。

寶芝怔怔地看了他一會兒，「朔風……」她伸手，指腹在朔風劍劍身上輕輕拂過。

朔風劍靈與劍有同感，當寶芝的指尖劃過，朔風劍靈便覺得脊椎之上溫溫熱熱，撫摸得他心癢。

寶芝接過劍，「我現在答應，你就是我的了嗎？以後都不會離開我？」

朔風劍靈輕笑著行禮，「主人，除非主人意願，否則朔風劍永不相離。」

寶芝握著劍，看了朔風劍靈好一會兒，點了點頭，「那先把今天的柴劈了。」

「……妳就沒別的事做了嗎？」

「廚房的菜要切，你打算做那個？」

「……」

番外三　小蘭花的外掛人生

【一】

東方青蒼問小蘭花從今往後想過什麼樣的生活。

小蘭花琢磨了很久，她覺得這個答案可能會影響她以後很長一段時間的生活，於是她一直沒給出回答。直到有一天，小蘭花隨著東方青蒼漫無目的地走進一座城市，看著來來往往行色匆匆的人群，小蘭花終於有了回答。

「大魔頭，我們去體驗人間百態吧。」

東方青蒼聞言，轉頭看著小蘭花，眉梢微微挑起，「哦，妳想體會什麼樣的人間百態？」

小蘭花琢磨了一會兒，「我以前看主子寫了很多命格，但從來沒有親自體會過，先前下界也被你拖著到處跑，冥府、仙島還有魔界轉了一大圈，卻沒好好停下來看看人世間的東西。」她掰著手指頭數，「帝都廟堂咱們得去看看吧，我想知道人界的皇帝和大官都長什麼樣；江湖恩怨咱們得去看看吧，他們仗劍行天下、快意恩仇的品格我得去學學；還有人界的修仙者咱們得去看看吧，他們到底是怎麼修的仙，聽說我主子以前也在人界的修仙門派待過呢。」

「好。」東方青蒼毫不猶豫地答應了。「順著妳說的來，明日便入京。」

東方青蒼答應得這麼痛快，倒讓小蘭花愣了愣，「你竟然沒有反駁我。」

「本座為何要反駁妳？」

「以前你和我說話，不是反駁我的提議，就是要和我討價還價好久才答應我的。再要不然就是一口答應，然後變著法兒地算計我。」小蘭花頓了頓，「你又在算計我？」

東方青蒼默了一瞬，「不會。」他盯著小蘭花，目光堅定，「再也不會。」得到如此正經的回答，小蘭花愣了愣，然後滿心歡喜地點了點頭。

第二天小蘭花醒過來的時候，已經在京城附近了。

大庾將兩人放在城郊，然後就歡騰地自己奔去玩了。白天，東方青蒼領著小蘭花在京城吃吃喝喝，玩了一天。傍晚的時候小蘭花玩累了，想回客棧休息，東方青蒼卻道：「今晚不住客棧。」

小蘭花一愣，「那住哪兒？」

話音未落，小蘭花只覺周身景物飛逝。再一抬頭，巍峨的宮殿就在面前矗立。東方青蒼信手掐了個訣，帶著小蘭花大搖大擺地從皇宮正門——那傳說中只有皇帝可以走的門裡走了過去。兩旁的侍衛全無察覺。

入了宮城，小蘭花左右看看，心裡感慨東方青蒼真是不管何時何地都這麼霸道，一來就要住進人家的權力中心裡啊。

然而待得夜幕完全降臨，小蘭花覺得，自己還是把東方青蒼想得太簡單了。

尤其是當東方青蒼旁若無人地踏入了皇帝的御書房，然後在皇帝面前現了身，最後用烈焰長劍指著皇帝的脖子的時候，小蘭花整個人都不好了。

「大大大大大……大魔頭！」

皇帝坐在書桌後，望著銀髮紅瞳的東方青蒼也是嚇得一臉死白，動也不敢動。他不是沒看見，在這人走進來的時候，外面的侍衛和太監，全部齊刷刷地倒在了地上。

「大魔頭，你這是幹麼！」

皇帝的眼珠子一直在兩人之間看來看去，眸中神色難掩驚惶。

東方青蒼一手將小蘭花攬到身後，輕蔑地看著皇帝道：「立詔書。」

「什、什麼？」皇帝戰戰兢兢。

「退位。」

「退位？」

「退位！」

小蘭花的迷茫不比皇帝少，「你讓他退位做什麼？」

東方青蒼眉頭微微一皺，斜眼看小蘭花，「妳不是說要體驗朝堂生活嗎？」

「是……是沒錯。」

「站在最高處自是什麼都容易看得清楚，體會也最深刻。」

「你說得好像很有道理……」小蘭花頓了頓，「但是不對啊！我沒想讓皇帝退位啊！我也根本不想當皇帝啊！」小蘭花覺得簡直荒誕，「你見過哪個皇帝是這樣當上皇帝的？宮變成這樣，也太單薄了吧！宮變不是要先逼宮，再殺人，然後才能砍皇帝嗎？現在一來就把皇帝給逼死了，都沒有給御前侍衛和太監們一個出場的機會，一個法術就讓他們全部昏翹翹，有什麼難度啊？一點也沒有按照命格本子來嘛。」

東方青蒼挑眉，理所當然道：「與本座在一起，自是有最便捷的方式。」

小蘭花深吸一口氣，靜靜地望著房梁，「咱們還是直接去江湖吧。朝堂這種講規矩的地方好像不太適合咱們呢……」因為東方青蒼完全就是為了打破規矩而存在的……如果讓他繼續摻和在人界政治裡面，小蘭花覺得要不了三天，天雷就該落在皇宮裡了吧。

東方青蒼眸光微動，「不當皇帝了？」

「我從來就沒有要當皇帝的意思啊！」小蘭花扶額嘆息。這個大魔頭是個傲慢慣了的人，大概不會就此收手，她還得想個別的法子勸勸……

正當小蘭花還在琢磨此事的時候，東方青蒼倏爾收了烈焰長劍，手指一彈，皇帝便在書桌前睡了過去。

看著如此聽話的東方青蒼，小蘭花有幾分愣神，「你……不嫌我麻煩？」

「是麻煩。」東方青蒼語氣淡漠，卻並沒有真正嫌棄的意味。他瞥了眼小蘭花，沒再接著方才的話說了，只一把拽了小蘭花的手，領著她往外走。

路過道旁燭火時，火光被兩人身形帶起的風吹得跳躍，兩人落在地上的影子也變得搖晃。小蘭花便在這忽閃忽閃的光影中，對東方青蒼牽著她手的手失了神。

這個大魔頭，和之前相比，對她好像是真的不太一樣了……

在小蘭花的印象裡，她只是睡了一覺，醒來之後沒多久便將自己的記憶找回來了。所以「死掉」的記憶對她來說僅限於「死」的那一刻。她知道現在離她「死」的時候已經過了很長一段時間，但她還未來得及想，這段時間，對東方青蒼來說，到底有多久……

【二】

不混廟堂，混江湖總是可以的。這裡沒那麼多規矩，地方也廣大，幫派之間的權力鬥爭、俠客之間的愛恨情仇，也有不少值得看的。

小蘭花心裡的算盤打得啪啪響，離開京城之後一路奔著南方就去了。聽聞南邊中原武林和南疆教派的衝突一天比一天厲害，混亂的地方總有不少故事，一定能長許多見聞。

小蘭花沒想到，她得到的消息其實已經過時了。待她到了南疆的時候，中原武林八大門派的聯盟已經將南疆奉月教一舉拿下，正占了奉月教的大廳在舉杯狂歡。

東方青蒼照舊拈了隱身訣在他和小蘭花身上。站在滿是醉漢的大廳之中，小蘭花左右張望。東方青蒼掃了眼四周，「妳就是想看這些？」

一群光著膀子的粗莽大漢，滿屋子的酒臭與汗臭……

小蘭花撓了撓頭，「這和我想像中的江湖，不太一樣啊……」

「本就是一群不長腦子的人靠著蠻力與他人廝殺，妳以為能有多好看？」

小蘭花斜眼看東方青蒼，「說來，某人說得那麼高大上，其實以前幹的不也是這檔子事？」

東方青蒼一側頭，那雙漂亮的眼睛微微一挑，「小花妖，妳拿本座與這些凡夫俗子相比？」

這張禍國殃民的臉不管看過多少次，小蘭花還是會在很多不經意間，被他迷惑得失神。

小蘭花心想，或許在她內心深處，是非常看重臉的吧。要不然，她怎麼會那麼容易就答應和東方青蒼在一起了呢……

正愣神之際，忽然有一個魯莽的大漢急匆匆地從小蘭花身邊跑過。東方青蒼下意識地抬手一攬，將小蘭花抱進了懷裡。

感受著他比普通人更溫熱的體溫，小蘭花心頭撲通一跳，臉頰也有點泛紅。她雙手在東方青蒼胸膛上一撐，微微挪開了點距離。「不是有隱身術嗎……」小蘭花道：「反正他也碰不到。」

「是碰不到，可本座不喜歡。」

這具身體、這個靈魂，是他花了那麼多工夫弄回來的。別的人，一點也不能碰。即便是地上的影子，也不能與他以外的人重合。

小蘭花這邊還為東方青蒼的話愣神，那方與她擦肩而過的壯漢已經跑到了大堂裡，向高坐在臺階之上的人抱拳一拜，「盟主！那奉月教的妖女毀了牢門，打傷了十多名弟子，帶著殘部跑啦！」

這一聲喊出，大廳裡喧囂的聲音霎時靜了下來。眾人的目光都落在高臺之上的那人身上。

那人斜臥在榻上，聽聞此言，似因醉酒而閉上的眼睛慢慢睜了開。他坐起身，「她們不是全服了化功散，哪來的力氣跑？」

「似乎……那妖女逆行了經脈……」

白色的身影猛地坐了起來。他兀自思索了片刻，再抬頭時，眼中卻是一陣陰狠的恨意，「她跑不了。」言罷，他施展輕功，逕直飛出了大廳。

小蘭花連忙拍了拍東方青蒼的胳膊，「跟上跟上！」

「凡人逆行經脈活不了多久，跟去看死人嗎？」

「那個盟主一看就喜歡那妖女，跟去看熱鬧啊！」

「妳是怎麼看出來的？」東方青蒼冷哼。「一邊餵化功散，一邊追去斬草除根，妳還道他喜歡？」

「這有什麼。」小蘭花一激動，脫口而出，「你以前還翻著花樣來殺我呢，這不是也喜歡我嗎？」

東方青蒼一噎，她說得……好像很有道理！

這大概算得上東方青蒼心底裡對小蘭花徘徊不去的愧疚。平時他不說，小蘭花也不說，過往的事便如雲煙一樣過去了，但此時小蘭花不經意地一提，她或許是急著看戲，無心之言，但落在東方青蒼耳裡，便像一個魚鉤一樣，將他壓在心底的那些對於過去的不安和愧疚全部勾了出來。

「唔，再不追就看不到了。」小蘭花仰頭望著東方青蒼。東方青蒼再不廢話，攬了她的腰，逕直跟上了白衣盟主。

以凡人的角度看，這個盟主很有些本事，一炷香的時間便找到了出逃的妖女。但那妖女明顯也有點手段，她的下屬盡數逃脫，此時只餘她一個人立在林間，持劍撐地，目光冷冽地看著追來的盟主。只是此時，她滿眼血絲，臉色卻蒼白得沒有人色，脣色烏青，一見便是命不久矣之相。

「相愛相殺。」小蘭花與東方青蒼在空中看著這情景，發出一聲嘆息。「她看起來活不了多久了。」

「妳想讓她活？」

小蘭花看得專心，眼珠子都沒轉一下，「依照主子寫命格的習慣，這女子定是不能活的。」

他們在空中交談，地上的盟主也開了口：「還想跑？」

女子冷冷一笑，神色是說不出的淒然，「不跑，等著被你殺嗎？」

小蘭花給東方青蒼解說：「你看她這神情，是在逞強來著。被心愛的人逼上絕路，心裡得多蒼涼。」

這次不是魚鉤，直接是一把刀扎進了東方青蒼心窩子裡。

「還能將妳的屬下放跑，本事倒大。」

小蘭花嘆息，「怎麼就不能說句軟話呢。都這種時候了，她看著都命不久矣了，騙她一下，至少讓她在黃泉路上不要那麼難過啊……」

當初在千隱山，小蘭花魂魄將散未散之際，東方青蒼在她面前，也未曾說過半句軟話。到最後，甚至不願意講句好聽話騙她。

這個小花妖當時，心裡也如這個女人一般絕望難過吧……

東方青蒼一轉頭，看著那個仍舊目光冰冷的男人，一時便如看見了當時的自己一樣。

他拳心緊了緊。

「要是這女子死了，他會後悔的。」

「沒錯，他會後悔。」東方青蒼難得搭了腔。

小蘭花一愣，轉頭看東方青蒼。便在這時，下方的女子舉起了劍，直指盟主，「廢話什麼。」這個動作好似讓她極為痛苦，她嘴角溢出血絲，然後被她抹了個乾淨，「來戰便是。」

盟主握緊了手中的刀。

小蘭花嘆了一聲，不忍再看。

然而便是在這電光石火之間，一陣風動，身邊的東方青蒼已不見了蹤影。小蘭花目光一轉，東方青蒼已落到了下方。他身影落地之際，周遭狂風大作，捲起地上塵沙，天地間仿似一黑。

待一切平靜後，盟主已經躺在了地上，嘴角流著血，胸膛微弱地起伏，看起來奄奄一息。

而女子則挺直了背脊，面色恢復了紅潤。

女子很是不解，瞪大了眼睛，看看天看看地，看看那邊幾乎快挺屍的盟主，最後看了看自己雙手，十分不明白到底發生了什麼事。

東方青蒼再次回到小蘭花身邊。小蘭花問他：「你做了什麼？」

「救一人，揍一人。僅此而已。」他揍了盟主一拳，像是揍了當初的自己一樣，恨他當初太混帳……

女子愣了許久，才慢慢走向盟主。看著躺在地上的盟主，女子忽然舉起了劍。

「哎？」小蘭花神情一呆。就見那女子刷的一下，毫不留情地一劍扎進了盟主的胸膛！

鮮血濺出，汙了女子衣裙，但這並不妨礙她神色陰狠地將劍又扎進去幾分。

盟主蹬了兩下腿，死了。

「呸！」女子往旁邊吐了口口水。「蒼天有眼，我今日未死，他日定屠盡你中原八大門派！」

小蘭花看得瞠目結舌。

女子拔出劍，鮮血噴湧。她冷哼一聲，頭也不回地施展輕功走了。

小風一吹，空中的小蘭花只覺得世態炎涼。

東方青蒼其實也有點愣，他斜眼看著已經完全呆住了的小蘭花，「相愛相殺？」他一笑，肚子裡欺負人的壞水又漫了上來，他語氣略帶戲弄和嘲諷，「不錯，猜對了一半。」

小蘭花愣了好久才回過神來，連忙辯解：「這這這，這一定是三生姑姑寫的命格。三生姑姑最喜歡出其不意了！這不怪我！」

東方青蒼顯得無所謂多了，他勾著唇奸佞一笑，「放跑了一個邪教教主，以後江湖必定多風多雨，本座倒是起了點興趣。」

「我不想在江湖混了……」

東方青蒼會捅這妻子，說來，其實是她的過錯。小蘭花不想面對自己的過錯……

東方青蒼也不留戀，「好，妳還想長什麼見識？」

朝堂也不行，江湖也不行……小蘭花想了想，看向東方青蒼。

是時，東方青蒼的身影正處在逆光之中，小蘭花瞇著眼睛看了他好一陣，「大魔頭。」

「嗯？」

「上古也好，復活後也罷，你的所作所為無不令三界震顫。你過的是傳說裡的日子。」東方青蒼不否認，因為確實是這麼回事。小蘭花頓了頓道：「我也想過那樣的生活……」

東方青蒼一挑眉，「我教妳法術，妳若聰明點，三月後或可將三界結界撕了。

彼時妳也定是傳說。」

「我不是這個意思！」小蘭花喘了口氣，繼續道：「我是說，能為所欲為地做自己想要做的事而不受到任何懲罰，因為根本就沒有人能懲罰你。做這樣的人，過這樣的日子，好像還不錯。但你有沒有想過要嘗試另外一種生活呢？」

「我們不跳出三界，我們就在紅塵之中，找個地方安個家。然後我們兩個一起生活，像主子那樣，一家人熱熱鬧鬧的、安安靜靜的。」

東方青蒼有一點失神。

和小花妖有個家，再生幾個調皮搗蛋的小東西……

他點點頭。小蘭花抓住他的手，「那我們去找個安家的地方吧。」

「好。」

【三】

翌日。

小蘭花轉頭看了看身邊的東方青蒼。是時，他們剛漫步走上一個小山坡，遠方的天空已經破曉，前面的道路一覽無遺。

清晨略帶涼意的風徐徐而來，撩起東方青蒼的黑袍與銀髮。察覺到小蘭花的目光，東方青蒼也轉頭看她，神色並無變化，但猩紅的眼瞳裡卻清晰地映著她的身影。

「走吧，我們去找家。」

初升的朝陽鋪灑在大地之上。光芒將兩人的身影拉得綿長，他們的生活或許便如這輪朝陽，初初露頭，剛剛開始。

蒼蘭訣 下

作　　者／九鷺非香
執 行 長／陳君平
榮譽發行人／黃鎮隆
協　　理／洪琇菁
總 編 輯／呂尚燁
執行編輯／陳昭燕
美術監製／沙雲佩
美術編輯／陳又荻
國際版權／黃令歡、梁名儀
企劃宣傳／陳品萱
文字校對／施亞蒨
內文排版／謝青秀

國家圖書館出版品預行編目資料

蒼蘭訣 / 九鷺非香作. -- 1 版. -- 臺北市：城邦文化事業股份有限公司尖端出版：英屬蓋曼群島商家庭傳媒股份有限公司城邦分公司尖端出版發行, 2022.06
冊；　公分
ISBN 978-626-316-938-8（下冊：平裝）

857.7　　111006433

出版／城邦文化事業股份有限公司　尖端出版
台北市 104 中山區民生東路二段 141 號 10 樓
電話：（02）2500-7600　傳真：（02）2500-2683
讀者服務信箱：7novels@mail2.spp.com.tw
發行／英屬蓋曼群島商家庭傳媒股份有限公司城邦分公司　尖端出版
台北市 104 中山區民生東路二段 141 號 10 樓
電話：（02）2500-7600　傳真：（02）2500-1979
劃撥專線：（03）312-4212
戶名：英屬蓋曼群島商家庭傳媒（股）公司城邦分公司
劃撥帳號：50003021
※ 劃撥金額未滿 500 元，請加付掛號郵資 50 元
法律顧問／王子文律師　元禾法律事務所　台北市羅斯福路三段三十七號十五樓

台灣地區總經銷／中彰投以北（含宜花東）　楨彥有限公司
電話：（02）8919-3369　　傳真：（02）8914-5524
雲嘉以南　威信圖書有限公司
（嘉義公司）電話：（05）233-3852　　傳真：（05）233-3863
（高雄公司）電話：（07）373-0079　　傳真：（07）373-0087
馬新地區總經銷／城邦（馬新）出版集團 Cite（M）Sdn Bhd
電話：603-9057-8822　　傳真：603-9057-6622
E-mail：cite@cite.com.my
香港地區總經銷／城邦（香港）出版集團 Cite（H.K.）Publishing Group Limited
電話：852-2508-6231　　傳真：852-2578-9337
E-mail：hkcite@biznetvigator.com

版　次／2022 年 6 月 1 版 1 刷　Printed in Taiwan
2023 年 3 月 1 版 4 刷